LA BATALLA DE LOS 32

LA BATALLA DE LOS 32

SI VIS PACEM, PARA BELLUM

RAUL COTO CABRERA

LIBERTY HILL PUBLISHING

Liberty Hill Publishing
555 Winderley Pl, Suite 225
Maitland, FL 32751
407.339.4217
www.libertyhillpublishing.com

© 2024 por Raul Coto Cabrera

Todos los derechos reservados únicamente por el autor. El autor garantiza que todos los contenidos son originales y no infringen los derechos legales de ninguna otra persona u obra. Ninguna parte de este libro puede ser reproducida en ninguna forma sin el permiso del autor. Las opiniones expresadas en este libro no son necesariamente las del editor.

Debido a la naturaleza cambiante de Internet, si hay direcciones web, enlaces o URLs incluidos en este manuscrito, éstos pueden haber sido alterados y pueden ya no ser accesibles. Los puntos de vista y las opiniones compartidas en este libro pertenecen exclusivamente al autor y no reflejan necesariamente los de la editorial. Por lo tanto, el editor no se responsabiliza de los puntos de vista u opiniones expresados en la obra.

Tapa Blanda (Paperback) ISBN: 978-1-66289-205-9
Libro Electrónico (Ebook) ISBN: 978-1-66289-206-6

Tabla de contenido

CAPÍTULO 1: APERTURA ESPAÑOLA 1

CAPÍTULO 2: VARIANTE CERRADA EN LA ESPAÑOLA 17

CAPÍTULO 3: GAMBITO MARSHALL 33

CAPÍTULO 4: DEFENSA FRANCESA 43

CAPÍTULO 5: CAPTURAR O NO CAPTURAR 77

CAPÍTULO 6: LA PROGRESIÓN GEOMÉTRICA
                DE LAS CASILLAS. 89

CAPÍTULO 7: DEFENSA SICILIANA. 1

CAPÍTULO 8: PIEZAS ENTRELAZADAS 155

CAPÍTULO 9: PAREJA DE ALFILES 205

CAPÍTULO 10: SISTEMA LONDRES. 215

CAPÍTULO 11: FINAL DE ALFILES DEL MISMO COLOR . . 257

CAPÍTULO 12: JAQUE MATE. 277

Capítulo 1

Apertura Española

Junio 13, 2125. 17:30 horas.

—¿Estás listo?

—Presiona el reloj.

Richard tomó un poco de aire y al segundo tic tac movió su peón de rey a la casilla e4. Las negras reaccionaron moviendo su peón de rey a e5, cortándole el paso. Jugó su caballo a la casilla f3, atacando al peón en e5. No esperaba una defensa pasiva como la Philidor, que resulta tras las negras mover su peón a d6, defendiendo a su homólogo. Tampoco algo más audaz y rocoso como la Defensa Petrov. Dicen que la mejor defensa es el ataque y esta se origina tras pasar de defender su peón y atacar directamente al peón en e4 con la jugada caballo a f6. Imaginaba que la respuesta de su rival sería sacar el caballo del flanco de dama a la casilla c6 (Cc6). Así defiende a su peón y a su vez desarrolla una pieza importante para controlar las casillas centrales. Así ocurrió, en efecto. En partidas rápidas es importante conocer, predecir, anticipar al adversario, ahorrando un tiempo precioso. Así que a Cc6 jugó enseguida el alfil de casillas blancas a b5 (Ab5), dejando planteada en el tablero la Apertura Española, también conocida como Ruy-López.

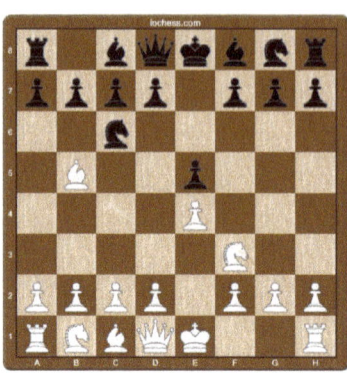

—Has recorrido un largo camino para llegar aquí.

—Largo es el camino y no está exento de obstáculos «pero qué suave y alegre se torna cuando el Señor nos acompaña», pensó Richard.

—¿Qué es lo que buscas realmente?

—Ya te dije lo que estoy buscando. Quiero información. Y un poco de justicia, que está escasa por estos días.

Richard tenía varios objetivos muy claros. En primer lugar, necesitaba toda la información para sacar a Caribdis a la luz y destruirla. QuTE ya era historia, pero Caribdis era un asunto aparte. También necesitaba saber qué iba a sucederle ahora, qué pasaría con él. Después, no le quedaban dudas de que era necesario acabar con ese hombre. Sólo les había traído sufrimiento y miseria a muchas personas. No podía dejarlo seguir esparciendo su veneno. Respecto a la partida, no le molestaría ganarla. Llevaba ya una racha de partidas perdidas, pero esta tenía una connotación especial. «Así que buscaré desarrollar rápido mis piezas», pensó, «poner mi monarca a resguardo en el flanco de rey, seguir presionando sobre el caballo negro en c6 y el peón en e5». «Quisiera que las negras jugaran una variante cerrada en vez de una posición abierta, así tendría un juego complejo y de maniobras». Pero sin importar lo que ocurriera, iba a terminar este trabajo.

Apertura Española

Junio 5, 2125. 10:00 horas. Massachusetts, EE.UU..

Su ocupación solía llevarlo a muchas partes. Aunque llevaba poco tiempo en este oficio ya tenía recuerdos de muchos lugares. Había conocido a gente genial, y siempre terminaba sorprendido por lo que habían logrado. Y cada cierto tiempo él mismo, Richard Coatwhite, un simple mensajero, se sentía parte de un descubrimiento. Sin embargo, de alguna forma presentía que aún había algo desconocido que lo esperaba. Tenía que haberlo. Aún no había tocado puerto. Ninguno de los destinos de viaje ha sido su destino. Algo debía estar por cambiar.

Mientras pensaba continuó avanzando de prisa pues tenía una reunión a la cual llegar. La puntualidad es una cualidad indispensable en este giro. Mientras caminaba por la avenida Massachusetts, iba meditando acerca de su trabajo. Formaba parte de un grupo bien particular: «los jumpers». Ser mensajero no había sido su primera opción, hubiera preferido ser ajedrecista o científico. Sin embargo, las vueltas de la vida lo llevaron a QuTE (Quantum Teleportation Enterprise), la única compañía que logró adaptarse al auge del mundo cuántico. Todas las otras empresas como FedEx, UPS y Western Union habían pasado a un segundo plano.

Todo comenzó en el 2112, cuando lograron hacer la primera teleportación de un ser vivo complejo, una rata llamada Lucky. La operación fue todo un éxito, Lucky fue enviado desde Estados Unidos hasta Austria. Richard recuerda haber estado en su casa en Santiago de Chile cuando sucedió aquello. Todo el proceso fue llevado en secreto, sin embargo, el logro fue publicado en todos los medios, desde The New York Times, The Sun en UK, DIE ZEIT en Alemania, y alguna reseña de la parte científica fue a parar a Nature. En su caso había sido el periódico El Mercurio quién le trajo la noticia.

El descubrimiento fue llevado a cabo en los laboratorios de QuTE, con la colaboración del Massachusetts Institute of Technology (MIT), del

Institute for Quantum Optics and Quantum Information (IQOQI) en Vienna y de un conglomerado de empresas que hasta hoy permanecen en las sombras. La noticia hizo eco en todos los rincones del planeta y la impresión inicial fue de total locura. Filosóficamente el problema era serio. Richard no sabía a ciencia cierta cómo funcionaba, pero estaba claro que te destruían y te reconstruían en otro lado.

Esto tuvo sus raíces mucho más atrás. Por ejemplo, en 1997 se logró un gran hito de la mano Anton Zeilinger y colaboradores, que lograron realizar la teleportación del estado de una partícula de luz. Esto, junto con otros trabajos, le valdría posteriormente en 2022 el premio Nobel de física. Más que viajar en el tiempo, lo cual no se avizora en los próximos años, esto era viajar en el espacio. Pero la pregunta que todos se hacían era: ¿la persona que llegaba al otro lado, era exactamente la misma? Podría ser un clon del original. ¿Y qué es lo que sucede si ya el original no existe después del proceso de teleportación? ¿Una vez destruido el primer sujeto el clon se vuelve el original?

La conmoción en la sociedad se dejó escuchar, sobre todo por parte de la Iglesia. Sin embargo, al igual que muchos otros fenómenos sociales, pasado un tiempo se comenzó a normalizar y la teleportación cuántica se tornó común en las esferas altas de la sociedad. Un recurso usado por los grandes magnates, altos cargos políticos, y todo aquel que fuese lo suficientemente rico para pagarlo, o tan importante como para que QuTE quisiera darle alguna ventaja. La capacidad de esta nueva tecnología explotó a partir del momento en que se realizó aquel experimento de Lucky. Surgió toda una nueva rama comercial. QuTE existía desde mucho antes, era una empresa dedicada a la teleportación de objetos no vivos, dígase medicinas, joyas, claves de seguridad. No obstante, con este nuevo desafío cumplido, parecía que el mundo de la teleportación se inclinaba a sus pies.

Ya en la esquina del Metropolitan Storage Warehouse, giró a la izquierda por la calle Vassar y continuó su camino hacia la calle Main. Le llamó la atención que la calle estaba desierta a esa hora de la mañana, para ser Jueves esperaba ver más transeúntes. Su hotel estaba ubicado cerca de Central Square y su destino era el edificio de planificación y operaciones de QuTE, ubicado en el 238 de la calle Main. La mañana se notaba extraña en Cambridge, parecía que se acercaba la lluvia. Era uno de esos días en que la humedad se podía respirar en el aire. En junio la temperatura resultaba agradable para quien no le gusta el calor, y un poco de lluvia nunca viene mal. A Richard siempre le maravillaba esa ciudad, lo había cautivado desde la primera vez que la visitó, hacía aproximadamente dos años. Una de las razones por la que tomó el camino de la calle Vassart era para admirar los edificios del MIT. Había mucha más vida en Boston, pero Cambridge tenía algo que le atraía. Ya en la intersección con Main, giró a la derecha y enfiló hacia su destino.

Número 238. El edificio era de un estilo clásico, de ladrillos, con un reloj en su torre. Ya en la entrada, la puerta se abrió automáticamente y se escuchó una voz: bienvenido a Quantum Teleportation Enterprise. Una vez dentro, lo primero que encontró fue el lobby. Una amplia extensión diseñada con esmero para dar la impresión de un oasis, de un lugar de paz; con paredes de un blanco inmaculado, y una distribución de ciertas plantas que se notaba que no era aleatoria.

De algunas paredes colgaban cuadros que parecían levitar en esa inmensidad. El único pintor que pudo reconocer fue a Jackson Pollock, con su famoso cuadro «Blanco y Negro». La pintura abstracta se integraba muy bien en el fondo blanco de la pared, tanto que parecía un mural. «Este cuadro me hipnotiza», pensó. Era una forma de galaxia en trazos y gotas negras sobre un cielo blanco. En el medio del establecimiento había una escultura que representaba un mesón. Estaba custodiada por dos cámaras que cubrían toda la estancia en su oscilación. Tenía un estilo bien moderno, trabajado con una combinación de vidrio y aluminio . Su superficie era la pantalla de un poderoso computador cuántico, registrado bajo el nombre de D-Wave, según se leía en el lateral.

Los computadores cuánticos comerciales aparecieron por primera vez alrededor del 2014, revolucionando el mundo de la información cuántica. Y fue precisamente D-Wave quien pavimentó ese camino. Pero en aquel entonces eran muy grandes, requerían ultra bajas temperaturas y no ofrecían una verdadera ventaja sobre los computadores clásicos. Por eso hoy en día uno de esos computadores forma parte del Museo de Ciencia de Chicago. Los nuevos computadores cuánticos son mucho más poderosos, funcionan a temperatura ambiente y son más pequeños.

En la recepción, tras una mesa, encuentra una secretaria de carne y hueso. «Vaya», pensó Richard, «casi esperaba que me recibiera un robot, me gusta el contraste». Aun siendo uno de los edificios más tecnológicos del mundo, el factor humano se hacía presente. Y en este caso particular, más que presente, a Richard le pareció imprescindible. La secretaria era hermosa. Aparentaba unos veinticinco años, rubia, ojos azules, casi seis pies de estatura. Lástima que el uniforme dejaba ver muy poco. Era esbelta como una jugadora de tenis. De hecho, se le pareció a una antigua jugadora, de hace muchos años atrás, María Sharapova. A Sharapova la conocía porque cuando niño tuvo que llevar de tarea a varias personalidades de la historia que hubieran nacido el mismo día que él. La tenista encabezó su lista porque a Richard le encantaba ese deporte. A la rusa la acompañaron otras personalidades como George H. Hitchings, premio Nobel de medicina en 1988, Lars Ahlfors, matemático y medallista Fields, y Joseph L. Goldstein, premio Nobel de medicina en 1985, por mencionar algunos.

No pasó mucho tiempo para que la secretaria lo abordara.

—Hola, ¿qué puedo hacer por usted?

Cada palabra pronunciada con un marcado acento francés resonó en sus oídos como una sinfonía, como notas musicales llevadas por una suave brisa de Coco Chanel. El francés no cabe duda que es el idioma del amor. Desde que comenzaba hasta que terminaba la frase era un agrado escucharlo. No se entendía nada, a veces le daba la impresión de que los mismos franceses no se entendían entre ellos, pero qué más daba, sonaba bien. En cuanto salió del trance respondió.

—Hola, soy Richard, Richard Coatwhite. Vengo por un requerimiento de viaje.

—Señor Coatwhite. Usted tiene una cita programada. Tome el segundo ascensor al fondo a la derecha y diríjase al quinto piso. Yo le abro la puerta desde aquí.

—Muchas gracias.

—Que tenga un buen día, señor.

Esas fueron sus últimas palabras. A Richard no se le ocurrió otra cosa para seguir conversando, así que siguió su camino. Una vez en el ascensor, presionó el botón del quinto piso. Resultó ser uno de estos nuevos modelos que van demasiado rápido. Por un lado se sentía aliviado. En Chile, una estancia larga encerrado en un ascensor se volvía un suplicio, pues siempre estaba latente la preocupación por un terremoto repentino. Por otra parte, era interesante imaginar cómo sería la persona que le iba a entrevistar, cuál sería su nueva misión, y si iba a ser bien remunerado. En algunas ocasiones se llegaba hasta enojar al imaginar algunos de los posibles escenarios que sólo tenían lugar en su mente. Pero en algún momento abandonaba esa confrontación imaginaria.

Una vez que se abrió el ascensor apareció ante él un recibidor; una estancia pequeña comparada con la entrada del edificio. Sin embargo, el local era cálido. Todo dentro emanaba una especie de armonía. El piso era de un laminado que simulaba madera, tono café, las paredes estaban revestidas de un papel mural de un color serio, algo entre gris y amarillo. «Me encantaría saber cuál nombre le dan a ese color», pensó. Los muebles, a juego con el resto de la habitación, eran de caoba, una madera preciosa. Le dio la impresión de que había llegado a un lugar importante, un sitio adonde no llegaban todos, pero a la vez le hacía sentir cómodo, seguro. Estaba convencido de que había mucha ciencia detrás de algunas decoraciones en lugares importantes.

Esta vez, para no desentonar con el lugar, la secretaria era una persona mayor, rondando los sesenta, pero se veía muy bien, con un vestido de dos piezas, elegante, bien peinada y maquillada. En su rostro se podían advertir los efectos de la aplicación de productos de primera línea. En cuanto le vio salir del ascensor se dirigió hacia él; caminaba despacio, pero con cierta gracia.

—Estimado señor Coatwhite, me alegro que haya podido llegar a tiempo. El señor Steinitz es un hombre ocupado y no le gusta esperar.

—Bueno, mi trabajo exige puntualidad. Además, conozco la ciudad, así que perderme no supone riesgo.

—¿Desearía tomar un café o un té en lo que anuncio su llegada?

—Un té estaría bien, por favor.

—¿Alguno en particular?

—Rojo, por favor.

—Listo, tome asiento y enseguida vendrán con su bebida. Mientras tanto le avisaré al señor Steinitz de su presencia. Permiso.

Había un sofá y dos butacas, Richard pensó que no era un sitio para recibir a mucha gente. Sin embargo, los cómodos asientos, de cuero color marrón, invitaban a sentarse, y permitían relajarse un poco. No había cabida para la ansiedad en ese lugar. Los cuadros, a diferencia de los de la planta baja con su toque modernista, tenían un estilo más clásico. Pudo apreciar algo de Monet. Mientras admiraba ese paisaje que representaba la habitación en su conjunto, llegó el té. Lo traía un joven bien arreglado, como un mozo en un restaurante de lujo. Aunque en verdad no sabría decir si es así como se visten porque nunca había estado en uno, pero debía ser algo parecido a eso.

—Su té, señor ¿desea agregarle azúcar o endulzante?

—Sí, por favor, una cucharada de azúcar morena.

Esto del endulzante nunca le llamó mucho la atención. En algún momento, por allá por el año 2010, comenzaron a decir que el azúcar era dañina, y que el futuro estaba en los endulzantes naturales. Después sucedió que la base de esos endulzante era natural, pero el proceso para su fabricación no lo era tanto. Tenían más químicos y a la larga fueron más perjudiciales que la propia azúcar, que ya se sabía que funcionaba por muchos siglos. Pero esto siempre pasa, en algún momento el cacao era dañino, también lo fue el huevo, la leche, la carne, y la lista seguía.

El mozo terminó de preparar la bebida y se retiró con cortesía. Richard saboreó un poco el té, con cuidado de no quemarse. No transcurrieron dos minutos y la secretaria ya estaba de vuelta, invitándole a pasar a la oficina del señor Steinitz. Tomó otro sorbo y se levantó del asiento para seguir a la señora. La puerta de la oficina del señor Steinitz estaba abierta. La secretaria lo invitó a pasar y cerró la puerta tras él.

El señor Steinitz no era como Richard lo había imaginado. Eso le sucedía a menudo. Esperaba a un señor mayor, con lentes, más cansado. Pero resultó ser más joven, sobre los cincuenta, rubio, alto, de contextura atlética, se notaba que era una persona preocupada por su imagen. Richard sabía que era austriaco y, en efecto, hablaba el inglés con un marcado acento alemán. Vestía un traje impecable. La habitación era casi una réplica de la pieza anterior.

—Señor Coatwhite, me alegra que haya logrado venir, aun con tan poca anticipación.

La sonrisa que se dibujó en su rostro parecía la de alguien que quería decir algo más.

—Es un placer que haya contado conmigo para este trabajo.

—Tome asiento y cuénteme un poco de usted. ¿Quiere algo de beber?

—No gracias, me acaban de servir un té.

—Acá tengo su archivo, dice que tiene poca experiencia en el rubro.

—Sí, señor, este sería mi primer trabajo de prioridad máxima, por eso me siento honrado de haber sido llamado por la dirección de la empresa directamente. No obstante, siento que estoy listo, en las pruebas de preparación obtuve muy buenas calificaciones, así como en los trabajos con prioridades inferiores.

—Acá aparece que se graduó como el mejor de su clase, pero ¿sabe usted en el fondo lo que significa ser un «jumper»?

—Somos mensajeros, y representamos el futuro en cuanto a seguridad de la información. Usando la nueva tecnología de teleportación cuántica entregamos mensajes que son de suma importancia y que deben ser llevados con la mayor rapidez.

—Eso es una rápida definición, concisa, además. Pero no lo es todo. Verá, con la creación de los computadores cuánticos, los hackers encontraron toda una nueva línea de desarrollo. Toda la seguridad informática de los siglos veinte y veintiuno, estaba basada en el protocolo RSA, que funciona bajo la generación de números primos muy grandes. Como no existe una fórmula, al menos hasta hoy, para generar dichos números, había que hacerlo entonces a través de un computador. Evidentemente los computadores del momento no representaban una amenaza. Se necesitaba mucho poder de cálculo. Pero la amenaza se hizo latente con el lanzamiento de los computadores cuánticos, que sí podían manejar estos procesos a través de algoritmos propiamente cuánticos tales como el de Shor.

—De ahí la necesidad de que fuesen las personas las que entregaran los mensajes importantes.

—Por supuesto, capta usted rápido. Una vez que los mensajes que se enviaban por el mundo empezaron a ser pirateados, se decidió explorar más en profundidad la teleportación. Por ende, por encima de todas las cosas, QuTE significa discreción. Constantemente se nos asignan secretos que de caer en manos equivocadas supondrían crear una crisis mundial. Lo más importante es que no solo los mensajes viajan de forma segura, sino que luego no quedan rastros de ellos. Verá, la información se implanta en su mente justo antes del proceso de la teleportación, y esa información tiene una vida media limitada. Esto significa que al cabo de unas horas el jumper no será capaz de recuperar esa información de su memoria. Tampoco ninguna máquina lo podrá hacer por él. La información llega a un lugar al que llamamos el Limbo, y nadie sabe cómo extraerla y, aunque pudieran hacerlo, estaría fragmentada, dañada, por así decirlo, por lo tanto, sería inútil.

—¿Y qué pasa con la llave? Cada mensaje seguro requiere de una llave, ¿no?

—En efecto, existe una llave. A lo largo de la historia los mensajes se han enviado siempre en dos partes. En una parte, va el cuerpo del mensaje, dígase toda la información, custodiada por un gran candado. Y en la otra parte va la llave. Cada una se envía por un canal diferente. De modo que el que intercepte uno de los objetos, no puede hacer nada sin el otro. En ese caso la probabilidad de robo se reduce mucho. Si uno de los dos objetos no llega a su destino significa que el canal de información está comprometido, pero no la información en sí.

—Es decir, que mientras en más partes se divida el mensaje es menos probable que puedan obtener la información.

—Eso es correcto hasta cierto punto. Sucede que al habilitar más canales para el envío de la información corremos más riesgos de intercepción o de que la información se dañe. Entonces existe un compromiso, entre el número de canales a abrir y la cantidad de información que enviamos por cada uno. En la era digital, el Candado era una codificación que se le aplicaba a la información. Y la llave era una secuencia de caracteres que le decía a la máquina como revertir esa codificación. Ya esto no es seguro. Por lo tanto, el nuevo Candado es toda la complejidad del ser humano, todas sus experiencias, todos sus sueños, miedos y pensamientos. Sólo se puede encontrar la información allí si se sabe bien dónde buscar, de lo contrario sería como entrar en un laberinto, el laberinto del cerebro humano.

—¿Y la llave?

—¡La llave! Esa es la piedra angular de todo esto, es el arte detrás de la ciencia. La llave es un recuerdo, algo que usted verá o escuchará. Que, por cierto, usted no sabrá qué es, solo lo sabe la persona que tiene que recibir el mensaje. Esa persona le muestra a usted la llave y la información viene a su mente en forma de un recuerdo lejano, pero muy preciso. Sin embargo, una vez vivido el recuerdo, este se disipa, se mezcla con su vida, su historia, y ya no se puede volver a interpretar. De ahí la corta vida media del mensaje.

—Parece que cubrieron todos los ángulos con respecto a la seguridad.

—Y, sin embargo, a veces parece no ser suficiente.

—Supongo que está usted refiriéndose a WPS, aunque no sé qué significan esas siglas.

—Si buscas en internet aparecerá Wifi Protected Setup. Que es un protocolo para conexión wifi. Pero no creo que tenga algo que ver. Nadie lo sabe exactamente, pero varios delitos cibernéticos han sido atribuidos a ese grupo de criminales que andan perpetrando robos por todo el mundo. Encima, cada vez son más sus seguidores. Reciben fondos de distintas corporaciones clandestinas y algo me dice que están armando un golpe grande.

—Espero nunca tener que toparme con ellos.

—No pasa nada. Son sólo unos criminales que pronto van a caer.

Steinitz se inclinó hacia un minibar que tenía a un lado, estiró la mano y tomó una botella de whisky y un vaso.

—Me encantaría brindarte, pero no debes ingerir alcohol antes de un viaje —aclara mientras se sirve dos líneas. Algunos médicos lo recomiendan para mejorar la circulación de la sangre, dos líneas diarias. Para mí la parte difícil es dejarlo en dos.

—No lo sabía. Gracias por su consideración. Pensaba que su oficina sería más grande.

—Lo es. Generalmente estoy en las dependencias del Silo 7. Pero allá no organizo reuniones con empleados. Pasemos a los negocios. Te hice llamar porque tengo algo muy importante que pedirte, e implica que hagas varios viajes seguidos.

—¿Qué tan seguidos?

—Dentro de una misma semana.

—Pero señor, siempre me han dicho que hay que esperar algunas semanas entre un viaje y el siguiente.

—Estoy consciente de ello, pero en tu caso, debido a la urgencia que tenemos, serán solo algunos días de descanso.

—¿No puede acaso otro jumper llevar parte de la información?

—No. Verás, la información será compactada como parte de un mismo recuerdo, como un relato que recordarás en varias partes. Por la delicadeza de la información debe ser así, y sólo podrá ser llevada por una única persona.

Se pudo sentir un poco de estrés en esa última respuesta. Como queriendo dejar ya zanjado el asunto. Comprendí que no había mucho margen para negociar así que asentí.

—No se preocupe usted, señor Steinitz, sus mensajes serán entregados en tiempo y con la mayor discreción. ¿Cuándo comienzo?

—Mañana mismo. Un auto pasará a recogerlo a su hotel a las 7:00 horas para llevarle al Silo 7, allí entonces le revelaremos parte de su itinerario. Yo estaré allá supervisando todo desde mi oficina.

Richard se levantó, estrechó la mano que le tendía Steinitz y se marchó de la oficina. Al salir del ascensor al lobby del primer piso volvió a encontrarse con la hermosa secretaria, a quién lamentablemente tampoco tuvo nada interesante que decirle esta vez.

De vuelta a su hotel eran las 13:00 horas. Decidió pasar por la cafetería a comer algo. No se le daba bien pensar cuando tenía hambre, y, por el giro que tuvo la reunión, evidentemente tenía mucho en qué pensar. Así que encargó un sándwich de pollo con un agua mineral sin gas. Terminó la comida, dejó una propina y se marchó a su habitación.

Cerca de las 12:30 horas, el señor Steinitz tomó su teléfono y marcó una extensión. Una vez que se aseguró de que la voz del otro lado era la que correspondía, ordenó:

—Envía una notificación para una reunión de urgencia. Ya el plan está en marcha.

Una vez en su habitación, Richard se dio una ducha y luego se preparó un tilo. Necesitaba algo que lo relajara y le permitiera dormir sin problemas. No era un entusiasta de los medicamentos para dormir, así que un tilo le vendría de maravillas. Sentado en un sofá y a la luz de la televisión, donde estaban pasando noticias, o más bien desgracias —porque eso era lo único que transmitían—, bebía su tilo y trataba de recapitular lo sucedido a lo largo del día.

Todo se había dado muy rápido y de forma extraña. No era común que el director de la empresa te ofreciera una cita y te hablara de la importancia de tu trabajo. Conocía a otros jumpers y ninguno había visto siquiera al director. «¿Entonces por qué yo?», pensaba. «Puede ser por haber resultado excelente en las prácticas, es cierto que soy muy bueno. ¿Pero seré lo suficientemente bueno como para que el director me haya mandado a buscar?» Ahí tenía sus dudas. ¿Qué podría tener él que a alguien tan importante pudiese interesarle? Hasta donde entendía, este trabajo pudo haberlo tomado cualquier otro.

Lentamente el tilo fue haciendo efecto y Richard se quedó dormido en el sofá. Eran pasadas las 20:00 horas cuando despertó. Tenía muchas ganas de seguir acostado, pero le convenía estirar un poco las piernas y comer algo. Bajó al lobby y se sentó en la barra. Pidió un filete de Sirloin con papas salteadas y un vaso de agua. Como le había recordado Steinitz, las reglas estipulaban que los jumpers no debían tomar alcohol cuando estaban trabajando, y él ya estaba en la cuenta regresiva para saltar.

Cuando terminó la cena repasó con la vista todo el lugar a su alrededor. Era lo típico de un hotel. Entraban y salían personas, había otras sentadas como él en la barra. El lobby tenía dos recintos. Donde él se encontraba servían los tragos y comidas más elaboradas. El otro recinto era para café, té y sándwiches. Su mirada se detuvo en una mujer hermosa sentada cerca de la puerta de salida. Era rubia, parecía alta —difícil de asegurar estando sentada—, y vestía de forma muy elegante, con pantalón y chaqueta, y una camisa de seda color púrpura. Parecía haber salido de la oficina por un trago, o quizás esperaba a alguien. Como siempre en estos casos Richard pensó que le encantaría ser de esos que se le aproximan así sin más a las mujeres y se ponen a conversar, y después… bueno, lo que surja. Pero ese no era su estilo. Era un poco tímido para ese tipo de abordaje. Además, tenía muchas cosas en la cabeza como para ser un buen compañero de tragos. Por no mencionar que tendría que pedir agua o un jugo, todo mal. Pagó la cuenta y regresó a su habitación. Encendió un rato la tele y se sumió en un estado de aletargamiento.

El sonido de un auto y sus luces que registran la habitación a través de la ventana, le hizo salir de su estado. Richard se asomó a la ventana y vio estacionarse un SUV negro. Parecía un Cadillac, pero no había mucha luz en ese sector del estacionamiento así que no pudo distinguir bien. No vio al conductor bajarse, por lo que asumió que estaba esperando a alguien. Lo extraño es que lo hiciese en el estacionamiento y no en el lobby. ¿Qué tipo de huésped preferiría salir por detrás del hotel? Pero estaba en Cambridge, cosas más extrañas se ven allí todos los días.

Cuando Richard se fue a la cama, todavía estaba digiriendo su conversación con el señor Steinitz. «Mañana será otro día, y ya una vez en el Silo quizás podré ver las cosas más claras», pensó. Se preguntó a quién se le habría ocurrido ponerle este nombre al centro de teleportación. «Será porque salimos muy rápido como un cohete, o porque llevamos una carga explosiva como un misil».

Capítulo 2

Variante cerrada en la Española

Junio 13, 2125. 17:32 horas.

Las negras jugaron su peón a a6, optando por la variante Morphy, en la que se ataca al alfil blanco. Sin pensarlo dos veces esquivó la amenaza moviendo su alfil a a4 (Aa4), pero manteniendo la presión sobre el caballo negro en c6. Las negras respondieron desarrollando su caballo a f6, desde donde presiona al peón en e4. Se enrocó para poner su rey a buen recaudo. Las negras continuaron jugando el alfil de casillas negras a e7 (Ae7), justo al frente de su rey. Eso significaba que también se iban a enrocar en corto. De haber capturado el peón, la partida hubiese tomado un curso muy diferente. Se plantearía la variante abierta. Miró el reloj y vio que no habían consumido casi tiempo en las primeras jugadas.

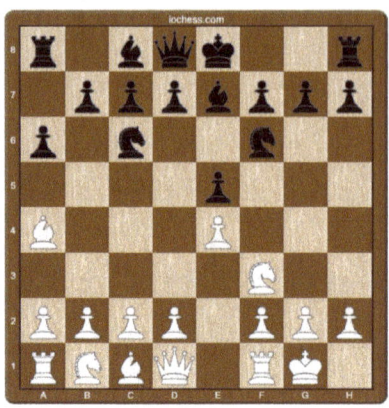

Estaban jugando rápido, pero la adrenalina hacía que el tiempo se ralentizara y percibieran todo de una manera distinta, como en cámara lenta. Se sentía distinto. ¿Podría ser que el tiempo fuera relativo? Efectivamente lo era. Percibimos el transcurrir del tiempo en dependencia de las circunstancias. Cuentan que Albert Einstein, en un intento por agregar un poco de comedia a su teoría especial de la relatividad, comentó algo así: «Cuando te sientas con una chica agradable por dos horas piensas que fue sólo un minuto, pero cuando te sientas en un horno caliente por un minuto piensas que fueron dos horas».

La relatividad especial guarda relación con la velocidad del sistema de referencia, i.e., que tan cerca o lejos está su velocidad de la velocidad de la luz —aproximadamente 300,000 kilómetros por segundo—. No está sujeto a si lo estamos pasando bien o no en un sistema de referencia. Sin embargo, Einstein logró con esto advertir a los incrédulos de que, efectivamente, no somos ajenos a la relatividad temporal. Por dar un ejemplo concreto, el último gran terremoto registrado ocurrió en Chile en 2010, más conocido como 27F. Alcanzó una magnitud de 8,8 grados en la escala Richter que le valió para ser el tercero más fuerte que se haya registrado. Tuvo una duración aproximada de cuatro minutos. La descripción más común entre los chilenos en cuanto a su duración real fue «eterno».

Junio 6, 2125. 6:30 horas. Massachusetts, EE.UU..

A la mañana siguiente Richard se levantó temprano para disfrutar de un desayuno bien americano. Había visitado lugares como Texas, Wyoming, Maryland, y la idea de un buen desayuno era aproximadamente la misma en todos. No debían faltar los huevos revueltos ni los gofres. La ausencia de alguno de estos dos elementos le llevaría a sospechar que estaba en otro país. En dependencia del precio del hotel, estas dos constantes solían venir acompañadas de unos ricos choricillos, salchichas, algunas variedades de panes, jugos, yogurt y frutas. Estas últimas parecían adornos, pocas personas las tocaban, especialmente los niños, quienes alucinan con los gofres. Por su parte, y sin ánimos de hacerle un desaire a esta cultura, sacó de todo un poco; no es lo más sano, pero hay que desayunar bien.

A las 7:00 horas ya Richard estaba en la recepción esperando a que lo recogieran. La limusina llegó puntual. El ritual era siempre el mismo. Aunque no fueran estrellas del deporte o la música, para los que pagaban por sus servicios era importante que estuviesen relajados previo al salto, como les gustaba llamar a la teleportación. Lo había vivido antes en las prácticas y en algunos saltos sin mucha importancia, de baja prioridad. Pero era muy diferente cuando sabía que este caso era muy real y de suma importancia. La limusina era confortable, nunca había televisión, ni dejaban leer revistas o ver el celular. Tampoco había alcohol o bebidas de soda, solo agua y una bebida especial color verde, una especie de suplemento que había que tomar. Esta vez, sin embargo, parece que alguien cometió un error, algo que jamás hubiese pasado en las prácticas, y dejaron una revista. Más bien era un artículo periodístico al fondo del minibar. «¿Será que fuera del simulacro no es necesario ser tan estricto?» Por si acaso, tomó sólo la bebida verde y dejó el artículo en su lugar. «Hoy es mi primer día y no hay necesidad de meterse en problemas».

El viaje se tornó bastante largo. Richard no había estado jamás en el Silo 7, de donde se suponía que partiría. «¿Por qué lo habrán puesto tan lejos?» Como era de esperarse en algún momento se aburrió. Miró a su alrededor con discreción y no vio ninguna cámara oculta. Lo primero que pensó era que podía tratarse de una prueba, pero esto no tenía sentido, ya lo habían evaluado bastante, así que agarró el artículo. Eran solo dos páginas. Podría leerlo rápido y devolverlo a su lugar. El texto trataba acerca de una investigación sobre la prostitución en París, Francia. «La capital del amor», como le llamaban. Había atraído con ese nombre a todo tipo de personas, y el comercio sexual que se fomentó a continuación era verdaderamente increíble. Cada eslogan tenía que ser muy bien dirigido, pues el mensaje podría ser tergiversado y el efecto inverso al deseado se podía desencadenar como una avalancha. Richard no había estado nunca en París, pero la idea que tenía de esa ciudad iba por otros derroteros. Era una ciudad mágica, llena de romanticismo, de una arquitectura imponente, de hermosos puentes. París tenía sus museos, su historia, con sus capítulos buenos, algunos otros malos, pero allí estaba, se erigía como una de las más grandes capitales de mundo, y no le parecía que un esporádico fenómeno cultural fuera a empañar esa imagen, ese lienzo tan bien coloreado por van Gogh en sus obras de Montmartre; tan bien descrito por Víctor Hugo en Nuestra Señora de París y tan bien interpretado por Charles Aznavour en La Bohemia. París atesoraba tanta cultura que provocaba en cada visitante sentimientos nunca antes vistos. Aun en tiempos como estos, el amor y las buenas costumbres siguen estando en el aire. «Así que no, no renunciaré jamás a mi idea de esa ciudad, y aunque pudiese no llegar a verla, siempre estará allí, esbelta y tierna, mi faro del amor». Terminó el artículo y lo devolvió a su lugar.

No pasaron ni veinte minutos cuando sintió que el auto se detenía: habían llegado al Silo 7. Por fuera lucía como una embajada, bastante grande, eso sí. En la garita había dos guardias. El más fornido de los dos, que parecía haber salido de las fuerzas especiales de algún ejército, se acercó a la ventanilla del conductor. Este le mostró su pase y, a continuación, el guardia hizo bajar su ventanilla y se asomó para revisar la parte trasera del auto. Primero deslizó una mirada fría por el espacio vacío de los otros asientos y el minibar, para después fijar su vista en Richard. Estas personas están acostumbradas a intimidar a los civiles con sus ojos penetrantes. No obstante, Richard lo miró fijo también, los dos se miraron hasta que al final se cansó y avisó a su compañero para que levantase la barrera y así pudiesen continuar su camino.

La garita dio paso a unos estacionamientos enormes. Richard supuso que estarían destinados a los funcionarios de menor rango que trabajan allí. Le llamó la atención de inmediato que había una colección de autos parecidos a los que se usan en el golf, pero con varias filas de asientos. Calculó que habría espacio para unas nueve personas en cada uno. Al otro lado del estacionamiento se encontraba un fuerte militar, muy bien resguardado y lleno de personal. Amedrentaba a cualquiera que quisiera asaltarlos. Al bajarse del auto y ver al chofer parado esperándolo, se percató de que este no lucía como el estereotipo de choferes de limusina. Personajes gordos, que no tienen tiempo de comer comida saludable. Por otro lado, uno supondría que la parte delantera del auto, bajo esta misma premisa, debería ser un antro de suciedad, con paquetes de dulces por todos lados, latas de bebidas y restos de McDonald's asomándose por entre los asientos. Sin embargo, pudo lanzar una rápida mirada al interior y estaba impecable. Parecía un cuartel justo antes de que un general pasara inspección, todo en su lugar. Algo le inclinaba a pensar que este chofer tenía cierto pasado en la vida militar.

El chofer le hizo señas para que se subiese a uno de los carritos de golf, y se puso nuevamente al timón. Richard se sentó a su lado. Dejaron atrás los estacionamientos y el fuerte militar para llegar a una especie de recinto interior, donde no había ningún guardia sino una enorme puerta. Al lado de esa puerta había una cámara junto a un intercomunicador. Bastó una seña del chofer y la gran mole se abrió. El nuevo recinto que apareció ante sus ojos ocupaba el espacio de dos manzanas. Contaba a la izquierda con algo parecido a una estación de bomberos, seguido por un edificio para primeros auxilios. Había varios grupos de generadores eléctricos, incluyendo paneles solares.

—Hay un dato curioso acerca de los paneles solares —le dijo al chofer para entablar conversación—. La mayoría de las personas que conoce sobre Albert Einstein ha escuchado de él por la teoría de la relatividad, no obstante, fue el efecto fotoeléctrico, el cimiento teórico de estos paneles solares, lo que le valió el premio Nobel de Física en 1921.

El chofer hizo una mueca como invitando al silencio. Así que Richard continuó observando el lugar sin emitir más comentarios. A la derecha, se encontraban una hilera de varios edificios de unos cuatro pisos de altura que parecían oficinas. Distintos senderos, delimitados a ambos lados por jardines muy bien cuidados, conectaban estas oficinas, y todos desembocaban en un camino principal. El chofer estacionó el carrito y tomaron este camino principal. No pudo ver donde estaban parqueados los autos de los VIP; supuso que detrás de algún edificio. No tuvo mucho tiempo para curiosear pues el chofer se notaba apurado.

—Hemos llegado —dijo el chofer cuando estuvieron frente al segundo edificio, y, haciendo un gesto con la mano, lo invitó a tomar el sendero y entrar.

Una vez frente a las puertas de entrada estas se abrieron y una corriente de aire frío aromatizado recorrió el rostro de Richard. En la entrada había también un mesón, resguardado por una secretaria que no se parecía en nada a la francesa, «¡qué desastre!», pensó compungido. Además, a diferencia del otro edificio donde se respiraba paz y tranquilidad, en este el flujo de personas entrando y saliendo era constante. Todos pasaban por su lado como si no lo viesen, parecían bien ocupados. «Tal vez son los que están trabajando para el salto y tienen que preparar todo para que esté listo». Los jumpers como Richard no estaban familiarizados con el proceso, salvo con algunos pequeños detalles que tenían que ver con su preparación. La secretaria fue la única que acusó su presencia, y lo siguió con la mirada hasta que llegó frente a ella. A Richard le pareció como si de alguna manera, la mujer sintiese que lo estaba atrayendo hacía ella; una especie de magnetismo.

—Buenos días, señor. ¿En qué puedo ayudarle?

—Buenos días, me llamo Richard Coatwhite.

—Señor Coatwhite, le estábamos esperando. Tome el ascensor que está junto a nosotros y vaya al tercer piso. Luego salga del ascensor, tome el pasillo que está al frente y camine hasta el final, donde encontrará unos guardias. Entrégueles el pase que le voy a dar a continuación y ellos le dirán que hacer.

—Ah, pensé que iba a ser más lento este proceso.

—No, sólo necesito verificar sus huellas, retina y voz. Por favor, coloque su mano derecha en la superficie del lector de huella. Ahora acerque su ojo a este escáner de retina. Listo, ahora lea por favor el siguiente texto.

Richard observó una frase en el monitor y la leyó en voz alta frente a un micrófono. La cita decía:

«Para ser exitoso no necesitas hacer cosas extraordinarias, haz cosas ordinarias extraordinariamente bien».

—Eso es todo. Esta llave magnética le abrirá el ascensor, y este pase con su foto y datos muestra quien es usted y su nivel de acceso. Hasta luego y que tenga un buen día.

—Quisiera preguntarle algo más.

—Sí, dígame.

—¿Podría usar la escalera en vez de tomar el ascensor? Son solo tres pisos.

La secretaria lo miró un poco extrañada, parece que nadie en el edificio tomaba las escaleras.

—Por supuesto que puede, la llave magnética le abrirá también la puerta a la escalera, que se encuentra justo al lado del ascensor.

El jumper le dio las gracias y se dirigió a la escalera. Volteó la cabeza para despedirse del chofer, pero la mirada de este fue más como de «acaba de subir al tercero». Sin mucho esfuerzo llegó al tercer piso. No fue necesario seguir las indicaciones de la secretaria, puesto que había un hombre esperándolo justo a la salida de la escalera.

—Señor Coatwhite, parece que se encuentra usted en forma. Ha subido rápido las escaleras. Mi nombre es John, y lo acompañaré hasta el otro ascensor.

—¿Hay otro ascensor? Pero si sólo queda otro piso. Puedo seguir subiendo por la escalera.

—No, señor. Esta vez vamos a bajar diez pisos por debajo del primero.

Richard pensó que John era un guardia de seguridad o algo parecido. Vestía un uniforme bien particular, de tono azul oscuro, tanto el pantalón como la camisa. Tenía unas botas tipo super soldado, de esas altas y bien ajustadas. Ceñido a su cintura llevaba un cinturón negro, donde mantenía su arma de servicio. Probablemente una 9 mm. También se veía corpulento. «Parece que soy el único que no va al gimnasio», pensó. Comenzaron a caminar por el pasillo, que estaba bien iluminado. Richard aprovechó para mirar a ambos lados y ver lo que hacía la gente que se encontraba en sus oficinas. Todas las oficinas tenían ventanales de vidrios, que dejaban ver hacia adentro. En cada oficina se podían encontrar una o varias personas, todas trabajando como robots en sus ordenadores.

El ascensor estaba muy bien resguardado. Los dos guardias que se encontraban a ambos lados daban la impresión de esfinges custodiando la entrada a la tumba de un faraón. John conversó un momento con ellos, le pidió a Richard su llave magnética y su pase, y él se los entregó, no sin antes mostrar que no le agradaba la idea de separarse de ambos objetos. John se los enseñó a sus compañeros, que, tras inspeccionarlos con alguna máquina portátil, llamaron el ascensor y le devolvieron sus pertenencias. El ascensor era hermoso por dentro, con una terminación excelente; la iluminación y la ventilación también. Además, daba la sensación de cierta curvatura, como si fueran a descender en un cilindro. Justo cuando la puerta estaba a punto de cerrarse se escuchó la voz de alguien pidiendo que detuviesen el ascensor. Uno de los guardias reaccionó rápidamente e impidió con su mano que las puertas se cerraran. La persona que entró no tuvo necesidad de mostrar su pase ni su llave magnética, por lo que Richard supuso que debía ser alguien importante, o que los guardias ya estaban cansados de verlo. Tenía una vestimenta un poco casual para estar en un lugar tan importante. Llevaba unos jeans azules, una polera negra, y encima un chaleco de lana, que se cerraba al frente con unos botones de madera. Calzaba unas zapatillas blancas, como dando a entender que la comodidad era lo primero.

—Hola, me llamo Krzysztof, soy unos de los ingenieros eléctricos del programa.

—¿Cómo me dijiste que te llamabas? —preguntó Richard.

—Krzysztof, K-R-Z-Y...

—Espera, espera. Mejor dime como se pronuncia.

—No eres el primero al que le pasa. En español sería algo así como Cristof.

—Uf, mucho mejor en español, muy bíblico. Yo soy Richard Coatwhite, y soy jumper.

—¡Qué bien! Envidio mucho tu trabajo. Debe ser alucinante esto de la teleportación. Separar todo tu cuerpo en átomos para después unirlos en otro lugar.

—Sí, esa parte ni a mí me queda clara.

—Pues es sencillo, si quieres te lo explico. ¿Cómo estás en física?

—Hice ingeniería eléctrica, pero sólo llegué hasta cuarto año. Después no pude seguir.

Excelente, entonces de ingeniero a ingeniero la cosa va mejor. Todo se basa en lo mismo que los computadores cuánticos: el entrelazamiento. El entrelazamiento consiste en correlacionar sistemas cuánticos, dígase átomos, iones, luz, en fin, existen muchos sistemas. Una vez que esto se logra, ninguna de las partes que conforman el sistema pueden ser descritas individualmente. Significa que aun estando uno lejos del otro, existe una especie de hilo cuántico que los une. Esta es la gran ventaja del computador cuántico, en vez de acceder individualmente a cada elemento del procesador, es decir, uno a la vez, ahora operando sobre uno solo se puede controlar el resto. Eso disminuye considerablemente el tiempo de computación. Igual lo que yo sé es muy básico, pero la idea debe estar por ahí. Entrelazan cada partícula de tu cuerpo con otra en el lugar al que quieres llegar y ¡bum!, de alguna forma apareces allá.

Los guardias miraban a Krzysztof de reojo. Si seguía hablando era posible que lo amordazaran. No obstante, Krzysztof continuó.

—Como verás no tengo mucha información, yo sólo soy uno de los que ensambla el equipo y lo revisa para que no haya problemas. Por lo demás, el jefe del proyecto, el Dr. Lasker, es quien maneja toda la información, pero es muy celoso con ella. Casualmente él está hoy aquí, ojalá no tengas la mala suerte de encontrártelo, aunque lo veo difícil.

Cuando llegaron al décimo piso invertido, el único habilitado que se encontraba debajo del primero, el ascensor se detuvo. Una voz, acompañada de un juego de luces, anunciaron que habían llegado a su destino. Al abrirse las puertas Richard se encontró con un señor muy alto, de tez clara, pelo canoso, nariz respingada y ojos azules. La seriedad de su rostro, reflejada en una permanente contracción de varios de los músculos de la cara, era la típica del jefe. Había que ver como se paraba en medio del pasillo como si le perteneciese. «No hay dudas, ese debería ser el Dr. Lasker», pensó. Después de inspeccionar con una rápida mirada el interior del ascensor, el hombre clavó los enormes ojos de loco en el jumper.

—Tú debes ser Coatwhite.

—Sí, señor, soy el jumper.

—Te estaba esperando, acompáñame.

A tal mandato no tuvo más remedio que despedirse de Krzysztof con una seña de manos. Este al ver a Lasker salió en cuanto pudo de su campo visual, como quién le huye al diablo. Caminando al lado del hombretón, y tratando de igualar sus zancadas, a Richard le parecía que iba trotando.

—Tengo entendido que este es tu primer trabajo.

—No, señor. He hecho otros saltos, pero con prioridades más bajas.

—Entonces no has hecho nada. ¿Estás al tanto de todo el procedimiento?

—Sí, señor.

—¿Tienes alguna noción acerca de prioridad máxima?

—Solo la de las prácticas, pero ahí me fue bien, obtuve el mejor resultado del grupo.

—Tú mamá debe estar orgullosa —agregó—. Convengamos en que el desafío tampoco es tan grande, y la competencia es aún peor.

Richard no supo qué contestar a eso. A cada paso iba entendiendo lo que le dijo Krzysztof. Sus palabras cobraban más sentido con cada palabra que salía de la boca del Dr. Lasker. No obstante, prefirió no responder nada a ese comentario, así quizás entendería que no estaba de ánimos para continuar esta plática. Pero desgraciadamente Lasker no se dio por enterado y continuó.

—¿Sabes algo sobre la base teórica de este método, o sea el concepto de la teleportación?

—Un poco. Uno de los ingenieros a cargo del proyecto recientemente me comentó más o menos como funcionaba. Decía que estaba basado en el entrelazamiento cuántico.

En ese momento el Dr. Lasker dejó escapar una especie de risa burlona, llena de despecho.

—Salvajes. Pasan un cursillo de seis meses y ya se creen especialistas en mecánica cuántica. Primeramente, sería imposible que un empalma cables pudiese estar a cargo del proyecto. Solo hay un jefe y soy yo. Ya corregido el problema de semántica, no creo que ese joven esté en condiciones de explicarle a usted el funcionamiento de algo tan avanzado. Y menos que usted esté en condiciones de entenderlo. Así que en futuras citas a su conocimiento sobre la teoría de esta maravilla mejor conteste que no sabe. Así estará más cerca de la verdad.

Richard nunca había visto algo semejante. «Si no fuera porque necesitaba este trabajo le pegaría un puñetazo en esa cara de imbécil que tiene». Pero si no se aguantaba echaría por la borda tantos meses de preparación, de estudio y de prácticas. Tenía que sobreponerse a esto, pensar en otra cosa. Por suerte pronto llegaron al final del pasillo. Este se extendía a la derecha en un giro de noventa grados, pero a la izquierda había una puerta de seguridad que el Dr. Lasker abrió con su llave magnética y pasaron a una sala de estar. Una vez dentro, le indicó al jumper que se sentase y que esperara mientras atravesaba otra puerta que estaba recto hacia el fondo.

Había varias personas sentadas en la habitación, así que Richard se acomodó en el único lugar disponible. La sala no era espaciosa, pero estaba muy bien decorada. Todo estaba en su lugar, nada faltaba, nada sobraba. A la derecha de la puerta de entrada había un sofá de tres cuerpos de cuero, parecía cómodo. Al lado del sofá, justo antes de llegar a la pared del fondo, se encontraba una maceta con una planta que parecía una dracaena. Hasta cierto punto tenía sentido, porque no son plantas de sol, pero tampoco de tanta sombra. Estaban tan lejos del nivel del suelo que allí no debería llegar luz natural. «Quizás sea una variedad, u otra planta genéticamente modificada, ya todo es modificado. Extraño tanto las cosas naturales. Ahora todo es hecho en laboratorio, con la cantidad justa de calorías. Parece que quieren que nuestro cerebro tenga la cantidad justa y necesaria de nutrientes, así no pensamos mucho».

Frente al sofá, y pegada a la pared, había una mesa estrecha pero alargada de aluminio y vidrio, con una cesta de frutas encima. Pudo distinguir duraznos nectarines, plátanos, peras, manzanas, lo típico de las cestas de frutas. A ambos lados de la mesa había una butaca que hacía juego con el sofá. Parecía un lugar donde descansar y conversar mientras se esperaba a que lo llamaran desde la puerta del fondo por donde entró el Dr. Lasker. Lo interesante era que justo al lado de esa puerta había un televisor sujeto a la pared. Todos los presentes estaban absortos viendo las noticias. A Richard esto le pareció un poco extraño, se suponía que antes de un salto los jumpers deberían tener la mente lo más despejada posible, y esto obviamente excluía la televisión como parte de su rutina previa al viaje. Sin embargo, una cosa era el entrenamiento y otra la realidad. Una vez más pensó que, por lo visto, en el proceso real no había que ser tan estricto. Sintió un poco de curiosidad y se unió al grupo. «Parece que al fin y al cabo somos animales acostumbrados a vivir en manada y respondemos a las necesidades de la manada», pensó. Así que si todos estaban viendo el programa él también se puso a mirarlo; debería ser bueno.

Resultó ser un reportaje en vivo, también acerca de los esfuerzos del gobierno francés para luchar contra la prostitución y el libertinaje. El tema estaba candente. «Ya me figuro por qué muestran tanto interés», pensó Richard al ver las imágenes de algunas prostitutas en la noche en medio del trabajo. Eran mujeres muy hermosas. Alternando, pasaban también imágenes de los políticos comentando esto. Se preguntó por qué no dejarían las imágenes de las mujeres y ponían la voz de los políticos de fondo. La verdad no hacía falta verlos, cada día más gordos y con mejores trajes, fruto de todo lo que roban durante sus campañas. En resumidas cuentas, el gobierno estaba aumentando las sanciones por este negocio. A buena hora. Después de haber metido en las cárceles a las mujeres y hombres que advirtieron lo que iba a suceder. Ya era tarde. Notó que no todos los involucrados eran de origen francés, muchísimas nacionalidades participaban de esta fiesta.

«París es un lugar magnífico donde el amor se respira en el aire». Valiéndose de ese eslogan lograron introducir en el subconsciente de las personas todo este comercio sexual. Es simple. ¿Buscas amor? Ven a París. ¿Aun no encuentras tu verdadero amor? Lo encontrarás en París. Eso sí, ven con dinero. Y finalmente hoy se pueden ver los resultados. Una cosa lleva a la otra. En Cuba pasó algo similar hace muchos años. Pero su origen radicaba en la pobreza y el buen clima. Al ser un balneario, era siempre grato ir. Especialmente si vivías en Canadá y querías huir de las temperaturas gélidas. Pero lo que tiraba más fuerte era el comercio sexual. Al vivir en una fracasada dictadura, el acceso a los servicios bastante básicos estaba restringido, dígase comida, movilidad, salud, internet, viajes, etc. Lo único que no estaba prohibido eran las relaciones de pareja. Y el gobierno era el primero que lucraba con ello. Así comenzó todo. De Europa, Norteamérica y de Latinoamérica, comenzaron a llegar hombres y mujeres, como un enjambre de abejas, aprovechándose de las carencias locales para hacerse con quién quisieran. Las consecuencias no se hicieron esperar, debido a tanta promiscuidad, las bacterias y virus, siguiendo el curso de la evolución, proliferaron a niveles extraordinarios. Aparecieron nuevas cepas de enfermedades de transmisión sexual, mucho más agresivas e inmunes a los tratamientos del momento. ¿Cómo salieron de esa? Sólo Dios pudo ayudar. Ahí iba otro episodio negro para la humanidad. Solo esperaba que esta misma novela no se repitiera en Francia.

Pasada una media hora, con el reportaje por concluir, salió Lasker y, sin molestarse en mirar a ninguno de los presentes, se limitó a decirle a Richard que lo acompañase. Salieron de la sala por donde mismo entraron, tomaron el camino que quedaba doblando a la derecha por el pasillo principal, y por ahí llegaron a la zona de salto.

El procedimiento en sí era bien sencillo, el jumper no tenía que hacer nada. Llegaban un millón de personas hacia él y comenzaban a hacerle análisis y chequeos. Uno le tomó la presión, el otro le extrajo sangre; lo mejor que puede hacer el jumper es relajarse. Una vez terminado todo esto, Richard pasó a otra estancia donde se desnudó por completo. Ya a partir de este punto el acceso era aún más restringido. Pasó por un escáner parecido al de los aeropuertos de los Estados Unidos. Parecía haber sido diseñado por Steven Spielberg; tenía luces de láser por todos lados.

A continuación llegó a la última estancia. La habitación tenía una parte dedicada al control de los saltos y una especie de cápsula ubicada en el centro, alimentada por mangueras de refrigeración y cables de todos tipos. Como en un salón de cirugía, había mucho personal alrededor de la cápsula. Para evitar todo tipo de ataques nerviosos, que podrían ser inducidos por los láseres usados durante la teleportación o la sensación de claustrofobia al cerrarse la cápsula, una vez acostados, les daban a los jumpers la famosa pastilla verde. Su composición era desconocida, tan secreta que no estaba ni siquiera patentada. Los dueños de la empresa alegaban que es para que nadie copiara su secreto, pero Richard sospechaba que la verdadera razón era que se saltaban unas cuantas leyes. A la larga es una especie de alucinógeno, que, además de relajarlos, los ponía en un estado de trance que facilitaba la inserción de la información por parte de los técnicos. Con eso lograban que no fuera posible memorizar la información más allá del tiempo establecido.

Después de tomar la pastilla verde, Richard fue perdiendo el conocimiento en cuestión de segundos. *Hora local, 17:25.*

Capítulo 3

Gambito Marshall

UN GAMBITO ES *un sacrificio, generalmente una entrega de peón, que se realiza con el objetivo de alcanzar algo de espacio, ganar en desarrollo, desviar alguna pieza enemiga, o cambiar peones malos por peones buenos del rival. El Gambito de Dama y el Gambito de Rey son sin duda los más conocidos. ¿Qué sentirías al ver un gambito por primera vez? Incluso si lo conoces, pero no lo juegas mucho, te sentirías muy sorprendido.*

Junio 13, 2125. 17:33 horas.

Entonces era hora de proteger al peón en e4, así que movió su torre a la casilla e1. Las negras continuaron hostigando a su alfil con el movimiento de peón a b5. Lo volvió a retirar, esta vez a b3, poniendo ojo en la gran diagonal. Las negras se enrocaron. Jugó su peón a c3 para darle la casilla de c2 al alfil en caso de volver a ser atacado, y preparar con esto la ruptura en d4. Pero aquí vino la gran sorpresa por parte de las negras, jugaron su peón a d5 donde podría ser capturado por las piezas blancas. ¿Un gambito?

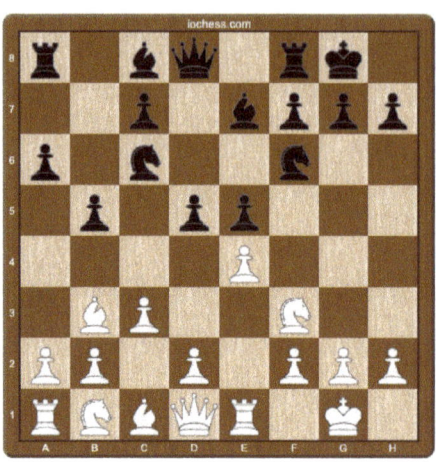

Junio 1, 2125. 9:50 horas. Estocolmo, Suecia.

—Andrea ha trabajado duro para unirse a esta misión, toda su preparación gira en torno a este momento, y no creo que haya alguien más capacitado para hacer el trabajo.

—Capitán, sabe que no podemos correr más riesgos, por primera vez vamos un paso adelante y si perdemos esa ventaja podría ser nuestro fin.

—Nadie mejor que yo conoce la magnitud de esta misión, y sé perfectamente que sólo tenemos una oportunidad para descubrir sus planes. Por eso, recomiendo que usemos a la mejor.

—La mejor según usted, pues en lo que a mí respecta, nunca se debe enviar a una mujer a hacer el trabajo de un hombre. Además, ella no tiene experiencia en misiones de esta envergadura.

—General, confíe en mí. Hasta ahora mi buen juicio nos ha llevado a buen puerto. Si algo sale mal, yo personalmente me hago responsable y pongo mi cargo a su disposición.

—¿Tanto confías en esta chica?

—Como si fuese mi propia hija.

El general descuelga el teléfono y le habla a su secretaria,

—Tráiganme a la teniente Polgár inmediatamente.

La teniente Andrea Polgár se encontraba dos pisos más abajo de la oficina del general, en el salón de entrenamiento de combate cuerpo a cuerpo.

—Andrea esto es absurdo, no puedes combatir contra un hombre como yo. Soy mucho para ti, soy incluso mucho hombre para un solo cuerpo. Debería dividirme en dos para que otros hombres puedan competir conmigo. En vez de pelear, deberías aceptar una cita conmigo.

El primer golpe no se hizo esperar. Andrea lanzó una patada bien potente a la cara del teniente Berg, quién, en el último segundo, logró mover la cabeza, salvándose por poco de un nocaut.

—Eh, eres arisca y rebelde, como una potra a la que domesticar, me encanta. Te acabas de topar con el domador de caballos, la mente maestra —dijo Berg mientras se balanceaba hacia los lados como un boxeador—. Cuando acabe contigo estarás usando esa energía para cocinarme y mimarme. Vas a tener la dicha de atender a un hombre de verdad.

Todos los hombres que estaban alrededor presenciando el combate se echaron a reír. Sabían que las provocaciones de Berg serían contestadas en poco tiempo.

La réplica no se hizo esperar. Andrea lanzó par de golpes a la cara de Berg, que, no sin esfuerzo, logró esquivarlos, pero una fuerte patada alcanzó su abdomen. Luego de recuperar el aire, con su orgullo un poco herido, contraatacó con todo. Exactamente lo que Andrea buscaba, el provocador terminó siendo provocado. Lanzando golpes a una velocidad increíble y cargados de fuerza, Berg hizo retroceder a Andrea, que, con mucha gracia, como bailando en el ring, esquivaba cada golpe. Andrea entendía que no iba a pasar mucho más tiempo hasta que uno de esos golpes la alcanzara. Siempre tenía que competir contra muchos hombres, a quienes no les caía bien ser vencidos por una mujer y menos una tan bella. Andrea no solo conocía sus limitaciones, sino que era muy hábil para usarlas de forma positiva. Un combate directo contra Berg era una locura. Era uno de los hombres mejor entrenados de todo el equipo y tenía una condición física excepcional. Incluso una lluvia de golpes propiciada por un hombre fuerte no era suficiente para frenar a Berg. Tenía que haber alguna otra manera.

De repente, Andrea vio una derecha que iba directamente hacia su cara. La intentó esquivar con las dos manos, pero sintió como su defensa era penetrada. Acto seguido, sintió el gancho izquierdo de Berg en su abdomen. La pelea estaba perdida. Andrea cayó arrodillada sin aire, tratando de respirar un poco. Sin darle tiempo a recuperar el aliento, Berg la tomó del cuello con su brazo, y le aplicó una llave para inmovilizarla.

—Te lo advertí. Nunca vas a ser un miembro valioso de WPS, salvo que te dediques a prepararnos el almuerzo. Esa sería tu más grande contribución a esta organización.

Para hacer de la victoria un trago aún más dulce, comenzó a mirar a sus compañeros que lo aclamaban sin cesar. Este apoyo no era sólo por la admiración o amistad hacia el teniente Berg, sino porque todos habían sido víctimas, de alguna forma u otra, del gran rendimiento de la teniente Polgár. Ya sea en combate, tiro, logística, Andrea parecía imbatible. Por ello les sentaba tan bien que la súper teniente estuviese probando una ración de humildad.

Como una anaconda, que pacientemente le tiende una emboscada a su presa, Andrea aprovechó el momento de júbilo y regocijo de Berg que, por un exceso de confianza, había aflojado la llave en su cuello. En un instante, se impulsó con sus piernas y comenzó a girar sobre el suelo logrando zafarse de su adversario para quedar frente a él. En ese momento deslizó su rodilla por entre las piernas de su rival y le asestó un golpe que cambiaría por completo el resultado del combate. Tras el impacto, el dolor agudo, la falta de aire y las náuseas hicieron que Berg perdiera por completo su ventaja y con ello su plan de combate, así que intentó levantarse para comenzar de cero. Sin embargo, Andrea no lo dejó reincorporarse. Aferró una de las manos del teniente y tiró hacia ella, haciéndolo perder el equilibrio. En cuanto estuvo a su alcance lo golpeó en la mandíbula con el codo, eliminando así cualquier capacidad de respuesta. Finalmente, mientras seguía inmovilizando su brazo, Andrea se tiró hacia atrás, trabó el cuello de Berg con sus piernas y torció su muñeca, como especie de castigo. Ya era solo cuestión de tiempo para que Berg tocara el suelo en señal de rendición cuando apareció un guardia en la puerta del gimnasio.

—¡Teniente Polgár!, el general la solicita inmediatamente en su oficina.

Andrea retiró sin prisa sus piernas del cuello del teniente Berg, pero sin soltar aún su muñeca, como haciéndole saber que lo mejor era que se quedara recostado un rato. Por último, liberó su muñeca y se incorporó para seguir al guardia que trajo el mensaje. Berg quedó en el suelo reflexionando en qué punto se había invertido el resultado del combate. Era lo bastante inteligente como para darse cuenta de que el golpe que le había asestado a Andrea debía haber sido más que suficiente para descartar cualquier posibilidad de reacción de la teniente. Si hay algo que había aprendido en su entrenamiento militar, es que a veces las personas que llegan lejos en su desempeño, lo hacían por mérito propio. Quizás quería creerlo para sentir que así opinaban los demás de él, un ejemplo de trabajo duro, siempre preocupado de pulir cualquier debilidad. Por eso, concediéndole a su rival todo el crédito, pudo darse cuenta en qué momento perdió la partida. Pues para Andrea, más que un combate fue una partida de ajedrez. Cuando ella vio que Berg estaba cada vez más cerca de penetrar sus defensas, entendió que seguir esquivando era una pérdida de tiempo, al final sería alcanzada. Entonces se aprovechó de eso para tejer toda una emboscada alrededor de lo que en ajedrez podría llamarse: «un sacrificio». Andrea había entrenado arduamente su abdomen, y así como un boxeador, estaba capacitada para recibir algunos golpes sin quedar fuera de combate. Lo que hizo entonces fue dirigir el puño de Berg a una zona donde pudiese tolerarlo sin quedar mal parada. Lo que siguió fue un poco de teatro. Berg, imparable a los golpes, no sería rival para ella en el suelo. Tras este análisis Berg no pudo hacer otra cosa que sonreír, la pelea la había perdido justo en el momento en que creyó haberla ganado, pero en verdad nunca estuvo siquiera cerca de ello.

El guardia, siguiendo el típico protocolo de seguridad, escoltó a la teniente hasta la oficina del general Fisher, anunció su presencia y se retiró.

Todavía un poco jadeante y acelerada por su reciente combate, Andrea se presentó sola frente a dos hombres a los que respetaba mucho. El primero, el Capitán K., a quién sólo ella tenía el honor de llamarlo Garry. Había sido como un padre para ella cuando estaba en el ejército. Garry era un estratega, su entendimiento de las situaciones, de la guerra, de las batallas, sacrificios, eran únicas. No había nadie en todo el ejército como el gran Garry. Fue quien le dio un objetivo, una guía, una ruta, nadie confió más en ella. Por otro lado, el general Fisher. El hombre más respetado, temido y admirado. Todo de lo que carecía en cuanto a buenos modales, empatía y planificación, lo compensaba con liderazgo y buen juicio. A diferencia de Garry, que era corpulento, Fisher era más bien delgado. Pero su mera presencia hacía que todo orbitara a su alrededor, como un sol con una gravedad gigantesca.

Ambos hombres dejaron el ejército para fundar el grupo WPS. Su principal objetivo era desmantelar operaciones billonarias tramadas por políticos corruptos y magnates antropólogos que querían jugar a ser Dios con los que pagaban sus extravagancias a través de impuestos. Poco a poco fueron reclutando miembros valiosos para ejecutar las operaciones. Como en la guerra cubana del 95, que fue financiada por los tabacaleros residentes en Estados Unidos, este grupo era costeado por personas comunes y trabajadoras, pequeños empresarios que veían como su trabajo de varias generaciones iba a parar a manos de transnacionales globalistas por medio de persecución y leyes abusivas. Estar frente a estos dos hombres hacía que cualquiera, incluso la intrépida teniente Polgár, se sintiera pequeño.

—Teniente Polgár, tengo entendido que usted es uno de los mejores soldados que tenemos actualmente en la unidad.

—Eso es correcto, general.

Andrea sabía que el general era un hombre bien directo, así que no había necesidad de andarse por las ramas con modestias innecesarias.

—Y que la modestia no es parte de su arsenal —el general se permitió una fugaz sonrisa en su rostro de piedra—. Su capitán me informa que hasta ahora ha desarrollado con éxito todas las misiones asignadas. Además, me dice que tiene un conjunto de habilidades muy peculiares, sobre todo su agudeza, entendimiento y evaluación de las situaciones en el campo de batalla. También apreciamos su discreción, no queremos que el enemigo sepa que estamos ya tan cerca de él. La razón por la que te hice llamar es porque tenemos una misión para usted. Esta misión tiene toda la prioridad y es la única oportunidad que hemos tenido y creo que la única que tendremos para conocer los planes de Caribdis. Durante años hemos estado a su sombra, pero podríamos esta vez tomar la delantera y conocer quiénes conforman este monstruo y cuáles son sus planes. El capitán K. la pondrá al tanto de la situación y le dará los detalles de su misión.

—Cuente conmigo, general, llevaré a cabo la misión en sus términos.

—Eso espero.

El capitán K. y la teniente Polgár abandonaron la oficina para ir a coordinar los pormenores de la misión. Camino al lugar de reunión, Andrea no sabía en verdad lo que estaba sintiendo. Todos los sentimientos llegaron a su cabeza como el agua que escapa de una presa una vez que logra quebrarla. Por un lado, esta era la oportunidad de su vida, podría demostrar finalmente su valía. Y lo más importante, haría a Garry sentirse orgulloso. No había mejor forma de pagarle todo lo que él había hecho por ella. Por otro lado, se sentía un poco como Atlas, cargando el mundo sobre su espalda.

El capitán pasó frente a su oficina y siguió de largo, por lo que Andrea dedujo que se dirigían hacia algún lugar más privado. En efecto, cuando llegaron al final del pasillo, el oficial abrió la puerta de la sala de interrogatorios. El recinto era chico, una habitación de tres por tres, para dar un poco la sensación de claustrofobia. No contaba con mucho inmueble. Todo lo que había era una mesa de aluminio con una lámpara sobre ella y dos sillas también de aluminio. Pero la razón principal por la que estaban ahí, era porque toda la habitación había sido construida a prueba de sonido, significa que todo lo que hablasen quedaría resonando sólo allí dentro, sin posibilidad de escapar. Sobre la mesa había una carpeta negra. Andrea comenzaba a darse cuenta que lo que acontecía era aún más grande de lo que ella pensaba. Se sentaron, y pudo ver la preocupación en el rostro del capitán.

—Caribdis comenzó a mover sus piezas. Sabemos que traman algo grande, lo suficiente para permitirse correr muchos riesgos. Eso es lo que nos preocupa. Tenemos información que todo comenzará a través de QuTE, donde van a hacer varias teleportaciones en una misma semana.

—Eso no es común, pero tampoco quiere decir mucho. QuTE puede manejar varias teleportaciones en tan corto tiempo.

—Las teleportaciones van a ser ejecutadas por el mismo sujeto.

—¿Un único jumper? Pero eso es imposible, tengo entendido que hay que parar al menos un par de semanas entre una teleportación y otra, para que el cuerpo, y sobre todo la mente, pueda volver a reagrupar toda la información concerniente a la persona.

—Por eso ese es nuestro punto de partida. Nos tenía muy intrigados que Caribdis estaba reorganizando sus recursos globalmente: dinero, políticos, guerrilleros, noticieros, periodistas, etc. Entre tanto movimiento no podíamos encontrar un punto de entrada. Sé que ahora mismo no parece una pista muy sólida, pero llevamos años tratando de desenmascarar a esta organización y nunca hemos tenido un avance como este.

—¿La fuente de la que obtuvieron la información es confiable?

—Sí. Pero de todos modos no nos queda más remedio que confiar.

—¿Y quién es el sujeto, el jumper?

—Se llama Richard Coatwhite, y sabemos en qué hotel estará el 5 de junio. Tienes que volar a Massachusetts. Saldrás mañana de Estocolmo. Tendrás unas escalas y llegarás a Massachusetts el 4 de junio. Te quedarás en un hotel cercano al de este sujeto, para que puedas ir y venir. Estarás sola, por lo que debes procurar no llamar la atención y modificar tu apariencia con cada visita. Registra todos sus movimientos y con quién se reúne.

K. abrió la carpeta y le entregó una foto de Richard. También el ticket de avión y los documentos del auto arrendado. Luego se quedaron dos largas horas analizando todas las posibles variantes que podrían surgir y cómo actuar en cada momento.

—Ahora vete y prepara tus cosas. Tendrás trabajo encubierto.

—Gracias, Garry. No te defraudaré.

—Cuídate. Eso es lo más importante para mí.

Capítulo 4

Defensa Francesa

Junio 6, 2125. 23:35 horas. París, Francia.

Se escuchaban algunas voces de fondo, pero Richard no era aún capaz de entender la conversación. Todo se escuchaba como ruido. No obstante, la coherencia de las palabras fue volviendo poco a poco según transcurría el tiempo. La primera frase que pudo discernir fue: ya está volviendo. Sin que hubiera recobrado el total dominio sobre su cuerpo, dos hombres lo cargaron y lo recostaron en un sillón. Allí le comenzaron a administrar algunos fluidos vía intravenosa, hasta que se volvió a dormir.

Unas horas después abrió otra vez los ojos y encontró frente a él a otro sujeto con aires de impaciente, como si haber tenido que esperar a que Richard despertase lo hubiese puesto de mal humor.

—Al fin despertó usted. Parece que se le da bien dormir. Soy el Dr. Alekhine, homólogo del Dr. Lasker aquí en París. A continuación, usted será examinado por algunos médicos para constatar que está en condiciones de irse a su hotel. Usted no está autorizado a salir del hotel, así que debe mantenerse allí hasta que yo le indique otra cosa. ¿Entendido?

—Entendido, contesté. ¿Puedo hacer una pregunta?

—Que sea rápido.

—¿No debiese quedarme dentro de las instalaciones de QuTE?

—No es necesario, el hotel donde se hospedará cumple con nuestros requerimientos.

—¿Y cuándo les entrego el mensaje?

—Ya son dos preguntas. Pronto.

Y diciendo esto se marchó.

Tras un exhaustivo examen médico, Richard fue finalmente dado de alta. Después, uno de los médicos lo acompañó a un vestidor.

—Aquí encontrará sus pertenencias, documentos y cualquier otra cosa que podría necesitar durante su estadía en París. El chofer vendrá en veinte minutos para llevarlo a su hotel. ¿Tiene alguna pregunta?

—No, señor.

—Entonces me retiro. Bienvenido a París.

Una vez a solas en la habitación se quitó la bata blanca con el logo de QuTE y se sentó desnudo en un sofá de cuero negro. Recorrió el vestidor con la mirada. La habitación era un tanto oscura, pero elegante. Las paredes tenían un papel mural color beige y el piso era de madera oscura. Esto, sumado a la luz amarilla de las lámparas de pared, hacía que el local se sintiese acogedor, al menos para su gusto. Todos los muebles eran de madera. Nada que ver con los típicos gimnasios con estantes de aluminio. Frente a la puerta de la entrada había una repisa con algunas flores recién cortadas, y a su lado un vaso de vidrio seguido de una jarra de agua que contenía además en su interior unas rodajas de limón y pepino. Al lado de la repisa había un armario con teclado numérico, donde se suponía estaban sus pertenencias. Más allá del armario había un espejo grande.

El sofá ocupaba todo el espacio de la pared del frente, justo al lado de la puerta de entrada. La habitación contaba con una puerta en la pared del fondo a la izquierda que daba a un baño, pero Richard prefirió bañarse en el hotel. «Quisiera dejar de ser ya una especie de ratón de laboratorio y volver lo más pronto posible a un lugar normal», pensó.

Se puso de pie y se dirigió hacia el teclado numérico del armario. Tras marcar los primeros seis dígitos de su cédula de identidad el mecanismo se abrió y pudo encontrar, perfectamente ordenado, un pantalón de tela azul, una camisa blanca, ropa interior tipo bóxer, un par de calcetines, unos zapatos negros de vestir y una chaqueta de cuero negra. Todas estas prendas de vestir habían sido solicitadas por él antes del viaje. También había una billetera con un documento de identificación, un poco de dinero en efectivo, y una tarjeta de crédito que les permitían usar por concepto de viáticos. Además, había un celular con los números seguridad de la empresa ya guardados.

Cuando estaba ya poniéndose los zapatos llegó el chofer.

—Buenos días, señor Coatwhite. Mi nombre es Maxime y seré su chofer durante su estadía. ¿Primera vez en París?

—Sí, aunque tengo la sensación de que ya he estado antes. Pero quizás lo estoy confundiendo con algún otro lugar.

—Qué extraño, no hay nada en el mundo como París.

«Este Maxime es del mismo equipo del otro chofer, posiblemente exmilitar», pensó Richard. Cuando salieron al estacionamiento no encontró esta vez una limusina, sino un Mercedez-Benz E350. El auto era bastante cómodo. Los vidrios eran oscuros y blindados. A Richard le dio la impresión de que aquí en el Silo 2 sí se tomaban muy en serio eso de las medidas de seguridad. Los Silos, los lugares donde estaba montado el sistema de teleportación funcionaban en ambas direcciones, tanto para salidas como para entradas.

Después de andar durante veinte minutos comenzó a sentir náuseas. Le ocurría a veces cuando se sentaba en la parte trasera de un auto. Le preguntó a Maxime si podía sentarse adelante para disfrutar un poco más de París, a lo cual este accedió.

—¿De dónde eres, Maxime? —preguntó.

—Soy de Bretaña.

—Oh, no pensé que fueses inglés.

—No lo soy —respondió bruscamente. Confundes Bretaña, que en francés es Bretagne, con la Gran Bretaña. Además, no tendría que ser forzosamente inglés, pudiese ser escocés, galés o irlandés. Pero volviendo a Bretaña, queda ubicada en el extremo oeste del país, limitando al norte con el canal de la Mancha y al oeste con el océano Atlántico.

—Nunca había escuchado de ella antes.

—Por supuesto que sí, su capital es Rennes.

—No, parece que no la conozco.

—¿Has leído las historietas de Astérix el Galo?

—¡Sí, por supuesto! Astérix y Obelix.

—Bueno, no es la mejor referencia, pero ya lo tienes.

Cuando llegaron al hotel, que se encontraba ubicado en Boulevard Saint-Marcel, Maxime lo acompañó a la recepción y solicitó la llave de la habitación. Le entregó la llave y se marchó tras una breve despedida.

La habitación era tan chica, que ni siquiera era cuadrada o rectangular, sino más bien triangular. «Obvio, esto es París», pensó. «Me da la impresión de que originalmente era una habitación normal, pero con el aumento del valor del metro cuadrado la dividieron de esa forma para hacer dos». Lo increíble era que el baño sí era grande, o al menos lo suficientemente grande como para no pegarte en la frente cuando estás sentado en el inodoro. Por alguna razón, sentía un calor abrazador en todo el cuerpo y mucha ansiedad. Así que tomó la ducha lo más fría que pudo. Después bebió uno de los jugos raros que le dieron en el Silo 2. Ya corrían alrededor de las 4:00 horas. Cerró las cortinas para dejar la habitación lo más oscura posible, oculta de las luces de la calle, y poder dormir un poco.

Cuando despertó eran las 12:20 horas. Caminó hasta el frigobar sin encender ninguna luz. Allí encontró algunos sándwiches de pan de miga con relleno de jamón y queso. Calentó uno en el microondas y lo comió junto con otro jugo raro. Se volvió a acostar y encendió la tele a ver si aparecía algún programa cómico que lo ayudara a volver a dormir. Por alguna razón, se sentía más cansado que de costumbre. No encontró nada interesante que ver en la televisión local, así que abrió la aplicación de Rumble y puso un partido de tenis, la final histórica de Djokovic y Nadal en el Australian Open en 2012. Fue un partido maravilloso entre dos grandes tenistas. «No ha habido otra época como esa. Me hubiese encantado verlos jugar en vivo. ¿Por qué será que a veces creemos que las generaciones anteriores tuvieron más suerte?» A veces Richard les envidiaba que hubieran podido convivir con las grandes leyendas de todos los tiempos. En algún momento durante el segundo set se volvió a dormir.

Cuando despertó nuevamente ya eran las 17:03 horas. Ahora se sentía mucho más descansado, pero había vuelto la ansiedad. Era como la sensación de desear mucho hacer algo, pero no recordar qué cosa era. Pensó que, de todas las emociones, la ansiedad era la más difícil de controlar. Se preparó un café instantáneo. Él era más de café exprés, pero para ello debía bajar al lobby y le daba pereza. Abrió las cortinas y comenzó a caminar un poco por la habitación sin rumbo fijo, sólo tomando el café. De repente, sintió que su cuerpo estaba listo para salir a beber, bailar un poco y, sobre todo, salir con una chica.

Su vida amorosa no atravesaba precisamente por su mejor momento. Hacía tres meses había terminado una relación, de aproximadamente tres meses, y desde ese momento se había sentido un poco solo. No era que antes se hubiese sentido muy acompañado. Esa había sido su vida durante los últimos años: sentirse solo aún en compañía. Pero hoy era otro día, y era París, así que, ¿por qué no? Como todavía era temprano, tomó el control del televisor y buscó alguna película para adultos. Normalmente no veía nunca eso, pero este día le parecía distinto. Después de unos veinte minutos su ansiedad no había mejorado, pero su instinto de cazador estaba al máximo. Entonces escuchó su celular. El número estaba guardado como chofer, así que asumió que sería Maxime.

—Hola —contestó.

—Señor Coatwhite, soy Maxime. ¿Pudo descansar?

—Hola, Maxime, sí, algo descansé. ¿Hubo algún problema?

—No. Lo llamaba para invitarlo a conocer un poco París. Así aprovecha su viaje a la Ciudad de las Luces, y quién sabe si además de la cultura podría encontrar usted el amor.

—Yo con encontrar algunas chicas tengo.

La respuesta no parecía haber tomado a Maxime por sorpresa, quien rio un poco. Pero a él sí. Fue una de esas cosas que uno dice desde dentro, sin pensar. «Normalmente no es algo que yo diría, pero así salió».

—En ese caso olvidemos la Catedral de Notre Dame, tengo un lugar que le interesará más.

—Bajo en quince minutos.

Se vistió rápido. Como no había tenido tiempo de ir de compras se puso la misma ropa que encontró en el Silo 2, pantalón de tela azul, camisa blanca y chaqueta de cuero negra. En honor a la verdad, si hubiese ido de compras hubiese comprado básicamente lo mismo. «Lo bueno de no tener opciones es que no hay que molestarse en decidir qué ponerse. Claro que ese no es un buen eslogan de venta».

Desde el lobby del hotel pudo divisar el auto de Maxime que estaba aparcado justo en la entrada. Era un Renault rojo que dejaba ver algunos años ya de uso. El interior, un desastre. Polvo y tierra en abundancia, bebidas energizantes, ropa por todos lados, en fin, se veía mucho dinamismo ahí. Supuso que no saldrían en el Mercedes-Benz por ser una operación al margen de la empresa.

—Hola, Maxime —lo saludó después de su rápida inspección. Así que nos vamos de fiesta.

—Pues sí, tengo un lugar en mente que vas a alucinar. Así que pongámonos en marcha.

En el camino recordó que el Dr. Alekhine le había indicado explícitamente que no debía salir del hotel, pero por alguna razón necesitaba sacarse un poco la ansiedad del cuerpo. Además, estaba con Maxime, que al fin y al cabo trabajaba para la misma empresa. Estaba finalmente en el París de sus sueños y su intención era disfrutar del momento. No obstante, prefería asegurarse que Maxime no dijera nada acerca de esa expedición.

—Maxime, ¿te puedo preguntar algo?

—Por supuesto —contestó.

—¿Normalmente sales de fiesta con los jumpers, ya sea a donde nos dirigimos o a hacer turismo de museos, etc.?

—A veces algún jumper me pide que lo lleve a algún lugar, tras unos días de su llegada a París. También los conduzco dentro y fuera del Silo 2. Pero en tu caso, me pidieron que estuviese al tanto de cualquiera de tus necesidades y que me enfocara sólo en eso. Así que esta vez pensé en aprovechar el tiempo. ¿Por qué me lo preguntas?

—Lo pregunto porque el Dr Alekhine me ordenó quedarme en el hotel, así que quisiera contar con tu discreción, de lo contrario podría estar en problemas.

—En ese caso yo también estaría en problemas, así que no te preocupes.

—¿Has tenido problemas anteriormente, digo, mientras has trabajado para QuTE?

—Sí, he tenido un par de incidentes. Quizás porque me gusta la fiesta y no me gustan los jefes. Anteriormente trabajaba en AF, una empresa que hace de taxi para personas importantes. Supongo que esta será mi prueba para quedarme o no con este empleo. Así que a cambio de mi discreción me vendría bien una buena evaluación de tu parte.

—Considéralo hecho.

Aun le resultaba un poco extraño Maxime. No lograba descifrarlo. Cuando lo vio la primera vez no le pareció del tipo de muchas fiestas. Pero bueno, los dos tenían el mismo objetivo. Pasarlo bien. Y a él tampoco le convenía que supieran que andaban de fiesta.

—¿Te apetece un poco de música nacional para el camino?

—Obvio. ¿Qué tienes por ahí?

—¿Escuchaste alguna vez a Alizée?

—No, nunca la he escuchado.

—Era muy buena, y encima estaba muy buena.

—Hombre, haber empezado por ahí.

—Esta se llama *J'en ai marre*, y es uno de sus clásicos.

A Richard la canción le pareció muy buena, buen ritmo y ella tenía buena voz, al menos al nivel de estudio de grabación. «Porque cuantos artistas no hay que en el estudio cantan como los ángeles y en un concierto hay que pagarles para que paren».

Después de unas cuantas canciones Maxime detuvo el auto.

—Vamos a dejar el auto aparcado en esta calle y después caminaremos unos metros, ya que no se puede parquear en la calle del Club.

—¿Y tiene nombre este Club?

—Mejor dejémoslo como el Club.

Entraron por una calle de adoquines muy elegante. De esas antiguas que conservan muy bien los tiempos de antaño. Ya era entrada la noche, y el cielo estrellado le confería al lugar el fondo perfecto, que a su vez hacía juego con las luces de las lámparas de hierro que asomaban de las puertas de las casas. Después de caminar un rato, la calle se curvó abruptamente a la derecha en forma de herradura, ocultando de los curiosos el plato principal. Al tomar la curva y avanzar unos pocos metros apareció ante ellos una enorme puerta roja, de dos hojas. La puerta estaba custodiada por dos leones de bronce que sobresalían de la pared, uno a cada lado. Tenía una pequeña ventana en la hoja derecha, hecha del mismo tono, y que sólo se podía distinguir si se observaba con cuidado. No obstante, no había ningún indicio de algún timbre. Si este era el tipo de lugar que Richard imaginaba, la música y la bulla ahogarían cualquier sonido proveniente de afuera. De pronto, su compañero hundió con sus dedos los ojos del león de la derecha, y se abrió la pequeña ventana,

—Dígame —dijo una voz desde adentro.

Maxime tomó una carta de su bolsillo y se la alcanzó al hombre. Esta tenía dibujado algo como un océano con un hoyo por donde caían el agua y los barcos. No era una carta de alguna baraja. Después de unos segundos la puerta se abrió y un hombre fornido los hizo pasar. La enorme puerta daba lugar a un pasillo oscuro con techo en forma de arco y todo de piedra. A Richard le dio la impresión de que habían entrado a un tipo de almacén donde guardan los barriles de vino, sólo que estaba todo despejado. Al fondo del pasillo había otra puerta, mucho más pequeña que la exterior.

Hasta allí los acompañó el guardia y unas cámaras de video que vigilaban sus pasos desde el techo. El guardia puso su mano derecha sobre un lector de huellas que se encontraba junto a la puerta y esta se abrió haciendo un sonido como de puerta blindada, que estaba cubierta en madera sólo por las apariencias.

Del otro lado ya todo comenzaba a tomar la imagen de un club. El pasillo continuaba, pero muy bien iluminado con lámparas blancas en el techo y a los lados. A escasos metros de la entrada había una mesa con dos guardias sentados, y más al fondo unas puertas de vidrio. El vidrio dejaba pasar las luces de lo que parecía una discoteca, pero nada de sonido. Al llegar a la mesa los guardias les pidieron amablemente que pusieran las manos contra la pared para realizar un registro de armas. Cuando constataron que no portaban armas le hicieron una seña levantando su pulgar a otro guardia que estaba detrás del vidrio. Este también puso la palma de su mano sobre un lector de huella y las puertas de vidrio reforzado se deslizaron adentrándose en los muros. Las puertas dieron paso a la música y a la mezcla de olores de un club, que podría incluir cualquier cosa, pero sobre todo cerveza, vino, sudor y perfumes. Lo típico. Tampoco estaba mal. La verdad es que el Club se veía bien. Digamos que era una discoteca con forma de coliseo, de dos pisos, con una enorme barra abajo y una más pequeña en el segundo piso. En el centro había un escenario donde al parecer se estaban preparando para hacer algún tipo de show, pues todas las luces apuntaban en esa dirección. Además, en ambos pisos había algunos tubos con chicas semidesnudas bailando ubicados en posiciones aleatorias. En el segundo piso se encontraban además los salones VIP, donde seguramente daban bailes privados y se realizan celebraciones más íntimas.

Maxime le hizo seña para que lo siguiera. Atravesaron el recinto y se sentaron en la barra del primer piso. Cerca de ellos estaba el DJ, que, por cierto, parecía tener una muy buena selección musical. Estaba poniendo música electrónica retro, la música de principios de los '90 estaba de moda.

«La música y la moda, van en espiral, cada cierto tiempo nos topamos con cosas muy similares a las del pasado».

—¿Qué quieres tomar? —preguntó Maxime.

—Una cerveza está bien. Mira a ver si tienen alguna oscura.

—¿Oscura? ¿Cuál es esa?

—Me gustan las cervezas que tienen malta tostada, son más sabrosas, con más cuerpo. Pero no son tan comunes.

—Yo las he visto pero pensaba que no eran muy conocidas.

—Lo son. Las cervezas se pueden dividir en dos tipos según la fermentación. La Lager es de fermentación alta mientras que la Ale es de fermentación baja. Dentro de las que son tipo Lager puedes encontrar cervezas oscuras como la Bock y Dunkel. En las que son tipo Ale puedes encontrar la Stout y Potter.

—Dos Potter —le dice Maxime al tipo del bar.

—¿Y cómo conoces este lugar? —le pregunté.

—Como te dije antes, trabajaba en AF, y empecé a tener una clientela regular que me pedía que las dejase cerca o las recogiese por este lugar. Este es un club de personas importantes. Para mí era un buen negocio, la gente salía muy borracha y dejaban buenas propinas. También conocí a varias bailarinas y después de varios meses viéndome con una, me consiguió la carta que utilicé para entrar, y aquí estamos.

—Salud por eso —dijo Richard y alzó su jarra de cerveza para hacer un brindis.

Pensó que la noche prometía, el lugar tenía tremenda onda, las chicas eran estupendas y su compañero de guerra era todo un conocedor. El show comenzó de la mejor manera, cinco chicas vestidas de aeromozas cada una con su maleta de mano, su gorrito de la aerolínea, su pañuelo en el cuello y bien maquilladas. Empezaron bailando alrededor de las maletas y, sin previo aviso, ropas fuera y se quedaron únicamente con una diminuta tanga. Richard no sabía qué aerolínea sería esa, pero estaba tentado a averiguar. Después continuó un show de enfermeras.

Una de las chicas que al parecer había terminado su turno se acercó a ellos.

—Hola, Maxime, ha pasado mucho tiempo desde la última vez que viniste.

—¿Qué te puedo decir? el trabajo me absorbe. Pero como puedes ver vine acompañado. Mi buen amigo Richard nos visita desde Estados Unidos.

—Oh, un americano, me encanta.

—A sus servicios, *mademoiselle* —dijo Richard.

—Uy, la noche promete. Me gusta este invitado. Maxime quiero mostrarte algo. ¿Me acompañas un momento? ¿Richard, te molesta que me lleve a tu compañero unos minutos?

—Por supuesto que no. Vayan y tómense su tiempo.

—¿Seguro estarás bien? —pregunta Maxime—. Esto puede tardar un poco.

—Sí, tranquilo. Aprovecha el momento que mañana tienes que llevarme a varios lugares.

Maxime se despide riéndose y se va junto con su amiga.

Sentado en la barra, Richard mira su cerveza y se toma lo que queda de un sorbo, para ir soltándose un poco. Nunca había estado en uno de estos lugares, y le llamaba la atención por qué estaba ahí. «Debe haber sido la magia de París». Le pidió otra cerveza al cantinero y una voz femenina le susurró al oído: ¿me compras una? ¡Qué bien se sintió escuchar eso! Volteó la cabeza y vio a una mujer preciosa a su lado.

—Hola, soy Marinette —dijo extendiéndole su mano.

Sin saber muy bien qué hacer ante tanta belleza, Richard le dio un beso en la mano.

—Te compraría una casa —exclamó.

Ella se echó a reír. Por lo menos se había roto el hielo. Después de un poco de conversación y algunas cervezas la chica lo invitó a irse del lugar. Pagó al cantinero y cuando se marchaban sintió que alguien lo estaba mirando. Era una sensación extraña, como una presión invisible. Barrió con la mirada el lugar y ahí estaba ella. Desde el segundo piso le observaba una mujer hermosa. Rubia, esbelta, tenía una belleza distinta. No parecía bailarina por la forma en que estaba parada, además tan bella y sola en un lugar como aquel, era algo extraño. Pero él ya estaba enganchado con Marinette así que decidió continuar su camino. «Más vale pájaro en mano...».

Tomaron un taxi rumbo al apartamento de Marinette. Llegaron entrada la madrugada, cerca de la 1:00. Pasaron la noche juntos y lo pasaron bien. No fue gratis, pero sí dinero bien invertido.

Salió a hurtadillas del apartamento bien temprano, pues tenía ganas de despejarse la mente y tampoco se sentiría cómodo despidiéndose de Marinette. Además, quería estar temprano en el hotel por si el Dr. Alekhine deseaba contactarle. De Maxime no tenía noticias y dudaba que estuviese despierto tan temprano.

Caminó un rato por la Rue Lacépède. Algunos negocios abrían bien temprano en la mañana, así que pudo tomar un café y un croissant. Siguió caminando recto en dirección al Panteón de París, que era su punto de referencia. De repente, se encontró en una plaza donde varios señores estaban jugando ajedrez. A Richard le encantaba este deporte. Bueno, resultaba interesante que el ajedrez no era oficialmente considerado un deporte, sino un juego. Era ridículo. Hay partidas de ajedrez que han durado hasta seis horas. Hay muchas finales de Grand Slam que han concluido en mucho menos tiempo. La preparación física y mental que había que tener para estar sentado y concentrado todo ese tiempo requería muchísimo entrenamiento. Entonces no lo entendía. Más curioso aún era que el ajedrez, junto a las matemáticas y la música, eran las disciplinas que más genios habían dado. Esto lo había leído en algún lugar, pero tenía todo el sentido. Cuando escuchamos de un niño genio es porque a los doce años ya es gran maestro de ajedrez, o desde los ocho años toca el piano como un concertista profesional. ¡Y qué decir de las matemáticas!

Richard siempre recordaba una historia muy interesante acerca de Carl F. Gauss, matemático y físico alemán, que para algunos era considerado el príncipe de las matemáticas. Dicen que a una edad muy temprana su profesor de colegio le indicó a la clase sumar una secuencia de números. En concreto, sumar del 1 al 100. Se suma el primer número de la secuencia con el segundo, luego el resultado se suma con el tercer número, luego el resultado se suma con el cuarto, y así sucesivamente.

El profesor suponía que sumar del 1 al 100 los mantendría ocupados toda la mañana, y así él tendría tiempo para conversar con una visita. Gauss, resolvió el problema demasiado rápido. Al entregarle el resultado al profesor éste entendió que era imposible que lo hubiese resuelto tan rápido, así que posiblemente estaría mal y lo envió de vuelta a su asiento. Al cabo de un tiempo empezaron a llegar los otros estudiantes con sus respuestas y el profesor pudo ver que el resultado de Gauss era correcto. ¿Pero cómo lo hizo? Se preguntó el profesor, perplejo. Gauss nunca pudo hacer todas las sumas en ese tiempo. Y en efecto, el chico no hizo nunca la suma, sino que sacó la siguiente conclusión, la cual le explicó después al profesor.

Si sumamos el primer y el último número de la secuencia, obtenemos 101. Si sumamos el segundo número y el penúltimo, volvemos a obtener 101. Luego, siempre obtenemos 101 si sumamos los números en el orden de afuera hacia adentro, en vez de hacerlo de forma consecutiva de izquierda a derecha. Es importante recordar que en una suma no importa el orden en que ésta se realiza.

$$1\ 2\ 3\ 4\ldots 50\ 51\ldots 100$$

1. $1 + 100 = 101$
2. $2 + 99 = 101$
   $\vdots$
50. $50 + 51 = 101$

El último par que vamos a sumar es el 50 y el 51. Cuando llegamos a ésta última suma, notamos que hemos realizado 50 sumas, y que todas dieron 101. Entonces debemos multiplicar 50 por 101. Eso da un total de 5050. Ya entienden por qué el profesor pensó que tendría mucho tiempo libre. La fórmula encontrada por Gauss para realizar la suma se puede reescribir convenientemente como:

$$S=(100+1)*100/2$$

Nótese que 1 y 100 son el comienzo y final de la secuencia, respectivamente. 100/2 es el número de operaciones realizadas. En otras palabras, la distancia desde los extremos de la secuencia al centro de esta.

Esta anécdota era una de las favoritas de Richard. La repasaba a cada rato para no olvidarla. «Espero contársela algún día a mis hijos, si es que les llega a interesar las matemáticas, nunca se sabe».

La mañana era agradable. En la plaza se estaban jugando partidas a ritmo rápido, quince minutos con cinco segundos de incremento por jugada. Richard paseó por los distintos tableros. Observó juegos muy dinámicos y aperturas variadas. En un tablero se jugaba el gambito Evans, en otro un Gambito italiano, reconoció también una apertura escocesa, muchas aperturas Italianas, parece que estaba de moda. Él no se consideraba un jugador avanzado, diría que de unos 1700 elo. Pero disfrutaba el juego, la estrategia, la belleza y genialidad de las partidas de los grandes. Mientras observaba se desocupó un tablero y alguien lo invitó a jugar. Su acento no era francés, más bien ruso, pero en cualquier caso quedaba claro que quería jugar una partida. Se acomodó en la silla mientras su rival ajustaba el reloj, y comenzaba la partida con e4, peón de rey.

El ajedrez tiene, podría decirse, infinitas posibilidades. Incluso hoy en día en la jugada número catorce ya podríamos estar frente a una partida nunca antes registrada. Sin embargo, jugar el peón de rey a la casilla e4 es la apertura favorita de la mayoría, sobre todo dentro de los aficionados. Da lugar a aperturas clásicas como la Italiana, la Española, románticas como el Gambito de Rey, o agresivas como el Gambito Escocés. Tras ese movimiento de peón de las blancas existen diversas respuestas. Se puede jugar una defensa agresiva como la Siciliana, una hipermoderna como la Pirc, o las más posicionales como la simétrica que lleva el peón a e5, la Caro-Kann y la Francesa. Dado que su compañero parecía ser alguien más experimentado, asumió desde el inicio que en una posición abierta y dinámica no iba a durar mucho. Así que se decantó por la defensa francesa, que se origina tras jugar el peón de rey a e6. En general lleva a un juego lento y posicional, además, si estaba en Francia, ¿por qué no?

Las blancas continuaron ocupando el centro al avanzar su peón de dama a d4. A esto respondió con el golpe táctico d5, que lanza el peón de dama de las negras a disputar el centro.

Desde que comenzaron a jugar, Richard trató de estar lo más concentrado posible, pero sentía un zumbido en sus oídos, como si tuviese Tinnitus. El sonido era solo interrumpido durante los movimientos de pieza de su rival, y cuando este golpeaba el reloj. Ambas acciones un poco teatrales, rompían el zumbido como un bajo. No estaba distraído, pero sí un poco hipnotizado. Debía haber sido la falta de sueño y la rutina de ejercicios que tuvo en la madrugada.

Las blancas continuaron sacando su caballo del flanco de dama, Cc3.

—¿Cómo te llamas?

—Soy Richard. ¿Y tú?

—Aquí me conocen por «el ogro». Mi nombre no lo vas a pronunciar bien de aquí a que termine la partida.

—¿Crees que le queda poco a la partida?

—Depende de qué juegues a continuación.

Su confianza generó en mí un exceso de confianza y decidí jugar la variante Winawer, sacando mi alfil de casillas negras a presionar al caballo recién desarrollado. Conocía el nombre de la variante y sabía que era agresiva, pero no tenía idea de cómo continuar el juego desde allí.

Defensa Francesa

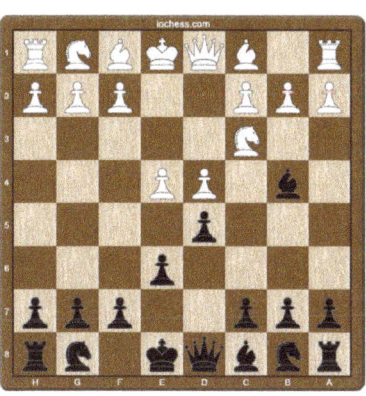

—Interesante —respondió el ogro, avanzando su peón a e5 y ganando mucho espacio en el centro —.¿Eres americano? —preguntó.

—Sí. Soy ciudadano americano, pero nací en Chile.

Comenzó a sentirse incómodo con la posición de sus piezas. En retrospectiva pensó que se hubiese sentido mejor con la variante clásica. Sabía que tenía que atacar la base de peones centrales, pero no podía recordar mucho más allá y a su alfil lo empezaba a sentir demasiado cerca de las líneas enemigas. Siguiendo lo poco que podía recordar golpeó nuevamente el centro llevando el peón del flanco de dama a la casilla c5.

—¿Y qué te trae por París? —preguntó el ogro mientras materializa el temor de Richard por el alfil jugando su peón a a3 para atacarlo.

—Soy ingeniero y trabajo a mi ritmo como consultor —esa era su cobertura dentro de QuTE—. Vine por trabajo y placer, un poco de cada uno.

No estaba seguro cómo seguir la lucha, pero decidió cambiar su alfil en b4 por el caballo blanco en c3. El zumbido iba en aumento, y cada vez sentía con más fuerza el golpeo del reloj y el movimiento de las piezas en el tablero.

—¡Qué grande es el ajedrez! —dijo el ogro mientras recapturaba el alfil con su peón—. Acabas de dañar mi estructura de peones doblándome un par en la columna c, pero con ese mismo movimiento me has ayudado a reforzar mi centro de peones. Además, tengo un ataque interesante por la columna b que se acaba de abrir para mi torre, y tu flanco de rey está más débil al desaparecer tu alfil de casillas oscuras. El ajedrez refleja una batalla como ningún otro deporte.

«Otro que opina igual que yo», pensó Richard. «Acomodamos nuestras piezas para ganar alguna ventaja a mediano o largo plazo mientras creamos debilidades en nuestra propia estructura. Debilidades que pudiesen ser atacadas incluso a corto plazo. No hay otro combate más parejo».

—Tienes toda la razón —respondió.

A partir de aquí todo fue en picada y Richard terminó perdiendo en diez movimientos más. Quiso sorprender con una variante que no conocía y, como podía esperarse, fue él el único sorprendido.

Ya eran las 9:00 cuando salió de la plaza rumbo al hotel. Mientras iba en el taxi sonó su celular, era Maxime.

—¿Cómo andas, campeón? Vi que te fuiste temprano y me dijeron que estabas bien acompañado, por eso no me preocupé en llamarte.

—La verdad es que estuvo bien. Fue mi primera vez en un club, pero no estuvo mal. No sé si iría de nuevo.

—Seguro que sí, pero tendrá que ser más tarde porque el Dr. Alekhine me envió a buscarte. ¿Estás en el hotel?

—No, voy llegando.

—Entonces mueve el cuerpo que tenemos que estar a las 10:00 en otro lugar y creo que te vendría bien bañarte antes de salir.

—¿Sabes a dónde vamos?

—Sólo me lo comunican a último momento.

—Entiendo, te espero en el lobby en cuanto termine.

Apenas acababa de cortar con Maxime cuando entró la llamada del Dr. Alekhine.

—¿Hola?

—Señor Coatwhite, acabo de enviar a Maxime a recogerle.

—Sí, me encantaría entregar el mensaje cuanto antes. Estoy un poco cansado y creo que ha tenido que ver con el salto.

—De eso vamos a conversar cuando nos veamos.

—¿El mensaje es para usted?

Colgó. «La madre que lo parió. Que tipo más pedante. Encima te habla con ese acento de superioridad francesa. Debí haberme comido unos huevos revueltos con tocino de desayuno y no un croissant, no llevo ni dos días aquí y ya París me está cansando».

Llegó al hotel. Le pagó al conductor y mientras atravesaba el lobby rumbo a las escaleras ubicadas cerca del ascensor volvió la mirada a la entrada y vio un Mercedes-Benz negro que estaba llegando. Parece que Maxime y él estaban a la misma distancia del hotel. Subió corriendo las escaleras, entró en su habitación y se bañó lo más rápido que pudo. Después de secarse recordó que no había ido a comprar ropa. Pensó que no debería ir en toalla a la reunión, pero tampoco con la ropa del club que olía a todo. Para no hacer un dilema decidió prescindir de su ropa interior, pero sí ocupó el resto de la ropa. Cuando bajó, Maxime seguía en el auto y le hacía señas con el reloj.

—Tiempo es dinero, mi amigo.

Se subió al auto y salieron a toda marcha.

—Parece que alguien no tuvo tiempo de cambiarse de ropa.

—No me lo menciones. ¿Tendrás algo por aquí que me puedas prestar? En tu otro auto puede haber aparecido cualquier cosa, menudo ecosistema. Pero este se ve impecable.

—La verdad es que podría ser tu día de suerte. Acabo de pasar por la lavandería y recogí una de mis camisas favoritas.

De pronto sacó de debajo de su asiento una bolsa con una camisa hawaiana. «No puede ser. Además, me quedaría grande». Por lo menos olía a limpio y las manchas que tenía eran parte del diseño original de la camisa, a diferencia de la suya.

—Espero que no me la dejes con mucho olor —dijo Maxime.

—Lo dice el francés —contestó Richard y los dos rieron.

—¿Ya sabes a dónde vamos? —preguntó.

—Al Silo 2.

—¿Pero qué voy a hacer en el Silo 2 si aún no he entregado el mensaje? ¿Sabes si ha habido algún problema?

—Yo solo soy el chofer. ¿Tú crees que a mí me cuentan algo? Pasan de mí. Me dicen Maxime ve para allá, y luego ven para acá. Eso es todo.

—Tienes razón. Bueno, tendré que llegar a ver.

—¡Ese es el espíritu! Échate una siesta mientras tanto a ver si se te despeja un poco la cara de trasnochado que llevas.

—Buena idea. Despiértame diez minutos antes de llegar.

Reclinó el asiento hasta el tope y cerró los ojos. Con suerte podría descansar algo y llenarse de paciencia antes de ver al Dr. Alekhine.

Debía haber dormido unos treinta minutos en el auto cuando comenzó a despertar.

—Buenos días, rayito de sol —dijo la voz burlona de Maxime.

Reacomodó el asiento y le preguntó a Maxime si tenía alguna bebida, pues estaba sediento. Maxime le pasó una de las botellas de líquido raro de QuTE que tenía a un lado de su asiento.

—No sabía que los choferes también tomaban esto.

—No sé para lo que es, pero tengo una aventura con una de las enfermeras del Silo 2 y dice que esto es bueno para el cutis y fortalece la flora intestinal. Tú entenderás que este cuerpo y esta cara hay que cuidarlos.

—Sí, me imagino —dijo dejando entrever el sarcasmo—. Cuéntame un poco del Dr. Alekhine. Algo sabrás de él.

—La verdad es que no mucho.

—Vamos, algo te tiene que haber soltado tu enamorada la enfermera.

—Sé lo que sabe todo el mundo. El tipo es brillante. Tiene un doctorado en Física en Ecole Normale Supérieure. Parece que se especializó en cosas cuánticas. Es lo que he escuchado. Cuando terminó sus estudios QuTE lo contrató para una estadía postdoctoral en sus dependencias y finalmente se quedó como líder a cargo del proyecto en la parte francesa. Es solitario, tiene mal carácter, las cosas que ya tú sabes.

—¿Tiene familia o algo?

—Nadie sabe nada al respecto. Pero no creo que sea casado o con hijos. Pasa todo el tiempo estudiando, haciendo ensayos en los laboratorios.

—¿Y tú lo has tenido que llevar a alguna parte?

—Algunas veces lo llevo a reuniones de trabajo por París, pero eso sería todo.

—Para ser exconductor de AF sabes muy poco de los clientes.

— C´est la vie —concluyó Maxime mientras el auto avanzó hacia la puerta de entrada.

Maxime bajó la ventanilla y acercó su tarjeta al lector. La puerta comenzó a abrirse y llegaron a otro portón, pero esta vez había una garita con dos guardias bien armados. Maxime les pasó la tarjeta y bajó las ventanillas para que inspeccionaran el auto. Los guardias comprobaron que Maxime era la persona de la tarjeta, luego miraron a Richard, revisaron la maleta del auto, y los dejaron pasar.

—No recuerdo que hayamos pasado tanta seguridad cuando salíamos.

—Es que salir es fácil, el problema es entrar.

El auto siguió hasta uno de los edificios del recinto y bajó hasta el segundo subterráneo. Estacionaron en el sitio -2F, cerca de una puerta. Descendieron del auto. Maxime introdujo una clave en el panel que estaba justo al lado de la puerta, y una luz verde arriba indicó que podían pasar. La puerta conducía a un pasillo tenuemente iluminado. A medida que avanzaban a toda prisa aparecían puertas a ambos lados. A Richard le parecía que habían entrado por la zona de los laboratorios.

Al final del pasillo los esperaba el Dr. Alekhine, con cara de impaciente.

—Llevo más de treinta minutos esperando.

Maxime intervino rápidamente.

—Lo siento mucho. Hubo mucho tráfico de camino.

—Esto no se verá bien en su evaluación, Sr. Maxime. Ya puede retirarse.

Maxime regresó por el mismo camino por el que llegaron y Richard siguió al Dr. Alekhine, que hizo un giro a la derecha para continuar por otro pasillo. Este estaba mejor iluminado que el anterior. Parecía un pasillo de oficina. El Dr. Alekhine se detuvo frente a una de las puertas que tenía su nombre escrito en un cartel. Puso su huella en un lector y, antes de entrar, pareció darse cuenta de lo colorido de la camisa de Richard.

—Parece que te pusiste lo primero que encontraste. Americanos —masculló entre dientes mientras abría la puerta.

Desde la entrada parecía la típica oficina de los profesores de universidad, sólo que más grande, demasiado grande tratándose de París. La iluminación era excelente y muy bien sectorizada. La puerta estaba ubicada en el extremo izquierdo de la habitación, y al abrir el visitante sentía que una serie de diagramas y ecuaciones le daban la bienvenida desde dos pizarras;

una que ocupaba toda la pared lateral, y otra al frente de la puerta que ocupaba casi media habitación. Era el lugar ideal para tomarte una foto cuando eres estudiante de pregrado. El escritorio estaba ubicado en el lado derecho al fondo, lo cual permitía concentrar la atención en las pizarras, y también en la puerta de entrada. Al lado derecho de la puerta, había una mesa redonda llena de papeles. Richard supuso que el escritorio era para atender asuntos importantes, mientras que la mesa redonda se usaría para hacer algunos cálculos que no iban en la pizarra. El escritorio era grande, de buena madera y con un trabajo de carpintería muy esmerado. La silla del escritorio era enorme y de cuero negro. Estas sillas son cómodas para alguna reunión, pero no para pasar muchas horas sentado. En cambio, la silla de la mesa redonda era mucho más simple, pero diseñada para estar sentado trabajando largas horas. Comúnmente se cree que las sillas grandes de cuero son las más cómodas, pero el soporte lumbar y el asiento que deje fluir bien el aire son muy importantes. Los diseños óptimos no siempre se encuentran en esas sillas rimbombantes.

Frente al escritorio había otras dos sillas más sencillas. También tenía una pequeña repisa donde descansaba una jarra de agua con pepino y una cesta de frutas. Se veía todo muy fresco, así que era de suponer que alguien lo reponía todos los días.

—Tome asiento —indicó el Dr. Alekhine—. Hoy tiene otro salto. Está programado para las 18:00 horas y tiene como destino el Silo 5.

—¿Me voy a Italia?

—Correcto.

—Pero si aún no he entregado la información correspondiente a este salto.

—Estoy al tanto de la situación, pero la información ha sido comprometida. Usted no puede quedarse en Francia más tiempo.

—Espere, espere. No he estado en contacto con nadie. Nadie ha usado un decodificador conmigo y tengo una información en la cabeza que me encantaría que no estuviese ahí. Además, pensé que tendría más tiempo para recuperarme. Todavía no estoy en condiciones de hacer otro salto.

—Usted conoce los riesgos de su profesión. También fue consultado antes de iniciar esta serie de encargos, y estuvo de acuerdo con los términos.

—Más que consulta fue una imposición.

—Me temo que no. Tengo los papeles firmados y no veo que usted haya sido obligado. No tengo tiempo para perder con usted, tengo cosas más importantes que hacer. Un encargado vendrá a recogerlo enseguida para ayudarlo a prepararse —dijo mientras presionaba un botón sobre un teclado del escritorio.

—Pues no.

—¿Cómo qué no?

—Tan simple como eso. No. No voy a ningún lugar hasta saber que está pasando aquí.

—Usted no necesita saber nada, y esa información está muy por encima de su sueldo. Mi paciencia tiene límites muy estrechos, y usted ya los está bordeando. Haga el favor de salir de mi oficina.

—Me quedo. No voy a dejar que pongan mi vida en riesgo sin saber siquiera por qué la estoy arriesgando.

—¡Usted no está poniendo nada en riesgo! —gritó el Dr. Alekhine.

De repente alguien tocó a la puerta.

—¡Espere afuera! —vociferó el Dr. Alekhine al borde de un ataque de cólera—. Señor Coatwhite —dijo suavizando el tono, pero dejando entrever un poco de ganas de fusilarle—. Nuestra compañía se encuentra gravemente amenazada por una mafia. Un grupo de criminales reunidos bajo las siglas WPS. Esta mafia ha conseguido infiltrarse en nuestras filas y buscan los secretos que tiene usted en su cabeza.

—Pero, aunque me capturasen no pueden hacer nada sin el decodificador y la llave correcta. Además, no saben quién soy.

—Ya lo saben. Y estos mafiosos han conseguido un decodificador.

—¿Construyeron un decodificador?

—¿Cómo se le ocurre que esos bárbaros puedan construir algo? Nos lo robaron. Pero no saben utilizarlo. No obstante, no quiero correr riesgos. Mi intuición me dice que están dispuestos a no dejar roca sin voltear en su cabeza. Mirarán en todos lados hasta conseguir lo que quieren. Y producto de su poca sofisticación, a diferencia de nosotros, usted posiblemente quede muerto o en el limbo. Su salto hacia el Silo 5 está planeado para sobrescribir la información que usted tiene con otra inservible. Haremos tal alboroto que sus espías sabrán lo que hicimos y usted quedará libre de preocupación, al menos pasadas unas veinticuatro horas.

—¿Cómo?

—No se lo explico porque un ingeniero no puede entender esto. Ustedes están entrenados para construir lo que las mentes más brillantes vislumbran y no pueden siquiera imaginar que existe un mundo oculto a sus ojos. Sólo nosotros estamos capacitados para robarle esos secretos a la naturaleza, y moldearlos a nuestro antojo. Pero lo voy a poner en forma simple para que te largues de una vez. Tu pequeño y diminuto cerebro tiene una memoria, algo así como una memoria RAM de un computador. No es la memoria de un disco duro, sino una memoria de tiempo limitado que existe, por accidente. En el mundo cuántico esta memoria es una regla más que la excepción. Y creemos que su tiempo de vida en el cerebro no es despreciable. Por lo que algo de información podría ser parcialmente recuperada incluso después de deliberadamente borrar nuestra información. En cuanto a su salud, usted no tiene de que preocuparse, hemos tomado todas las precauciones para que después de este salto pueda volver a su simple vida. También será económicamente recompensado, más allá de sus capacidades y logros, por supuesto, para que pueda costear sus gustos mundanos.

En ese momento el Dr. Alekhine volvió a presionar el intercomunicador y un guardia de seguridad abrió la puerta. Richard se levantó de la silla, e instintivamente repasó con su vista toda la habitación, sobre todo la pizarra. Había una especie de circuito dibujado. Supuso que sería algo cuántico. Necesitaba enfocar su mente en otra cosa y eso le ayudaría. Antes de cruzar la puerta, preguntó sin voltearse,

—¿En qué ciudad de Italia está el Silo 5?

—En Sicilia.

Llamada telefónica. Junio 8, 2125. 10:00 horas. París.

—Teniente Polgár, ya puede hablar. La conversación está encriptada. No tenemos mucho tiempo antes de que la descubran, así que sea breve.

—El sujeto se subió al auto hace algunos minutos. Lo sigo desde lejos, pero estoy segura que van camino al Silo 2.

—¿Por qué tan rápido? No le entregó el mensaje a nadie. ¿De qué se trata todo esto?

—Permiso para dar mi opinión, Capitán.

—Proceda.

—El sujeto ha estado un poco errático. Su comportamiento no se ajusta al perfil que tengo de él.

—Explíquese mejor.

—Es un conservador. Es romántico y busca pareja estable. No es de irse de fiesta. No frecuenta clubes. Era más probable que si estaba cansado se hubiese quedado leyendo. Incluso en su partida de ajedrez no hubiese sido tan osado de jugar lo que no conocía. He visto sus partidas online y jugó muy distinto contra usted.

—Interesante. Veo que también captaste esa parte.

—Además, el hecho de que no le entregase el mensaje a alguien resulta extraño. Tampoco estuvimos tan cerca.

—Si va rumbo al Silo 2 es porque tiene otro salto. Su destino podría ser el Silo 5 o el 3.

—¿Londres?

—Es una opción. Creo que todo se abrirá ante nuestros ojos después de este salto. Vamos a dividirnos. Berg está aquí conmigo. Él reunirá un equipo y te encontrará en Sicilia. Enviaré otro equipo a Londres.

—Trabajo mejor sola.

—No voy a correr más riesgos. El hecho de separarnos ya limita nuestras posibilidades. QuTE es nuestra mejor chance para desenmascarar a Caribdis. Además, Berg es uno de nuestros mejores recursos.

—Entendido. Alguna noticia de su contacto.

—Nada aún. Deben estar todos bajo vigilancia.

Junio 8, 2125. 11:05 horas. Silo 2.

Al salir de la oficina del Dr. Alekhine el guardia condujo a Richard por el mismo pasillo hasta un ascensor custodiado por otros dos guardias. Bajaron al piso -8 y, al abrir las puertas del ascensor, encontró un ejército de batas blancas esperando por él. Lo subieron a una camilla y empezaron a pegarle cables en la cabeza y en el cuerpo. También le pusieron algún suero en vena y lo último que recordó fue que lo cargaron y lo metieron en una cámara, similar a la que usaron en Massachusetts.

Cuando despertó se dio cuenta de que seguía en el mismo lugar. Sólo le habían dejado descansando. Una enfermera abrió la cámara y lo ayudó a sentarse. Le dio una botella de líquido raro y se quedó a su lado hasta que la tomó. Luego lo ayudó a recostarse. Cuando se disponía a cerrar la cámara Richard la interrumpió.

—¿Puede dejarla abierta? Tengo un poco de claustrofobia y me va a costar volverme a dormir si está cerrada.

La enfermera no estaba muy segura de qué hacer. Por la cara de enfermo que tenía Richard no pensó que fuese a haber problemas. Así que la dejó abierta y salió. El jumper esperó unos diez minutos a ver si regresaba, y al no ver entrar a nadie trató de sentarse, no sin mucho esfuerzo. Miró el reloj de pared y vio que eran las 16:00 horas, a sólo dos horas del salto. La cabeza le daba un poco de vueltas. «Creo que es más por las cosas que me contó el Dr. Alekhine que por cualquier medicamento que me hayan administrado».

No tenía mucho sentido aquello de que viniesen tras de él, pero de cualquier manera debía estar preparado. Además, ¿acaso no había otro Silo con una mejor ubicación? Le estaba buscando la mafia y lo enviaban a Sicilia. Era como si la presa se subiese a la camioneta del cazador y se disparara ella misma. Aún tenía dos horas y las iba a aprovechar. Miró a su alrededor y pudo divisar entre tanto equipo médico un escritorio con una silla de oficina con ruedas. Consiguió pararse lentamente para no caer. No tenía muchas fuerzas. Como cuando tienes fiebre y estás muy cansado. Logró llegar a la silla con la energía que le quedaba. Ya desde la silla todo sería más fácil. La puerta de la habitación se abría automáticamente gracias a un sensor. Se asomó al pasillo con mucha cautela, y vio que al frente de su habitación había una pequeña sala de monitoreo. Tenían cuatro escritorios pequeños, dos a cada lado, cada uno con un computador. Volvió a chequear que no hubiera nadie en el pasillo y se impulsó hacia la sala. Posicionó la silla frente a uno de los computadores que quedaba más alejado del pasillo y cerró todos los archivos y documentos que tenía abiertos.

Buscó en el navegador y vio que tenían su misma configuración de navegación: «Brave» como navegador web y «DuckDuckGo» como motor de búsqueda. Llevaba varios años trabajando así, desde que comenzó a preocuparse por la privacidad de las cosas que compartía o buscaba en internet. También funcionan rápido y bloquean muchos «pop-ups». Sabía que las personas vinculadas a carreras de ciencia la usaban mucho, también en ingeniería, pero no sabía que las enfermeras también la usaban, bien por ellas. «Primero lo primero, Sicilia. Nunca he estado allí, ni por trabajo ni por placer. Sé que es una isla hermosa, a su vez una provincia de Italia. Tienen un postre muy bueno, el cannoli». La primera vez que lo probó fue en la pequeña Italia, Boston. Tenían fritos, horneados y con distintos rellenos. No le gustaron tanto en esa ocasión. Luego los probó por segunda vez en Pisa, y ahí sí los disfrutó. Fue un poco más especial. Podía ver la Torre desde donde estaba sentado, en una mesita de un local pequeño, cuando decidió acompañar su café con un cannoli. Para ser justos, el ambiente en Boston no había sido el mejor. Lo compró en una pastelería y se lo fue comiendo mientras avanzaba, o más bien surfeaba entre la multitud. Creía recordar que había llovido, así que estaba todo sucio, con charcos y fango.

Debía haber más temas importantes en Sicilia, pero tenía que enfocarse en lo más urgente: la «Cosa Nostra». Era una organización mafiosa que vio erigirse como altos exponentes a personajes como Joseph Bonanno y Lucky Luciano, entre otros. Según internet, estos grupos se dedicaban a la extorsión, apuestas, prostitución, contrabando, préstamos, etc. Eran violentos y no les molestaba dejar mensajes claros a los que se les oponían. ¿Qué pasa con esta gente entonces? ¿Están diversificando su portafolio de inversión y les interesa ahora el robo de información privilegiada a través de hackers, pinchar servidores, incautar ordenadores? Eso requiere demasiada visión a largo plazo.

Por lo que había escuchado, WPS trabajaba de forma completamente distinta a como lo hacían estos grupos. Sus operaciones eran de una precisión quirúrgica, y una planificación y ejecución impecable. No salían nunca en las noticias, pero sí en las juntas de QuTE, que parecía ser uno de sus principales blancos. ¿Quién dirigía entonces WPS? ¿Un mafioso nacido en Sicilia y que luego se mudó a los Estados Unidos? No tendría nada de extraño. Podría intentar buscarlos. Ellos creían que Richard tenía algo que necesitaban, alguna información. Según el Dr. Alekhine, esa información estaría por tiempo muy limitado en su cabeza, ya que después de este salto ese tiempo comenzaría a volar. Si les lleva la información a tiempo, sumaría puntos. Sólo la tendrían que extraer lo más gentilmente posible. El plan era arriesgado. Es como conducir sin licencia y, al ver un auto de policía en el camino, pararlo para pedirle indicaciones. «Bueno ese es el único plan que tengo, así que tengo que averiguar por dónde empiezo a buscar».

Entró en el navegador y comenzó a buscar a las familias más influyentes en Sicilia. Si fuesen los típicos mafiosos que todos conocen entonces ya QuTE los hubiese eliminado. Quizás ni siquiera estaban en Sicilia, pero algo tenía que hacer. Todo este asunto había disminuido un poco su libido y la ansiedad que tenía ayer. Será que el peligro de muerte le hacía enfocarse en otras cosas. Trató de buscar familias que no hubieran estado envueltas en algún escándalo; con muy buena situación económica; influyentes en su comunidad; obras benéficas; hijos o sobrinos estudiando en universidades importantes. Era un comienzo.

El proceso de búsqueda era desgastante, tenía muchos elementos en su lista. Sintió un ruido, eran pasos por el pasillo. Miró el reloj del computador y ya había transcurrido una hora, eran las 17:00 horas. Miró la lista y se percató de que tenía que apresurar el proceso. Así que sólo buscó dinero, obras benéficas y, a su vez, bajo perfil. Abrió la información de cada candidato en una pestaña aparte y siguió indagando. A medida que fue descartando candidatos cerraba las pestañas, hasta que sólo quedaron tres.

—¡Sr. Richard! —dijo la enfermera con un guardia a cada lado—. Sabe que no podía salir de su habitación, ni siquiera de la cámara.

Los dos hombres se abalanzaron sobre él, le sujetaron los dos brazos y él todavía sin conseguir un nombre. Alcanzó a mover el mouse a la siguiente pestaña, pero lo levantaron sin darle tiempo a leer nada.

Al salir por la puerta miró fijamente a la enfermera.

—El hombre que dará solución a tus problemas está en esa computadora —le dijo señalando con la cabeza el sitio donde había estado sentado.

Los guardias lo llevaron casi cargado por el pasillo, alejándose de la sala de monitoreo cuando escuchó a la enfermera:

—¡¿Y quién mierda es este Caruana?!

Richard sonrió por dentro. Ese es el nombre que podría necesitar. Por ahí tendría que comenzar su búsqueda.

Capítulo 5

Capturar o No Capturar

Junio 13, 2125. 17:34 horas.

El sacrificio de peón le tomó por sorpresa. Pensó durante dos largos minutos. Parecía que la mejor jugada era aceptarlo, así que tomó el peón en d5 (exd5). Las negras recapturaron con su caballo (Cxd5). Ahora el peón en e5 de las negras estaba siendo atacado por el caballo y la torre. Lo tomó con el caballo (Cxe5), a lo que las negras respondieron capturando su caballo (Cxe5). Finalmente recapturó con la torre (Txe5). Como resultado de estos movimientos todo el centro había sido aniquilado. Al capturar de torre, ahora las negras tenían doblemente amenazado su caballo en d5, por la torre y el alfil blanco. Las negras movieron su caballo de vuelta a la casilla f6. El blanco había quedado con un peón de ventaja, pero con peor desarrollo. Todo el flanco de dama estaba sin desarrollar. Se venía la jugada alfil a d6 por parte de las negras hostigando la torre. Así que, para evitar ese ataque, llevó su torre de vuelta a la primera fila. Las negras igualmente jugaron su alfil a d6 (Ad6). El caballo negro en f6 amenazaba con saltar a la casilla g4, con grandes complicaciones para el enroque de las blancas. Para prevenir ese salto, avanzó el peón a h3. Las negras igualmente movieron su caballo a g4 (Cg4), entregándolo sin más. ¿Capturaría ese caballo? No le parecía una opción saludable.

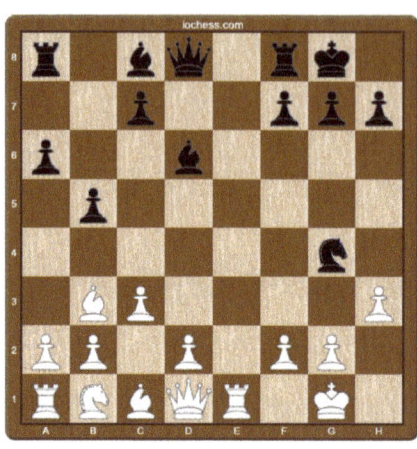

Junio 8, 2125. 18:00 horas. Silo 5.

Cuando comenzó a abrir los ojos una luz intensa lo cegó. No sentía su cuerpo. Intentó moverlo, pero no lo encontraba. Su conciencia estaba en otro plano y sólo escuchó a lo lejos: ¡Presto, presto!

Despertó en un banco de la cancha dieciocho de su club de tenis en la comuna de Las Condes, Chile. Y ahí estaba la Cordillera toda nevada. La Cordillera de los Andes, la mejor brújula de Chile. A donde quiera que vayas la ves, siempre al oriente. Debía ser junio, porque se sentía frío y el aire un poco húmedo, pero todavía sin las bajas temperaturas de julio y agosto. Era un día hermoso para hacer actividades al aire libre. Quizás por eso decidió ir al club. Los días así aprovechaba para jugar tenis con su profesor. Un poco de ejercicio le hacía muy bien, sobre todo después de estudiar mucho. Cuando la mente está muy cansada, se necesita estar en resonancia, cansar el cuerpo también. Se sentó y miró alrededor. La cancha estaba vacía. Su profesor no estaba por ahí. Parece que decidió dejarle dormir un poco. Al lado del banco estaba su bici, una Scott Aspect 950 que usaba siempre para ir al club. También estaba su bolso con las raquetas. Había pasado por varias marcas de raqueta hasta que finalmente terminó jugando con la Wilson 100 LS. Le acomodaba porque era liviana y le ayudaba con el revés a una mano. Un detalle que disfrutaba del club era el sonido del agua. Tenía un pequeño arroyo que lo atravesaba, proveniente del hielo que se derretía en la Cordillera. Aprovechó la melodía del agua para recostarse un rato y se volvió a dormir.

Una brisa cargada de arena comenzó a golpear su cara. Al principio pensó que era la arcilla de la cancha y no intentó abrir los ojos. Una vez que cesó la brisa se descubrió muy lejos del club. Al abrir los ojos encontró que estaba en el desierto de Atacama, posiblemente el desierto más árido del mundo. Veía a la izquierda el desierto florido, uno de los fenómenos más raros que podamos imaginar. ¿Cómo puede florecer el desierto? A la derecha veía una laguna pequeña. Las lagunas en Atacama se caracterizan porque no te puedes sumergir. Tienen demasiada sal. Miró al frente y vio un terreno llano. Empezó a caminar hacia él. Caminó y caminó pero casi no avanzaba. Sintió un viento fuerte que le hizo taparse los ojos y agacharse porque la arena le pegaba por todos lados. Cuando el viento terminó de soplar estaba en medio del desierto, pero ya no había flores ni agua. Todo se veía igual en cualquier dirección. Comenzó a caminar sin rumbo y sintió que el sol lo castigaba y sus labios estaban demasiado secos. Cayó de rodillas, vencido por el cansancio y encontró algo enterrado frente a él. Debía ser una momia. Otra característica del desierto de Atacama es la momificación natural. El desierto es tan árido que si alguien muere allí quedaría momificado de forma natural. Dicen que han encontrado momias en Atacama más antiguas que las egipcias. Intentó sacarle un poco de arena de encima y vio algo que ardía en su pecho. Parecía una palabra. De repente, la momia gritó su nombre. Cayó hacia atrás del susto y comenzó a correr. Por más que corrió no avanzaba y la momia parecía no tener dificultad para moverse y alcanzarlo. Siguió escuchando: ¡Richard, Richard!

Abrió los ojos y se vio rodeado de gente y, en particular, había un médico que lo sacudía con sus brazos y gritaba su nombre.

—Ya está con nosotros —dijo el médico—. Por poco no la cuentas amigo. Quédate tranquilo e intenta dejar la mente en blanco. Te vamos a administrar un sedante; deberías descansar un poco.

«Para él resulta fácil decirlo». La palabra que ardía en el pecho de la momia parecía ser un nombre y no lo podía olvidar: "Greco". «No sé quién será. Seguramente es la persona que me quiere matar. Pero se metió con el hombre equivocado».

Debió haber dormido mucho tiempo. Despertó en otra habitación, mucho más tranquila, sin ruido, sin gente encima, y con ventanas. No podía ver ninguna cordillera, pero al menos el cielo despejado estaba bien. Alguien inmediatamente notó que estaba despierto y se acercó.

—Soy el Dr. Kramnik. Estoy a cargo del Silo 5. Usted ha tenido algunas complicaciones. ¿Recuerda los sucesos de los últimos días?

—La verdad es que no recuerdo mucho.

—Dele tiempo. Poco a poco irán apareciendo imágenes como destellos y luego recuperará su memoria. Es normal.

—Tuve un sueño. Fue un poco extraño, pero apareció un nombre que nunca había escuchado.

—Usted ha estado sometido a mucho stress. Sin ir más lejos lo están buscando para matarlo. No me extraña que sueñe cualquier cosa.

—¿Cuánto tiempo me quedaré acá?

—Usted puede quedarse el tiempo que necesite. Sólo necesitamos que los que lo buscan no traspasen nuestras defensas. Lo dejo a solas para que descanse. Si necesita algo sólo toque el citófono y pida que me llamen.

—Muchas gracias.

Las palabras del Dr. Kramnik no le sonaron muy esperanzadoras. Quedarse allí sonaba casi a sentencia de muerte. «Tengo que moverme cuanto antes». Tocó el citófono y pidió un poco de líquido raro, un café, jugo de naranja y una hamburguesa. Tenía que recuperar fuerzas y pensar en su siguiente movimiento, pues quizás fuese el último.

La comida fue llegando poco a poco. Primero ese líquido raro color verde que siempre les daban. Luego el café y, finalmente, llegó la hamburguesa con el jugo. También pidió que le llevaran ropa, un celular y una billetera. No recordaba que hubiera pedido ropa para este viaje, pero le tenían un pantalón azul de tela, una camisa blanca, y una chaqueta de cuero negro. Parecía algo que él hubiese pedido, de eso no había dudas. La enfermera le comunicó que no necesitaría el celular ni la billetera, pues tenía indicaciones estrictas de permanecer en el Silo. Revisó la hora en un reloj de pared que había en la sala y vio que eran las 16:25 horas, del día 9 de junio. La hora programada para la salida del Silo 2 en París fue 18:00 horas. Eso significa que había dormido casi un día completo.

El nombre Greco seguía clavado en su mente. «Tengo que encontrarlo y detenerlo antes de que me encuentre él a mí». Seguramente a estas alturas ya estará en Sicilia. Estaba siendo consumido por una especie de ira, enojo e impotencia. No se había sentido así antes, necesitaba orientar estos sentimientos. Primero tenía que salir del Silo 5, lo cual parecía casi imposible. El Dr. Kramnik no lo permitiría. De repente su mente comenzó a funcionar como nunca antes, de manera mucho más aguda. Empezó a contemplar opciones y a preocuparse por cosas que jamás hubiese imaginado. Comenzó escaneando la habitación en busca de un arma potencial, algún objeto cortante. A primera vista no vio nada, pero luego comenzó a revisar todos los cajones y encontró un bisturí. Resultaba raro que alguien hubiera dejado eso ahí, pues ya no estaba en el salón, pero no era hora de pensar en eso. Guardó el bisturí en el bolsillo trasero del pantalón y se asomó a la ventana. Estaba en un cuarto piso. No había forma de saltar, así que tendría que pensar en otra cosa. El recinto, similar al Silo 2, estaba un poco alejado de la ciudad. Contenía un grupo de edificios pequeños, custodiados por una reja electrificada y con una sola entrada. En la garita de la entrada había tres guardias bien armados. Otros guardias deambulaban por el recinto. No podría salir caminando. Tenía que robarse un auto y salir a lo rápido y furioso. No tenía mejores ideas, pero presentía que en el camino se irían arreglando las cosas.

Se asomó al pasillo y vio a un guardia, no tan bien armado como los de afuera. No llevaba chaleco antibalas, sólo su uniforme y su arma reglamentaria. Salió de la habitación simulando problemas para caminar y se inclinó hacia adelante como padeciendo dolor abdominal. Con la mano derecha se agarraba el abdomen mientras que con la otra se sujetaba de la pared. El guardia se abalanzó sobre él vociferando que no podía estar en el pasillo. Cuando el hombre lo agarró del hombro, Richard deslizó la mano desde el abdomen hasta el bolsillo, tomó el bisturí y lo clavó rápidamente en su axila, inhabilitando su brazo izquierdo. El guardia soltó un grito de dolor e intentó pegarle en la cara con su brazo derecho, pero Richard lo bloqueó levantando el codo para proteger su cara, y luego, con el brazo derecho ya sin el bisturí, asestó un duro golpe en la mejilla de su rival, enviándolo al suelo inconsciente. Rápidamente lo tomó de los pies y lo arrastró hasta la habitación. Nunca pensó que tendría esas habilidades de peleas callejeras, y tampoco la sangre fría para ejecutarlas.

Tomó el arma de servicio de su enemigo, una Smith &Wesson M&P9. No supo explicar por qué, pero la sentía muy cómoda. Le pareció que ambos usaban una talla similar de ropa, así que aprovechó y se puso su uniforme. Tomó el ascensor y se dirigió hacia el piso -1. Trató de mantener la calma y pensar en cualquier imprevisto que pudiese surgir al llegar allá. De repente, el ascensor se detuvo en el primer piso. Parecía que alguien lo había llamado. Bajó la cabeza y se rascó un poco la nariz para ocultar la cara. Un extraño entró y saludó con un «hola» con una voz que tenía un aire militar. «¡No puede ser, es Maxime!». Al cerrarse la puerta desenfundó su arma, lo agarró por el cuello y lo incrustó contra la pared del ascensor con el cañón de la pistola pegado en su mejilla.

—¿Qué haces aquí, cabrón? —le preguntó con vehemencia.

—Vine a verte. Me enviaron a hacer un reemplazo acá y cuando supe que estabas ya en recuperación decidí pasar a saludar. Me habían dicho que tenías problemas de memoria.

—Ya ves que de ti me acuerdo. ¿Si ibas a verme para qué tomaste el ascensor hacía abajo?

La puerta se abrió en el piso -1. Afortunadamente para Richard, no había nadie esperando.

—¿Dónde está tu auto? —preguntó.

—Lo tengo aquí mismo estacionado.

—Camina entonces y no vayas a hacer ninguna tontería porque te lleno de hoyos.

—Tranquilo, hombre, pensé que nos llevábamos bien.

—Tú déjame la parte de pensar a mí y enfócate en que aparezca pronto tu auto.

Efectivamente el auto no estaba estacionado lejos del ascensor. Esta vez era un Maserati Quattroporte gris opaco, un ícono de la elegancia italiana.

—Vamos a salir de aquí tranquilos y tú no vas a hacer ninguna tontería. ¿Entendido?

—No sé si podamos salir los dos así sin más —contestó Maxime.

—Bueno inténtalo con mucha energía porque esta va a ser tu única oportunidad de salir vivo.

Salieron en el auto del estacionamiento y Maxime se dirigió a la garita.

—Me estás metiendo en un grave problema —suspira Maxime.

—En el problema te metiste tú solo cuando decidiste aparecer por aquí. Más te vale que te vayas inventando algo. Di que vamos a recoger a un VIP y sácate tu chaqueta y pásamela ahora.

Maxime le entregó su chaqueta. Richard la dobló y la colocó en su regazo, encima del arma. Estaba muy dispuesto a acabar con Maxime si algo malo ocurría. No sabía explicar las razones, pero en ese momento no se fiaba para nada de él.

El guardia se acercó a la ventanilla del auto. Maxime la bajó y le mostró su identificación.

—¿Hacia dónde se dirigen? —preguntó el guardia mientras revisaba la identificación.

—Vamos al centro a recoger a una persona.

—¿Y desde cuando vas con un guardia?

—Es que es un VIP. Eso es todo lo que sé. Tú sabes que a los choferes nos dan poca información.

—¿Y tú que tienes que decir? —le preguntó el guardia a Richard.

—Yo estoy igual que él. Se supone que cuando estemos llegando nos dirán quién es. Por ahora no tenemos más información.

Dice el refrán: «el que explica se complica». Así que es mejor hablar lo justo y necesario. El guardia le hizo señas a uno de sus compañeros para que abriera la reja. El auto se marchó despacio. Richard removió la chaqueta de Maxime para que pudiese ver con claridad que le estaba apuntando con el arma.

—Me vas a decir ahora qué diablos haces aquí.

—Ya te dije, el Dr. Alekhine me envío a hacer un reemplazo. ¿Me quieres decir a dónde es que vamos y podrías dejar de apuntarme con la pistola? Me tienes nervioso.

—Bueno, controla los nervios porque la pistola se queda dónde está. Y maneja bien no vaya a ser que se me dispare. Tengo que encontrarme con alguien. ¿Te suena el nombre de Greco?

—No, la verdad es que no.

Presionó el cañón del arma sobre su muslo.

—Parece que entonces ya no te necesito.

—Espera, espera. Parece que sé quién es.

—Quizás no soy el único con problemas de memoria. ¡Habla!

—Greco es un político de bajo perfil. Pero en los últimos tiempos ha ido ganando terreno. Sus campañas andan mejor financiadas y parece tener mano floja con las mafias. Hoy estará en una gala para recaudar fondos, todo organizado por su oficina.

—¿Y tú cómo sabes eso?

—Lo acabo de leer en un periódico local. A este tipo de eventos van muchas personas importantes y por eso siempre sale en los periódicos.

—¿Y dónde va a ser eso?

—En el "Palacio Real".

—Pues ya sabes a donde dirigirte. El señor Greco recibirá factura de campaña hoy. Por cierto, parece que aquí sí te dejan usar esa horrible camisa hawaiana como uniforme.

—Mientras tenga una chaqueta encima a los italianos no les importa.

Junio 5, 2125. Pasado las 23:30 horas. Massachusetts, EE.UU.. Un día antes del primer salto. Videoconferencia.

—Ya está todo sobre ruedas. Hemos dado inicio a la operación —indicó el señor Steinitz—. Dr. Lasker, cuénteme de los preparativos para el primer salto.

—Está todo en orden. No habrá ningún contratiempo en esta instancia. El equipo está listo. Hemos preparado todo para la inserción. Hemos dejado pistas por todos lados, revistas, televisores con noticias. En el laboratorio también está todo arreglado.

—Me alegro. Dr Alekhine, su parte es muy importante. No quiero cabos sueltos.

—El sujeto ya está siendo vigilado en estos momentos. También tenemos todo preparado en Francia para monitorearlo durante su estadía.

—¿Cuándo será la primera prueba? —pregunta Steinitz.

—Esperamos realizar la prueba la noche siguiente a su llegada. De esta manera estará con más energía y toda la información estará más asentada en su cabeza. Debería estar sufriendo de mucha ansiedad para ese entonces. Todo está coordinado.

—Si sale todo según lo planeado proseguimos con el viaje a Italia. Dr Kramnik, ¿cómo están los preparativos por allá?

—Todo listo también. Tenemos un equipo médico excelente para recuperar al sujeto después del segundo salto y ponerlo en marcha lo antes posible. No sabemos cuánto pueda durar pasadas las primeras 48 horas. Su cabeza y su cuerpo serán un lío. Así que avanzaremos rápido con esta parte de la operación.

—¿Qué tal el blanco?

—También está listo. Tenemos un lugar abierto donde desplegaremos nuestros recursos y también algunos aliados que quieren ver de cerca el resultado del experimento.

—Excelente señores. Esto marcará un antes y un después en el espionaje y ustedes están siendo parte fundamental del proceso.

Junio 8, 2125. 1:20 horas. París, Francia. Mensaje de Dr. Alekhine a Steinitz.

Estimado Señor Steinitz,

Me disculpo por la hora, pero quiero comunicarle que mi contacto me acaba de confirmar que el sujeto actuó según lo previsto. En estos momentos está en el apartamento de una señorita. Por lo tanto, el plan sigue en marcha y podemos pasar a Italia.

Atentamente,

Dr. Alekhine

Capítulo 6

La progresión geométrica de las casillas

CUENTA LA HISTORIA que un hombre se presentó en la corte de un rey con un juego maravilloso. El juego contaba con un tablero de sesenta y cuatro casillas y treinta y dos piezas. El rey quedó muy complacido con el juego, tanto que pidió al hombre que escogiese él mismo la recompensa. Después de pensarlo un poco, el hombre pidió un grano de trigo por la primera casilla, dos granos por la segunda, cuatro por la tercera, ocho por la cuarta y así sucesivamente. El rey notó que siempre debía entregarle por cada casilla el doble de lo que había en la casilla anterior. La recompensa le pareció pobre, pero de igual modo pidió al matemático de la corte que hiciera los cálculos. Al día siguiente el matemático pidió audiencia con el rey. Resultó que la cantidad de trigo demandada por el pobre hombre no era tan pequeña, sino que, por el contrario, no había suficiente trigo en todo el mundo para cumplir con esa demanda. La cantidad de granos de trigo resultó ser

18 446 744 073 709 551 615

Siempre se puede hacer un «tour de fuerza» y sumar el primero con el segundo, luego el resultado con el tercero, y así sucesivamente. Pero si miramos bien podemos notar que se trata de una progresión geométrica.

$$S = 1 + 2 + 4 + 8 + 16 + 32 + \ldots \quad (1)$$
$$S = 2^0 + 2^1 + 2^2 + 2^3 + 2^4 + 2^5 + \ldots + 2^{63} \quad (2)$$
Multipliquemos a ambos lados por 2
$$2S = 2^1 + 2^2 + 2^3 + 2^4 + 2^5 + 2^6 + \ldots + 2^{64} \quad (3)$$
Si a la ecuación (3) le restamos (2) obtenemos:
$$S = 2^{64} - 2^0 = 2^{64} - 1$$

Entonces, la suma se calcula fácilmente si se multiplica la ecuación por la base, en este caso "2", y luego se le resta a la ecuación original para cancelar todos los términos que se repiten.

Junio 9, 2125. 11:00 horas. Aeropuerto Vincenzo Florio, Municipio Marsala, Provincia de Trapani, región de Sicilia.

La agente Andrea Polgár esperaba a su equipo proveniente de Estocolmo no lejos de la pista de aterrizaje. Había llegado la noche anterior a Sicilia por esta misma terminal. El aeropuerto más cercano al Silo 5 era el de Palermo, pero ese estaría más vigilado. Así que al llegar arrendó un Mazda CX-9 para el viaje de aproximadamente una hora y treinta minutos con su equipo hacia Palermo. Los últimos días habían transcurrido muy rápido. Así que este tiempo de espera le venía bien para organizar sus ideas y repasar los hechos.

Había escuchado por primera vez de esta operación por su superior, el capitán K., mientras entrenaba en su cuartel de Estocolmo. Después de estudiar y discutir hasta la saciedad los pormenores partió hacia Massachusetts con el objetivo de seguir al tal Richard Coatwhite. Tras algunas escalas para despistar a cualquier seguidor, llegó a Boston Logan International Airport a las 14:00 horas del 4 de junio. WPS le había arrendado un auto a nombre de una empresa fantasma. Era un Cadillac XT5 negro. Muy confortable para dormir ahí en caso de vigilancia y con buen motor por si era necesario huir o perseguir a alguien. Más lo segundo que lo primero, ella no era mucho de huir.

Richard no llegaría hasta el día siguiente, así que se fue a su hotel. Más tarde pasaría por el hotel de Richard a investigar. Era muy posible que el hotel estuviese vigilado, así que necesitaba disfrazarse para pasar inadvertida todos los días que tuviera que ir. Necesitaba revisar las entradas y salidas, las personas que estaban sentadas en el lobby, en la barra, en el café, cualquiera que pudiese estar infiltrado para vigilar a Richard. Esto era una guerra de espionaje, y ella no iba a subestimar a su enemigo.

El hotel no tenía nada interesante. Era uno de estos hoteles boutique, pequeño, con muy pocas habitaciones, sin servicio de cena, sólo para pasar la noche. Ideal para ella. Lo más importante era que estaba limpio. No había nada peor que llegar a un lugar y tener la sensación de que donde te vas a acostar está sucio. Era muy cuidadosa respecto a su higiene personal. Tras tomar un baño no quiso comer nada, todavía tenía el estómago un poco indispuesto por la comida del avión. Así que sólo se preparó un té con la tetera que había en la habitación. Terminó de beber su té, se lavó los dientes e intentó dormir un poco.

A las 20:00 horas comenzó a sonar su despertador. «Hora de trabajar», pensó. Lo primero era definir cuál sería su personaje. Para esta primera visita, que sería breve, iría como alguien casual, alguien que va a tomar un té y que podría ponerse a leer un poco. El plan era ir en taxi, caminar un poco por el hotel, y luego sentarse en el bar, cerca del lobby y analizar el ambiente. Como siempre, andaba equipada para este tipo de misiones, con distintas pelucas, diferentes estilos de ropa, maquillaje, etc. Tras reflexionar un poco decidió ir con una peluca de cabello negro. Se puso unos jeans, zapatos elegantes pero cómodos, sin tacón, una blusa negra y chaqueta de cuero azul oscuro.

Salió caminando de su hotel y unas cuadras después se subió a un taxi rumbo al hotel de Richard. El taxi se detuvo en la calle River. El hotel parecía elegante y la ubicación era buena. Polgár bajó del taxi y caminó hacia la entrada. El lobby era muy amplio, de concepto abierto, bien iluminado, con una serie de detalles pensados para resaltar su elegancia y distanciarse de los hoteles de la zona. La recepción se ubicaba a unos veinte metros de la entrada en dirección hacia el fondo. El camino estaba delimitado por dos recintos laterales que cumplían distintos objetivos y brindaban contraste. Al lado derecho se abría acogedor. Era el espacio para los amantes del café y del té. Tenía mesas pequeñas en madera, sofás cómodos, periódicos, cuadros serenos. En su conjunto era un lugar cálido. Al fondo del lugar se ubicaba una barra en madera con un estante grande detrás, que iba de piso a cielo y que ocupaba casi el ancho del recinto. El estante almacenaba muchísimos tipos de té y pequeños sacos con diversas variedades de café. Al costado de la barra se observaba la entrada a una habitación donde las paredes de vidrio dejaban ver la tostaduría[1]. En dirección a la recepción, un muro de mármol gris ponía fin al recinto del café. El muro tenía en el medio y a todo lo ancho un rectángulo vacío que se cubría con fuego.

El recinto a la izquierda rebosaba de luz y vanguardismo. La paleta de colores era mucho más viva, tonos fríos, mezcla de vidrio, mármol y metales. Al igual que el otro espacio contaba con sofás, mesas, orquídeas, un cielo más alto, y una barra de tragos al fondo. Era la típica barra de un bar elegante, con madera y espejos. En la estantería al fondo se divisaban botellas de whisky, bourbon, coñac, pisco, ron, entre otros. Toda la pared lateral, que daba a la calle, estaba cubierta por botellas de vino. Siguiendo el camino de la entrada, justo frente al muro de fuego, este recinto estaba delimitado por otro muro del cual brotaba agua. El muro era también de un mármol gris, pero en vez de ser liso tenía una textura que hacía que el agua que descendía lo hiciera como una ola. No cabía duda de que el lobby era un lugar que se sentaron a diseñar con esmero. Nada faltaba, nada sobraba, todo en su lugar.

Andrea encontró un sitio muy bueno en el espacio del café, con una vista amplia de todas las personas que entraban y salían, y de las que estaban en ambos recintos. Pidió un *earl grey* de la casa, que supuestamente venía

---

[1] Lugar donde se tuesta el café

aromatizado con especias para darle un toque de distinción local. A diferencia del té de bolsa que las personas acostumbran a tomar, trajeron un té de hoja de buena calidad. Para Andrea existía una diferencia notoria entre el *earl grey* de bolsa y el de hoja; el segundo era mucho mejor. El té venía servido en una tetera hecha a pedido del hotel, a juego con la taza y el plato, que a su vez traía algunos dulces. Andrea pensó con algo de nostalgia que, si no hubiese estado trabajando, este sería un lugar increíble para sentarse con un libro o con una buena amiga. Como parte de su coartada sacó unos lentes de leer y tomó un periódico, pero siempre prestando más atención a su entorno. Al cabo de un rato pidió la cuenta y pasó al baño, que se ubicaba a un costado de la recepción. Aprovechó el camino para revisar dónde estaban los ascensores, salidas de emergencia y posibles guardias o agentes encubiertos. Teniendo ya un mapa mental del lugar decidió salir a caminar un poco para luego tomar un taxi rumbo a su hotel y descansar. «Mañana será un largo día».

La mañana siguiente Andrea decidió pasear cerca del número 238 de la calle Main. Era arriesgado pasar directamente por las oficinas de QuTE, pero un paseo con ropa deportiva por el vecindario no levantaría sospechas, y le diría si había mucho movimiento en la zona. Además, hacer un poco de ejercicio le ayudaría a mantenerse concentrada para todo lo que se avecinaba. Sin encontrar nada llamativamente extraño, se devolvió a su hotel, tomó una ducha y se acostó un rato. Eran las 11:00 horas, por lo que posiblemente el señor Richard Coatwhite ya se hubiese registrado en el hotel. En ese caso iría a almorzar allí y con suerte lo reconocería. Un descanso en la cama de veinte minutos le devolvió toda la energía. Se vistió y se dirigió al hotel de Richard. Llegó cerca de las 12:00 horas. Se sentó nuevamente en el recinto cafetero y pidió una crema de calabaza de entrada, seguida por un sándwich relleno con pollo y guacamole. Esta vez iba de pelirroja, con el pelo recogido. Llevaba un pantalón de tela y una blusa que marcaba perfectamente su figura. Tenía un físico envidiable. Era esbelta, fuerte, pero sin dejar ver muchos músculos. Sus facciones eran muy femeninas y su piel de un color y una textura exquisita.

No tenía mucho apetito, pero necesitaba seguir haciendo tiempo, así que pidió un cappuccino. Esta cafetería permitía personalizar el café. Andrea escogió un grano Robusta, con tueste fuerte, y leche semi-descremada al 2%. Ya eran alrededor de las 13:00 horas cuando finalmente vio a Richard pasar por el lobby del hotel. Su primera impresión de Richard fue neutral. Le pareció hombre interesante, un poco despistado, algo casual con su vestimenta, claramente sin entrenamiento militar. Pero lo más importante era que la pista que le habían dado era sólida. Eso significaba que posiblemente se estaba tramando algo grande y que todo su entrenamiento sería demandado al límite.

Terminó su café mientras revisaba el periódico. Esperó un rato, pero Richard no parecía tener intenciones de volver a salir, así que pagó la cuenta y se fue a su hotel. Tenía que prepararse para la noche.

Estuvo de vuelta en el hotel a las 20:20 horas. Esta vez fue en su auto en vez de en taxi, por si necesitaba seguirle a alguna parte. Por fortuna en la misma cuadra del hotel había un edificio de estacionamientos. Así que dejó el auto ahí aparcado, cerca de la entrada por si necesitaba salir con urgencia.

Al entrar al lobby, para su sorpresa, encontró a Richard sentado en la barra. Parece que había bajado a cenar. Como estaba solo debía haber preferido bajar al lobby donde había más ambiente, que ir al restaurante. Esta vez Andrea iba vestida como si saliese de una reunión de negocios. Elegante, pero sin llamar mucho la atención. Tenía pantalón y chaqueta de vestir, todo en negro, y una camisa de seda color púrpura. No llevaba peluca, pero sí el pelo recogido. Tomó su celular como si estuviese leyendo correos o mensajes. El mozo se acercó y ella pidió un whisky con agua tónica. Sintió por un momento que Richard la estaba mirando. Si Richard intentaba acercársele tendría que improvisar. Por suerte, al poco tiempo de mirarla se levantó y se fue a su habitación. Fue un momento de adrenalina, así que se tomó lo que le faltaba del trago de un sorbo y pidió otro igual. Decidió quedarse un rato por si lo veía salir.

Al cabo de unos quince minutos de estar sentada se le acercó el típico «campeón» de los bares. Un tipo alto, fuerte, que para su estatura y condición física se movía con soltura. Quizás había practicado artes marciales o tendría alguna preparación militar. Tenía abundante barba, y lo más distintivo era su camisa hawaiana. «No puedes salir con una camisa así a ligar chicas», pensó Andrea.

—Hola, preciosa —comenzó su entrada el campeón—. Me llamo Jean Pierre y estoy de paso por el hotel. ¿Te podría acompañar? ¿Invitarte un trago tal vez?

Lo que le faltaba, este tipo estropeándole su operación.

—Lo siento mucho, pero ya voy de salida —dijo Andrea mientras se levantaba y deslizaba un billete de veinte dólares sobre la mesa para pagar los tragos.

—Pero si aún no terminas tu trago. Quedémonos un rato.

Andrea tomó el trago y lo bebió de un sorbo. Luego lo miró y esbozó una sonrisa, como diciendo: ya lo terminé. Y se retiró. Ya no podía volver al lobby mientras estuviese ese tipo, sería llamar mucho la atención. Así que retiró su auto y se estacionó en el parking del hotel. Sabía que la habitación de Richard daba a los estacionamientos, sólo que no estaba segura de la ventana. Para suerte de ella, una vez que estacionó el auto lo vio mirando por la ventana. Así que decidió quedarse ahí quieta. Al cabo de un rato se apagó la luz de la habitación. Parecía que Richard se había acostado. Entonces volvió a su hotel. Mañana sería otro día.

El ruido de los motores de un avión sacó a Andrea de sus pensamientos. Era un avión privado que se acercaba. Miró el reloj y vio que eran las 11:30 horas. No cabía duda que era su equipo. Sabía que ellos habían llegado temprano en la mañana al Aeropuerto Internacional Lamezia Terme, ubicado en la provincia más al sur del territorio italiano, y separada de Sicilia por el estrecho de Mesina. Allí debían haber tomado este vuelo privado con rumbo a Marsala.

Ver el avión le produjo a Andrea un poco de nostalgia. ¡Cuánto le gustaría montarse en ese mismo avión y poner rumbo a su natal Budapest! Estaba a punto de embarcarse en una aventura que podría no tener retorno. ¿Volvería a ver a su familia, a sus padres, sus hermanas? Quisiera compartir un tiempo con ellos, hacer actividades juntos, como navegar por el Danubio en crucero, visitar Halászbástya y la basílica de St. Stephen.

Dejó escapar un suspiro. Basta de sueños. Tenía que mantenerse fuerte.

Vio bajar a sus compañeros del avión y decidió salir del auto para darles la bienvenida y así cambiar un poco sus pensamientos. El primero en bajarse fue el teniente Berg. No cabe duda de que era un sujeto especial y, por lo que se rumoraba, muchas mujeres lo pensaban. Quizás pasar tanto tiempo a su lado la había hecho inmune a sus encantos. Su llegada le originaba sentimientos encontrados. Por una parte, se sentía más segura. Tener a Berg en su equipo era como tener a tres agentes especiales. Por otro lado, Berg podría intentar imponer sus decisiones, y ella no lo permitiría. De alguna forma sentía que esta era su misión.

—¿Por qué tardaste tanto? —preguntó Andrea mientras Berg se acercaba sujetando su bolso de tropas especiales—. ¿Acaso te pidieron que te bañaras para dejarte subir al avión?

Berg se viró hacia el resto del equipo, los sargentos Wesley y Naka.

—Chicos, aprovechen ahora para pedir lo que quieran cenar, el viaje incluye cocinera y ama de llaves.

Los sargentos rieron un poco, pero con disimulo. Ninguno quería enemistarse con la teniente Polgár. Berg le extendió la mano a Andrea.

—Es un placer trabajar contigo.

—Para mí —lo corrigió ella.

—En tus sueños. Sólo porque el capitán K. me lo pidió, te dejaré tomar algunas decisiones. Pero ándate con ojo, el gran hermano te vigila. ¿Alguna noticia del Silo 5?

—Tengo a un agente vigilando. Parece que vinimos al lugar indicado. Ayer hubo mucho movimiento acá, así que Richard debe estar en el Silo. Estamos pendientes de su posición. Iremos directo a la casa de seguridad. Allí revisaremos nuestro equipo y esperaremos a que QuTE haga su siguiente movimiento.

—Me parece bien. Ya quiero llegar.

—Pues relájate, que son una hora y treinta minutos de viaje.

—¡¿Qué?! Y ni siquiera trajiste un cannoli de bienvenida —vociferó Berg.

«Parece que el viaje a Palermo será un poco más largo al lado de estos tres ejemplares», pensó Andrea.

El viaje hasta la casa de seguridad fue tranquilo. Entraron por un estacionamiento lateral y un colega que los estaba esperando les invitó a pasar por la puerta de servicio. La casa era chica, tenía par de habitaciones, un baño y medio, una cocina pequeña y una sala/comedor. Sobre la mesa del comedor estaba dispuesto el armamento solicitado. Había pistolas semiautomáticas, en su mayoría Beretta M9, probada durante muchos años por el ejército de los Estados Unidos. Andrea llevaba consigo desde que llegó una Beretta APX Centurion 9 mm, un arma compacta, muy buena y discreta. El resto del equipo también traía sus propias pistolas, por lo que estaban más interesados en las automáticas. Sobre la mesa había tres AR-15, el fusil favorito de los Estados Unidos. Su mayor ventaja era la adaptabilidad y personalización. El de Andrea era el más común, equipado con una cámara para munición .223 Remington (casi igual a la 5.56 NATO). Estaba diseñado para espacios más pequeños, daba más control, menos retroceso, y disparaba proyectiles con mucha velocidad. También le permitía a Andrea llevar un tipo de munición que por demás es muy común y no muy pesada. Los otros dos eran AR-15 modificados para llevar munición .50 BEOWULF. Un calibre mucho más pesado, útil para situaciones más complicadas en que pudiesen necesitar más poder de fuego. No obstante, para eso estaba Berg, que había solicitado especialmente una escopeta Benelli M4 tactical semi-automática, muy de su estilo. Tenían además chalecos antibalas, granadas de humo, radios, visión nocturna, etc. Cada uno preparó su equipo, comieron algo, y luego se sentaron a descansar en las habitaciones, esperando la llamada.

Alrededor de las 17:30 horas sonó el teléfono. Todos tomaron posiciones. Era la persona que vigilaba el Silo 5, informando que un Maserati que se usaba para traslados de VIP había abandonado las instalaciones. Mientras que los vidrios traseros del auto eran oscuros y no dejaban ver bien, adelante había dos personas y una coincidía con la descripción de Richard. Andrea ordenó que los siguieran a distancia y que compartieran la ubicación del GPS. Inmediatamente, los cuatro agentes de WPS se subieron al Mazda y partieron para iniciar una operación en la que Andrea albergaba más incertidumbres que certezas.

En algún lugar de la avenida Corso Calatafimi.

Sonó el celular de Maxime, que parecía estar en un bolsillo de su chaqueta.

—Parece que te llegó un mensaje —le indicó Richard.

—Si no es mucho pedir, ¿podrías ver quién me escribió? Podría ser algo importante.

—Un tal Ian dice que no te demores que la fiesta ya está andando.

—Sí hombre, estoy yo como para fiesta. Voy manejando a un lugar lleno de gente importante con un loco apuntándome. Encima, luego se darán cuenta de lo que ha pasado, y lo menos que me puede pasar es que me despidan y me demanden por algo. Pero también podría ir preso por cómplice de lo que sea que vayas a hacer allá, o quizás me mata alguien antes. En fin, múltiples opciones. Si no es molestia, ¿podrías dejar de apuntarme? Las calles por acá están muy malas y un solo hoyo se necesita para que se te dispare el arma.

—Tienes razón, igual tengo la mano un poco cansada de sujetar el arma.

—¿Puedes escribirle a Ian y decirle que hoy no puedo ir, que trabajo hasta tarde?

—No gracias, no quiero comenzar a recibir caras tristes. ¿Este Ian de dónde es? ¿alemán?

—De origen ruso. Lo conocí en un bar uno de esos días que tuve que llevar clientes a pasear, y desde ahí somos amigos. Nos vemos cada vez que paso por Sicilia.

—¿Falta mucho?

—Ya casi estamos llegando.

—Entonces estaciónate cerca de la entrada. Nadie va a sospechar de un Maserati con patente de QuTE. Voy a usar tu celular.

—Adelante. ¿Qué piensas hacer con él?

—Descargo un videojuego que permite hacer visitas guiadas a sitios importantes. Puedes hacer un recorrido en tres dimensiones por cualquier museo.

—No debe tener muchas descargas.

—Te sorprenderías.

—¿Y entonces? ¿Sólo viniste aquí para ponerte a jugar?

—Necesito conocer el lugar antes de entrar. La gala no comienza hasta las 19:00 horas, así que tengo tiempo.

Andrea divisó el auto del agente a unos metros por delante en la carretera. Lo llamó por radio y le indicó desviarse en la próxima salida para no levantar sospechas. De ahí en adelante ellos seguirían al Maserati. Naka iba detrás del volante, Andrea estaba sentado a su lado, mientras Berg y Wesley iban sentados detrás.

—¿Tienes idea a dónde se dirigen? —preguntó Berg.

—Todavía no.

—¿Y qué crees de Richard? ¿Estará al corriente de los planes de QuTE?

—Es una buena pregunta. Por lo que imaginamos él tiene las horas contadas. Su mente está en grave peligro de colapsar. Hacer esas dos teleportaciones lo debe haber dejado en muy mala posición. Me pregunto si él sabe todo esto. Puede ser que le hayan contado alguna historia y sea sólo un conejillo de indias.

—Todo esto me parece un poco extraño.

—A mí también.

Sonó el teléfono de Andrea, era el capitán K.

—Aquí águila azul —respondió Andrea con su nombre clave.

—Águila azul, acabamos de recibir un mensaje de nuestro contacto. Son dos palabras en clave que aún no sabemos que significan: «Shang-Tsung».

—¿Será algún filósofo tal vez, o algún personaje de algún libro religioso? —preguntó Andrea.

—Ya buscamos y no aparece nada esclarecedor por ese lado —dijo el capitán K.

—Podrían ser coordenadas —sugirió Andrea—. Fíjate que ambas palabras tienen el mismo largo, cinco letras.

—Pero no conocemos el cifrado.

—Probemos con el más común, el A1Z26.

—¿Y eso qué es? —preguntó Berg.

—Es un cifrado muy simple —explicó Andrea—, que asigna de manera ordenada a cada letra del Abecedario un número, comenzando por A=1, B=2 y así sucesivamente. Necesito una hoja y un bolígrafo.

Andrea comenzó a escribir en el papel. Para Shang-Tsung obtenemos:

$$S \quad H \quad A \quad N \quad G \quad - \quad T \quad S \quad U \quad N \quad G$$
$$19 \mid 8 \mid 1 \mid 14 \mid 7 \mid - 20 \mid 19 \mid 21 \mid 14 \mid 7$$

—Pensemos ahora en los típicos sistemas de coordenadas —continuó explicando—. Normalmente se usan dos, el decimal y el sexagesimal. En este último se especifica al final en la latitud, si es norte (N) o sur (S), y en la longitud si es este (E) u Oeste (O). Como al final de ambos nombres hay una «g», entonces lo descartamos. El sistema decimal, por su parte, no lleva letras. Primero se entrega la latitud, que es un número entre 90^0 y -90^0. Los valores positivos corresponden a latitudes norte, encima del ecuador, mientras que los negativos a latitudes sur, debajo del ecuador. Así que podemos suponer que la latitud es 19.81147. La longitud va de 180^0 a -180^0. Los valores positivos se ubican al este del meridiano Greenwich y los negativos al oeste. Luego, la longitud sería: 20.1921147. Berg, necesito urgente un GPS.

Berg le entregó el GPS y Andrea escribió las coordenadas en el buscador.

—Borkou, Chad.

—¿Dónde es eso? —preguntó Berg.

—Chad es un país de África —aclaró Andrea.

—Pues bien extraño, nunca había oído acerca de él. No será que el guion adelante de la segunda palabra es un signo menos.

—Buena idea —afirmó Andrea.

Andrea buscó la nueva dirección. Resultaba en un punto en el medio del océano atlántico.

—Peor —comentó.

—Quizás no usamos el cifrado adecuado —intervino el capitán K—. Prueba con el código ASCII.

—Me suena eso del código ASCII —indicó Berg.

—Es el código que utilizas en el teclado de tu computadora cuando quieres escribir algunos caracteres —aclaró K. El más conocido es «@» que es el 64.

—No va a funcionar —precisó Andrea—. En ASCII tenemos S=115, y el primer número dijimos que debe ser menor que 90. Quizás no son coordenadas. ¿Tendrá algo que ver con la dinastía Shang? —continuó Andrea.

—La dinastía Shang gobernó China entre los siglos 18 y 12 antes de Cristo —explicó el capitán K.—. Será difícil navegar por esa bibliografía con tan poco tiempo. Por otro lado, Hsüan-Tsung fue un emperador de la dinastía T'ang. Se dice que en algún momento estuvo involucrado con el Budismo Esotérico.

—Pensemos un poco —dijo Andrea—. O esas palabras tienen un significado por sí solas, o codifican alguna información, típicamente usando una carta para convertir letras en números. Ya pensamos en coordenadas, por eso probamos algunos cifrados. ¿Pero qué tal si esto es más esotérico? ¡Probemos con la carta Pitagórica! —sugirió Andrea y escribió la carta en su hoja.

1	2	3	4	5	6	7	8	9
A	B	C	D	E	F	G	H	I
J	K	L	M	N	O	P	Q	R
S	T	U	V	W	X	Y	Z	

Ahora los números son los siguientes:

S H A N G - T S U N G

1 | 8 | 1 | 5 | 7 | - 2 | 1 | 3 | 5 | 7

—¿Cómo puedes tener memoria para todas estas cosas? —preguntó Berg—. Escribiste las letras sin siquiera mirar la carta.

—No necesito mirar la carta. Yo sé que va del uno hasta el nueve. Entonces lo que tengo que hacer es buscar la letra que ya conozco en el cifrado A1Z26 y dividirla entre nueve. El resto de la división es el número que estoy buscando. Para que lo entiendas más fácil. Tomo el valor de la letra del cifrado A1Z26 y para cambiarla al cifrado Pitagórico le resto nueve la cantidad de veces necesaria hasta obtener un número entre uno y nueve. Si el número es menor o igual a nueve no hago nada.

—Lo hubieses explicado mejor así —rezongó Berg.

—Sí, entiendo que se te hace difícil dividir —dijo Andrea a Berg con expresión burlona.

El nuevo número conseguido tampoco brindaba indicio alguno. Las coordenadas eran similares a las anteriores. Había que seguir buscando. Andrea sabía un poco de numerología, pensó que valía la pena intentarlo.

—Consideremos las dos palabras como un nombre. La suma del nombre completo se conoce como número de destino. Este número ilustra las capacidades naturales de una persona, sus habilidades y talentos. Puede revelar el potencial inexplorado de dicha persona. En este caso, la suma según la carta pitagórica asciende a 40, Shang = 22, Tsung = 18, pero el resultado final se expresa como 4 + 0 = 4. En numerología el 4 es un número interesante. Por un lado, representa el número de orden en el universo, por ejemplo: los cuatro elementos (tierra, fuego, aire y agua), las cuatro estaciones, los cuatro puntos cardinales, las cuatro fases de la luna, etc. Por otro lado, en la Biblia, Revelación a John, los cuatro jinetes del Apocalipsis siembran el caos y la destrucción sobre la humanidad. En la misma dirección, en el idioma chino existe alguna superstición acerca de esta palabra, ya que se pronuncia similar a morir, cuatro (sì) y morir (sǐ).

—Si miramos el primer nombre, que en la vida diaria es el más importante, también vemos que resulta 4, ya que el 22 se descompone como 2 + 2 —dijo Berg—. Entonces es doblemente malo.

—Buen análisis, colega, pero no del todo acertado. El 22 no se suma, pues es un número maestro, igual que el 11 y el 33. El 22 es un número muy poderoso que simboliza ambiciones y éxito. Como todo tiene un lado bueno y otro malo.

El agente Naka interrumpió por un momento sus elucubraciones. Había visto que el auto de Richard atravesaba la Porta Nuova para detenerse en la vía Vittorio Emanuele, justo al lado de la escalera de piedra que subía hasta la entrada principal por el ala oeste del Palacio. Andrea le ordenó que hiciera lo mismo y mantuviera la visual todo el tiempo desde unos cincuenta metros de distancia.

—¿Bueno y esto de la numerología en qué ayuda? —preguntó Berg, volviendo al tema—. Ya nos quedamos sin tiempo. Según entiendo estamos donde mismo. Sólo hemos descartado algunas opciones.

—No tan deprisa —intervino el capitán K—. Al entender mejor el significado de estas palabras, ahora hay cosas que empiezan a tener más sentido. Gracias a lo que nos contó águila azul pienso que no es un código en letras lo que estamos viendo, sino un nombre con un significado poderoso. Mientras estaba buscando su significado descarté la alusión a un hechicero maligno o a un demonio que al derrotar a sus oponentes les arrebataba el alma para incrementar su fortaleza. Eso nos debe estar diciendo algo.

—¿Puedo intervenir un momento? —preguntó Naka.

—Adelante.

—Venía manejando, así que no estoy muy al tanto de toda la conversación, pero si alcancé a escuchar bien esta última parte donde se refieren a Shang-Tsung como un hechicero que toma las almas de sus oponentes. ¿Saben si su contacto es un poco nerd?

—Seguramente, si trabaja en QuTE —respondió Berg.

—Sucede que hay un videojuego algo retro donde aparece este hechicero que efectivamente puede tomar las almas de sus oponentes una vez derrotados, pero esa no es su principal fortaleza. Su poder radica en que puede cambiar de forma. Shang-Tsung se puede transformar en otras personas y usar las habilidades y talentos de estas otras personas. No sé si eso ayude en algo.

—Ayuda más de lo que crees —comentó Andrea—. Tengo que comprobar algo, pero ya sé a dónde se dirigen. K., te llamo en cuanto sepa más.

—Entendido. Tengan cuidado.

—Se dirigen al Palacio Real. Vi los carteles cuando veníamos de camino. Tenemos que entrar a esa gala. Wesley y Naka quédense en el auto y estén preparados con sus armas. Berg y yo nos haremos pasar por invitados de alto perfil. Berg hará de guardaespaldas.

—¿Con esta ropa vamos a entrar?

—Pasamos frente a una tienda de ropa dos cuadras atrás, si nos apuramos puede ser que aun siga abierta. De lo contrario tendremos que improvisar.

—¿Llevamos algún arma?

—Imposible. Habrá detectores en la entrada. Tendremos que arreglarnos con lo que encontremos. Ustedes quédense atentos. Wesley, necesito que busques toda la información disponible del Palacio Real. Serás mis ojos allí.

—Cuenta con ello.

Richard había revisado con el videojuego los principales pasillos y habitaciones del Palacio Real. Eran las 18:45 en el celular de Maxime, la gala estaba a punto de comenzar. Era hora ya de hacer su entrada, pero el problema era que no sabía cómo hacerlo. Estaba disfrazado de guardia de seguridad y no tenía ninguna invitación.

—Voy a entrar —dijo Richard.

—¿Con esas pintas? —preguntó Maxime.

—No, con el traje de Armani que tengo en la maleta —respondió—. ¿A ti qué te parece?

—Creo que tendrías mejores chances si saltas de algún techo.

—Improvisaré algo en la puerta.

—Mira, toma mi credencial de QuTE, no lleva foto, sino un chip cuántico muy caro y seguro. Lo bueno es que ellos no deben tener el equipo para leerlo. Así que no podrán ver mi perfil. Además, todos saben que estas tarjetas son caras y que no se pueden copiar. Contemos con que sean confiados.

—Bueno, supongo que esto es mejor que nada.

—Ah, y si quieres guarda la pistola en la funda. No querrás andar por las calles de Palermo con un arma en la mano. Cualquiera podría sospechar.

—Maxime, eres menos inútil de lo que aparentas. Parece que nos vamos a llevar mejor ahora.

—Igualmente. Cuídate y gracias por la experiencia de un secuestro.

—Cuando quieras —dijo y se bajó del auto.

Dicen que cuando cavas una tumba para alguien debes cavar otra para ti. Richard sabía que este viaje podría ser sólo de ida. Pero también sabía que el que pelea no está muerto, y si iba a morir, era mejor hacerlo peleando que amarrado a algún lugar, mientras le destruían el cerebro como a una rata de laboratorio para sacarle información. Todo el enojo que experimentaba lo estaba canalizando en adrenalina. Se sentía mucho más perceptivo a los detalles y capaz de derribar a cualquiera en combate.

Caminó hasta la entrada. Los de la puerta al verle armado comenzaron a gritar que se detuviera y se llevaron las manos a sus armas de servicio. Se le acercaron desde varios flancos y le indicaron que pusiera las manos detrás de la nuca. Luego retiraron su arma de la funda con mucho cuidado y le llevaron hacia un lado de la entrada.

—¿Quién eres y qué haces aquí?

—Vengo de QuTE. Mi jefe habló con el organizador de la gala para indicarle que habría personas importantes de QuTE aquí y que, por lo tanto, necesitaban a alguien de confianza de la empresa. ¿Puedo sacar mi credencial del bolsillo?

—Adelante, pero procede despacio —respondió el guardia que hacía las preguntas y parecía estar a cargo.

Les entregó la credencial de Maxime. El guardia la revisó con recelo.

—Esta credencial no tiene foto, y nosotros no la podemos revisar porque no tenemos el equipo para tal efecto, señor Maxime.

—Usted verá. Yo sólo soy un efectivo más que enviaron, pero, si por casualidad llega a sucederle algo a alguien de QuTE y yo no estoy allí, usted será el primer responsable. Además, yo traigo mi credencial, no es mi culpa que ustedes no la puedan leer, y el chofer de la empresa me acaba de traer —dijo mientras señalaba el Maserati.

—Sí, sabemos que es el auto de la empresa. Lo revisamos en cuanto estacionaron. ¿Por qué se quedó tanto tiempo en el auto?

—Bueno porque no soy un invitado. Estaba esperando a que pasaran todos los invitados importantes para luego entrar yo.

—Espere un poco.

El guardia a cargo se retiró unos pasos hacia atrás y conversó muy bajo con otros dos guardias subalternos que parecían entregarle alguna información. Luego se acercó a Richard y le indicó que podía pasar, pero sin el arma.

—¿Y si algo sucede qué hago?, ¿lanzo frutas?

—Usted no necesita ningún arma allá adentro porque nada va a pasar. Tengo todo controlado y usted sólo aparecerá como una figura decorativa. Manténgase al margen y no estorbe. Su arma será enviada directamente a QuTE cuando termine la gala.

—Lo que me faltaba.

Tomó la credencial y al pasar la puerta de entrada agarró un díptico que estaban entregando con la información de la gala, en particular, el programa.

Andrea y Berg estaban probándose la ropa cuando Naka los contactó por radio.

—Águila azul, aquí samurái —llamó Naka.

—Aquí águila azul.

—El sujeto acaba de dejar el vehículo y se dirige a la gala. Está vestido de uniforme de guardia.

—¿Y el chofer?

—Se quedó en el auto.

—Samurái, sigue al sujeto. Toma una cámara fotográfica del auto y unos lentes de sol y síguelo hasta la entrada. Espéranos en la Plaza de la Victoria, al frente de la entrada. Dile a Zoo que se quede en el auto y vigile al chofer.

Andrea y Berg salieron vestidos con la ropa nueva. Andrea iba en un vestido negro largo, abierto en las piernas, sin tiras, que contrastaba muy bien con su pelo rubio suelto. Los zapatos, también negros, de tacón bajo para darle mejor movilidad. Berg no tuvo tanta suerte. Alcanzó a encontrar un traje, pero la chaqueta le quedaba muy justa y el pantalón un poco corto. Por suerte las personas se fijarían más en Andrea que en él.

—¿Zoo, tienes la información y los planos del Palacio? —preguntó Andrea a Wesley por la radio que llevaba en el oído.

—Sí. Resulta que el Palacio también es conocido como Palacio de los Normandos. Hoy en día es usado por el Parlamento Siciliano, pero el ala oeste está asignada al ejército italiano. De ahí que te vas a encontrar con mucha seguridad. Te cuento un poco de su historia. El Palacio es la residencia real más antigua de Europa, hogar de gobernantes del Reino de Sicilia. Pero no es un edificio cualquiera. Fue diseñado originalmente como una especie de fortaleza por los árabes. Poco queda de su estructura original luego de ser reconstruido en el siglo doce por los normandos. La entrada principal es adonde te diriges. No veo otro acceso, así que la salida podría llegar a ser un problema. De todos modos, seguiré buscando. También estoy viendo el programa de la gala. Primero comenzarán con una actividad en la Capilla Palatina. Algún cura va a hablar, supongo. Luego pasarán al patio interior Maqueda. Allí los estará esperando una orquesta de música clásica, también habrá un cóctel.

—Necesito una ruta de escape —apuró Andrea.

—Espera, acaba de bajarse el chofer y se dirige al Palacio. Es casi calvo, con barba, fuerte, camina como militar y tiene una camisa hawaiana.

—¡No puede ser! —exclamó Andrea.

—¿Qué sucede? —preguntó Berg.

—Ahora te explico. Todavía nosotros no llegamos. ¿Samurái, cuál es tu estado?

—Estoy en la plaza. Richard tuvo problemas con los guardias para entrar, pero ya lo dejaron pasar.

—¿Tienes visual del chofer?

—Ya lo veo, está entrando por la puerta del ejército y no por la entrada principal. Te estoy enviando las fotos.

Andrea miró las fotos en el teléfono y reconoció a Maxime. Era el mismo personaje que se le insinuó en el hotel de Massachusetts la noche que tenía que vigilar a Richard. Lo volvió a ver en aquel club de París. Sabía que le resultaba conocido, pero entre la oscuridad del club, las luces, y que no tenía barba ni esa horrenda camisa, no lo pudo reconocer aquella vez.

—El chofer es un miembro importante de QuTE —dijo Andrea—. Ya me lo encontré en Massachusetts la noche antes del salto. Luego en París cuando lo llevó al club. Y ahora lo trae acá. Él lo está dirigiendo y observando por encargo de QuTE. No es un simple chofer. Y si estoy en lo cierto, hoy Richard hará algo más que ligarse a una chica.

—¿Crees que matará a alguien? —preguntó Berg.

—Eso es lo que estoy pensando. Recuerdas lo que nos intentó decir nuestro contacto acerca de cambiar de formas. París fue una prueba simple, y creo que la prueba final viene ahora. Tenemos que averiguar quién es el blanco.

Andrea y Berg atravesaron la Porta Nuova, pero no subieron al Palacio por la escalera lateral, sino que continuaron hacia la Plaza de la Victoria y se encontraron allí con Naka. No podían entrar al Palacio con una bolsa de ropa, así que se la pasaron a Naka, mientras este les explicaba un poco lo que había visto.

—Por el lado del ejército, ala oeste, no hay mucho movimiento. Yo no esperaría más de unos veinte efectivos. Hasta el momento he visto dos hombres custodiando los techos. Eso me parece extraño para una gala de recaudación de fondos. Además, varias personas que llegaron con guardaespaldas entraron por la misma puerta por la que entró el chofer, mientras el resto del público pasó por la puerta principal, la del parlamento.

—Listo, tengo una idea. Estén alerta —indicó Andrea.

Andrea subió la escalera y, en vez de dirigirse a la entrada principal, tomó hacia el ala oeste.

—¿Este es tu plan? —preguntó Berg.

—¿Tienes una mejor idea? No tenemos invitación y los guardias de la entrada principal ya deben haber notado que los VIP entran por la otra puerta. Sería sospechoso que nosotros no lo hiciéramos. Tú sígueme la corriente.

Tocaron a la puerta. Les recibió un oficial del ejército.

—Soy Fabia Pineta —se presentó Andrea.

—Su invitación, por favor.

—¿Cómo? Me envía QuTE a supervisar la operación. Vengo llegando desde Londres. Yo no soy una invitada. Además, ¿le parece que con este vestido voy a andar trayendo conmigo una invitación?

—Perdone, señora, pero ya hay varios supervisando.

—¿Quién? ¿Te refieres al calvo fortachón fanático de las camisas hawaianas? Ni siquiera recuerdo su nombre.

—Maxime, señora —aclaró el guardia—. Pero está el señor Ian también.

Andrea no estaba segura de los nombres y no sabía si era un truco del guardia para descubrirlos, así que decidió ir a la segura y no hacer referencia a ellos.

—Da lo mismo los que estén. Todavía me tienes esperando afuera. Todo está a punto de empezar y yo me estoy impacientando. Si levanto mi teléfono porque me estás haciendo perder el tiempo me encargaré personal y gustosamente de que tu siguiente actividad sea buscar trabajo.

—Perdone, señora, sólo estaba haciendo mi trabajo. Por favor tenga la amabilidad de pasar. Pero tiene que atravesar el detector, ya que nadie puede entrar armas a partir de este punto. Sólo el personal autorizado.

—¿Le parece que es mi primera vez acá? —señaló Andrea con desdén.

Habían pasado el primer obstáculo. Ahora tenían que encontrar a Richard.

Richard caminó un poco por el recinto. La foto de Greco estaba por todos lados. «Así son los políticos, juegan a ser omnipresentes como Dios», pensó. Gracias al tour virtual que había hecho, ahora podía moverse de manera más natural por el edificio. La Capilla Palatina era el escenario de la primera parte del evento. Así que se dirigió en esa dirección. Al llegar, vio que todos estaban sentados y un cura oficiaba la misa. En medio de esa tranquilidad pudo apreciar la belleza del lugar. Con sólo atravesar la puerta había tenido la sensación de estar en un lugar muy especial del planeta. Aquí convergían diferentes religiones en un crisol de arquitectura, arte y geometría. Destacaban rasgos bizantinos, musulmanes y católicos.

Sentado en primera fila estaba Greco. Aquí le sería imposible acercarse a él. Estaba rodeado de gente y algún que otro guardaespaldas. Sin duda alguna su oportunidad sería en el patio Maqueda. Entre la música y las personas moviéndose por el coctel se abriría algún espacio para su ataque. Cuando se disponía a sentarse un guardia le abordó.

—¿Qué crees que haces? —le preguntó el custodio.

—¿Cómo que qué hago? Estoy vigilando.

—¿Sentándote a disfrutar la misa? Además, tú no eres un guardia de acá.

—Muy perspicaz. Tú pareces ser el detective del grupo. Me acaban de registrar en la puerta. Vengo de QuTE para garantizar la seguridad de nuestros efectivos.

—Esto es un evento de recaudación de fondos del señor Greco, no una fiesta empresarial de esa QuTE.

—Pregúntale a tu jefe, Sherlock, yo sólo estoy aquí porque me enviaron.

—Ah, así que también eres humorista. ¿Por qué no me acompañas que me acabo de acordar de un chiste muy bueno y quiero que nos riamos en otro lugar? —diciendo esto le señaló el camino y le avisó a otro guardia por la radio para que los acompañase como refuerzo.

A Richard el otro oficial, al igual que el primero, no le pareció la gran cosa. No debían ser agentes bien entrenados, sino guardias propios del museo. De esos que no ven mucha acción, salvo perseguir al hijo de algún turista que quiere entrar a una de las habitaciones que no forman parte del tour. También estaban allí para hacer sentir más importantes a los señores del parlamento. Richard tenía la percepción de que los políticos habían desarrollado la moda de que el que estuviera más rodeado de guardias o escoltas personales era el más importante. «Los contribuyentes pagan por la seguridad de los políticos y fiscales mientras estos liberan a los delincuentes para que nos controlen a nosotros. Paradojas de la administración».

Los oficiales le llevaron a una habitación en el primer piso. La mayoría de las personas estaban en la misa, y el resto preparando el cóctel en el patio Maqueda, por lo que el tránsito hacia la habitación no se vio interrumpido. Watson, el otro guardia, entró primero, mientras Sherlock empujaba a Richard por detrás obligándole a entrar. Para ellos esta sería una de esas aventuras que contarían después al resto de sus amigos: cómo dos bravucones intimidaban al pobre guardia de seguridad privada.

No supo a ciencia cierta cómo reaccionó tan deprisa, pero al ver que Watson estaba a su izquierda y Sherlock de espaldas cerrando la puerta, supo inmediatamente lo que tenía que hacer. Fue como una de esas ventanas que se abren por muy poco tiempo y si no la aprovechas no sabes cuando vendrá la siguiente. Rápidamente, golpeó a Watson en el cuello con el borde externo de su mano, dejándolo fuera de combate. Sherlock intentó reaccionar, pero ya era tarde, se encontraba casi de espaldas, así que Richard lo agarró por la nuca y lo empujó con violencia contra la puerta. El golpe en la cabeza lo dejó inconsciente. Watson todavía intentaba recuperarse, pero un golpe en la mandíbula terminó de derrumbarlo. La misa debía concluir pronto. Los arrastró detrás de un escritorio y usó sus mismas esposas para inmovilizarlos. Luego tomó prestado el uniforme de Sherlock, que le serviría para mezclarse un poco entre la muchedumbre. Revisó que la pistola eléctrica que llevaban estuviese cargada y la colocó de vuelta en la funda. En sus bolsillos también encontró una navaja suiza, de la línea Hunter, que podía ser útil si la sabía usar contra Greco.

Andrea siguió a los invitados VIP que se dirigían al tercer piso del patio Maqueda. Desde ahí se tenía muy buena vista de lo que ocurría en el primero, así como de todo lo que estaba sucediendo en el segundo piso. Mientras que en el primero se preparaba el cóctel y un atril para que Greco diese su discurso de recaudación de fondos, en el segundo piso se estaba preparando una película completamente distinta. Inmediatamente, Andrea captó la camisa hawaiana, el supuesto chofer de Richard, que daba indicaciones a un grupo de soldados. Los soldados parecían más bien un grupo táctico, como de ejecutar operaciones rápidas, por el equipo que llevaban. Richard estaba en el ojo de un huracán y pronto se encontraría con la tormenta.

La fauna que pululaba en el tercer piso daba indicios de la magnitud del evento. Todos millonarios, por supuesto. Andrea pudo reconocer a algunos autodenominados filántropos. Básicamente desalmados que buscan enriquecerse y, sobre todo, empobrecer al resto bajo la cortina de que lo hacen por amor a la humanidad. Por ahí también había algunos agentes representando grupos de lobby. Posiblemente también terroristas. Podría explotar una bomba allí arriba y lo único que se perdería sería la pintura de las paredes. Todos vinieron a ver un show, una especie de prueba de concepto, y esa prueba era Richard.

—Ya lo tengo todo claro —le dice Andrea a Berg.

La progresión geométrica de las casillas

—Sí, yo también lo tengo clarísimo. Estamos metidos en un buen lío y no contamos con armas y nuestro equipo de apoyo tiene un tiempo de respuesta que nos garantiza una muerte lenta.

—No me refería a eso. Lo que vamos a ver ahora es a Richard eliminar a alguien.

—¿Qué dices? El cartero se volvió asesino. No tiene sentido.

—Oh, tiene todo el sentido. Las piezas encajaban muy bien. Richard fue inicialmente convocado por QuTE para una misión de muy alto perfil siendo uno de los menos experimentados. Lo alojaron en un hotel y le asignaron al chofer, quién coordina toda esta operación desde el terreno, como guardia personal y vigilante. Evidentemente el tal chofer no es un simple chofer, sino un exmilitar bien entrenado. Luego Richard llegó a París y cambió radicalmente su estilo, yéndose a bares nocturnos y enrollándose con prostitutas; y dirigido por el mismo chofer. Dudo que en Massachusetts Richard haya advertido su presencia. Por lo que a Richard respecta, París fue la primera vez que se vieron. De hecho, el chofer cambió bastante su imagen de un lugar a otro. Después de París, y saltándose todos los protocolos de seguridad, lo enviaron a Sicilia, tierra conocida en parte por sus mafiosos. Richard viene directamente a este evento, sin descansar, y disfrazado de guardia de seguridad. Se aleja del chofer pensando que este se queda en el auto, y se adentra en este evento. En el tercer piso tenemos pura escoria adinerada. En el segundo piso un grupo de eliminación rápida, dirigidos por el chofer y cuyo único objetivo es Richard.

—¿Cómo lo sabes?

—Porque si fuese otra persona ya lo hubiesen eliminado. Nuestros vecinos del tercero están aquí para verlo eliminar a Greco. Del blanco no estoy totalmente segura, pero tiene mucho sentido que sea él. Luego eliminarán a Richard y todos tranquilos.

—¿Y cómo va a lograr el cartero eliminar a Greco?

—Eso es lo que todos vinieron a ver. ¿Recuerdas lo que mencionó el contacto de K.? El sujeto cambia de forma. QuTE aprendió a controlar a las personas durante la teleportación. Tiene todo el sentido del mundo. En el proceso de teleportación cambian algo o insertan cierta información en el sujeto que puede cambiar su forma de pensamiento y quizás también sus habilidades.

—Con razón vinieron todos estos personajes. Algunos estarán viendo el resultado de su inversión y otros donde invertir.

—Exactamente. Pero Richard nos sirve más vivo que muerto. Así que tenemos que impedir esto de alguna manera y salir corriendo.

—No te voy a engañar, el plan tiene algunas lagunas. No veo que tengamos muchas oportunidades.

—Hay que hacer que funcione. ¿Zoo, tienes algo para mí? Necesito un plan de escape. Cuando pasamos por la Porta Nuova vi una especie de pasillo aéreo que conecta con el edificio que está cruzando la calle. ¿Podríamos ir por el techo?

—Negativo —respondió Naka—. Hay guardias en el techo y pueden ponerse a cubierto con facilidad. No hay forma de que los pueda neutralizar a todos.

—¿Y qué tal por dentro del palacio? —preguntó Andrea.

—Para ello tendrías que llegar a la torre Pisana, que se encuentra alejada del patio. Tendrías que pasar por muchas habitaciones, pasillos, y sobre todo irías en la dirección del ala oeste, donde varios oficiales del ejército podrían estar apostados.

—Creo que debemos abortar —dijo Berg—. Mejor perder esta batalla hoy para ganar la guerra mañana.

—Puede que tengas razón, pero si perdemos esta oportunidad podríamos estar perdiendo la única oportunidad tangible para llevarles la pelea a su terreno; tener la pelota por primera vez.

—¿Qué tal si escapan por abajo? —sugirió Wesley—. Ya que no pueden ir ni por arriba ni por dentro del edificio, quizás lo puedan intentar por abajo.

—Explícate mejor —apuró Andrea.

—El Palacio fue en sus inicios una fortaleza creada por los árabes. Así que como toda fortaleza tiene sus pasadizos subterráneos. Deben llegar a la cripta que yace debajo de la Capilla Palatina, conocida como Santa Maria delle Grazie. Esta cripta fue creada por los normandos. Una vez allí, busca un corredor que los llevará a la puerta grande en la Plaza del Parlamento. Cuentan con varios accesos para llegar a la cripta. Hay dos escaleras de caracol en la Capilla Palatina que descienden a la cripta. También hay otra entrada desde el patio Maqueda. Antes era una puerta, pero fue reemplazada por una ventana luego de una restauración. Me parece que su mejor opción es ir a la Capilla, esa es su única ruta de escape.

—Totalmente de acuerdo —respondió Andrea—. Berg, estate listo. Vamos a bajar al primer piso ahora. Tenemos que detener a Richard y salir corriendo.

Richard abandonó la habitación donde había dejado a los guardias inmovilizados. Ahora estaba disfrazado de guardia local, pero seguía sin un arma. Sólo contaba con la navaja y una pistola eléctrica con dos cargas que le había quitado a uno de los guardias. Notaba algo raro en la seguridad del lugar. Desde afuera, los guardias parecían mucho mejor armados, pero una vez adentro había podido comprobar que todos usaban pistolas eléctricas. No tenía mucho sentido.

La misa había concluido y la mayoría parecía estar ya en el patio Maqueda. Se dirigió en esa dirección junto con algunos rezagados que seguramente se habían quedado admirando un rato más la Capilla. Al salir al patio notó un poco de movimiento en el segundo y tercer piso, pero casi toda la acción se concentraba en el primer piso. Había mozos con bandejas repartiendo el cóctel, desde aperitivos hasta bebidas. Por otro lado, Greco se estaba preparando para subir al atril, esta era su oportunidad, no tenía mucho tiempo que perder.

Andrea y Berg tomaron la escalera desde el tercer piso del patio Maqueda con rumbo al cóctel. Bajaron deprisa, pero intentando no despertar sospechas por parte del equipo táctico reunido en el segundo piso. Cuando ya estaban en pleno descenso desde el segundo piso se toparon con dos guardias apostados en la escalera.

—Señora, tenemos indicaciones de que permanezcan en el tercer piso, es por su seguridad.

—Tengo que supervisar que todo esté bien y usted me está demorando, con permiso —dijo Andrea mientras continuaba el descenso.

—Me temo que debo insistir señora —replicó el guardia volviéndose a interponer en el camino.

La pequeña disputa no pasó desapercibida para Maxime, que creía reconocer a la chica rubia de algún sitio.

—¿Se puede saber a dónde se dirigen los señores? —preguntó Maxime mientras descendía por la escalera.

—Vamos al primer piso —respondió Andrea.

—Tu cara me es conocida. ¿Eres de QuTE? —preguntó.

La progresión geométrica de las casillas

—¡B!—exclamó Andrea.

Con la rapidez de una bala ambos al unísono golpearon a los efectivos militares que tenían a cada lado. Andrea asestó un golpe en la garganta del guardia que estaba ubicado a su lado y lo empujó escaleras abajo. Sin perder un segundo, lo siguió mientras caía y tomó la pistola de su cinturón para cubrir a Berg. Berg había dejado fuera de combate al otro guardia de un codazo en la cara y automáticamente pasó a la defensiva para esquivar la lluvia de golpes que le lanzaba Maxime. Andrea no tenía un buen ángulo de disparo, pues Berg se encontraba entre ambos. Al escuchar el alboroto, el equipo táctico comenzó a movilizarse. Berg se dio cuenta de que no podría deshacerse de Maxime con facilidad, así que lo abrazó con fuerza por la cintura y se lanzó junto a él por encima de la baranda de la escalera. Los dos cayeron como rocas sobre las losas del suelo del primer piso. Andrea bajó la escalera de dos saltos y ayudó a Berg a reincorporarse, mientras Maxime quedó en el suelo exánime, al parecer se había llevado la peor parte. Andrea disparó tres veces hacia el techo. Todos comenzaron a correr: mozos, invitados, Greco y su grupo. Andrea y Berg se mezclaron entre ellos. Esperaba que los agentes del equipo táctico, que de seguro estarían apuntando desde el segundo piso, no tuvieran un tiro limpio sobre ellos, pues de lo contrario podrían darse por muertos.

Richard se había quedado paralizado al escuchar los disparos. «¿Será que alguien se me ha adelantado en el plan?», pensó. Vio acercarse a una chica hermosa que llevaba a cuestas a un tipo fuerte.

—¡Muévete, Richard, que es una trampa! —le gritó la chica.

El grito lo sacó de su letargo. Había algo en aquella mujer que le resultaba conocido y le inspiraba confianza. De todos modos, no era el momento para hacer preguntas. Si ella lo conocía y encima la estaban persiguiendo, era muy probable que estuviesen en el mismo equipo. La ayudó sujetando un poco al fortachón mientras ella se giraba para disparar hacia el segundo piso.

Todo sucedió muy rápido. Mientras avanzaban, dos guardias del museo los interceptaron. Sin perder tiempo, Richard descargó la pistola eléctrica sobre uno de ellos y, acto seguido, clavó la cuchilla en el hombro del segundo y lo derribó al suelo.

—¿Qué hacemos ahora? —preguntó en medio de la confusión.

—Tenemos que llegar a la Cripta —contestó la chica.

—Ok, síganme —gracias a aquel tour virtual se sentía bastante familiarizado con el lugar.

Los del equipo táctico ya estaban en el primer piso ayudando a levantar a Maxime. La gente seguía corriendo intentando ponerse a salvo y eso les servía de escudo. Se adentraron en la Capilla Palatina y descendieron por una de las escaleras de caracol.

—¿Quiénes son ustedes? —preguntó el jumper cuando llegaron abajo.

—Yo soy Andrea y él es Berg. Somos los buenos de esta peli, pero no tengo tiempo ahora para explicarte. QuTE ha estado haciendo cosas raras contigo y nosotros queremos detenerlos. Pero primero debemos salir de aquí. Tenemos que encontrar un corredor que nos llevará a la Plaza del Parlamento.

—Sé dónde está. Vengan conmigo.

Richard los guio hasta la puerta del corredor. Era una reja cerrada con llave. Andrea disparó a la cerradura y Berg le encajó una patada que casi la saca de los puntos de anclaje. Tomaron el corredor y continuaron por un pasillo ascendente muy estrecho, mientras Andrea intentaba comunicarse con el resto del equipo.

—Aquí águila azul, vamos subiendo. Tenemos todo un equipo táctico detrás de nosotros así que preparen alguna distracción.

—No te preocupes, estamos en posición —contestó Naka.

—Todo listo —añadió Wesley.

Naka esperaba cerca de la Plaza del Parlamento. Había llenado su mochila con granadas de humo y armas cortas. Wesley había dejado estacionado el auto en marcha y esperaba en la escalera de piedra que sube a la Plaza por la vía Vittorio Emanuele, listo para cubrir el trayecto de salida.

—Vamos saliendo, repito, vamos saliendo —gritó Andrea por la radio.

Wesley subió inmediatamente la escalera y sacó de un envoltorio hecho con su chaqueta un AR-15 automático calibre .50 Beowulf. Suficiente para cubrir la huida. Al llegar a la Plaza comenzó a disparar para asustar a los guardias, mientras Naka lanzaba las granadas de humo y disparaba hacia la puerta oeste para retrasar al ejército. Andrea había salido primero. Sabía que los guardias de afuera estaban bien armados y que pertenecían a la nómina de QuTE. Eso significaba que iban a disparar sin preguntar. Del mismo modo salió Andrea, tomándolos por sorpresa en medio de la conmoción por los disparos y las granadas. Detrás de Andrea apareció Berg, todavía corriendo con dificultad, y finalmente Richard. El jumper podía escuchar a sus espaldas cómo se acercaban sus perseguidores.

Andrea llegó a la posición de Wesley, y este le arrojó otra arma para que se uniera a sus esfuerzos para mantener bajo fuego a los guardias dentro del Palacio y así cubrir la huida. De repente, los disparos comenzaron a llegar desde el segundo piso. Era Maxime desde uno de los balcones con un rifle de alto calibre. Las balas impactaban peligrosamente cerca de Andrea cuando Berg la tomó con ambos brazos y la empujó hacia la escalera. Andrea tuvo que bajar rápidamente para evitar caerse. Berg fue el último en descender por la escalera. Subieron al auto y echaron a andar a toda velocidad. A unos metros de distancia recogieron a Naka que había atravesado la Plaza de la Victoria tras cubrirlos. Wesley manejaba deprisa en dirección a la casa segura, que no sería segura por mucho tiempo. Tenían al ejército y a la policía detrás de ellos.

—Tenemos un problema —exclamó Wesley.

El aire dentro del auto estaba impregnado de un fuerte olor a pólvora proveniente de la respiración de las armas. Los cañones todavía estaban calientes. Todos estaban sobreexcitados. Richard iba sentado al medio, Andrea a su izquierda y Berg a la derecha. El jumper comenzó a revisarse para asegurarse que ninguna bala le hubiese alcanzado. Vio sangre en sus brazos, pero no era suya. Miró a Berg y se percató de que estaba herido, aunque no podría decir dónde.

—Chicos, parece que tenemos un herido —dijo Richard.

—Cambia conmigo —dijo Andrea.

Andrea pasó por encima de él y comenzó a examinar a Berg.

—¿Cómo te sientes, campeón? —preguntó.

—He estado mejor —dijo Berg.

—Tienes un buen hoyo en la camisa. Parece que la bala salió por la zona dorsal. Necesito sacarte la chaqueta y la camisa para ver si la bala afectó los pulmones.

—Háblame en español.

—Si la bala afectó uno de los pulmones entonces estás jodido, puedes caer en un paro respiratorio. Tienes que trabajar conmigo. No tenemos mucho tiempo y si sale aire por la herida debemos taponar bien el orificio y buscar ayuda. Naka, busca en mis cosas algunas gasas.

Andrea logró quitarle la chaqueta y la camisa.

—No sale aire —suspiró aliviada—. Tienes un traumatismo abierto. La bala salió, pero no sé si haya comprometido alguna otra parte. Tenemos que llegar a la casa segura.

—¿Y qué haremos una vez allí? —preguntó Naka—. No podemos llevarlo a un hospital. Los aeropuertos y puertos marítimos deben estar intervenidos, y les recuerdo que estamos en una isla.

—Déjame pensar un poco. La situación es complicada, pero algo podremos hacer —contestó Andrea mientras presionaba las gasas contra la herida.

—No quiero parecer poco solidario con la situación en la que están. ¿Pero alguien me podría decir quiénes son, qué hacen aquí, y qué hago yo aquí con ustedes en este tremendo lío? —preguntó Richard.

—Pertenecemos a WPS.

—Me lo imaginaba. ¿Pero qué tienen que ver conmigo?

—Desde hace algunas semanas teníamos información de que QuTE iba a poner en práctica algo en lo que estaban trabajando durante mucho tiempo, y que tú serías el sujeto de prueba. Por eso te estamos vigilando desde Massachusetts, el día antes de tu primer salto.

—La SUV negra en el estacionamiento eran ustedes.

—Sí, era yo —contestó Andrea—. Y me imagino que no reconociste a tú chofer en el lobby.

—¿Maxime?

—El de la camisa hawaiana.

—No. La primera vez que lo vi fue en París.

—Pues él parece ser el encargado de guiarte a través de esta operación. También sería quién te eliminaría después de que probarás tu capacidad para deshacerte de Greco. Tenía un equipo táctico esperando en el segundo piso. Los del tercer piso eran los inversionistas que comprarían los servicios de QuTE.

—¿A qué operación te refieres?

Berg comenzaba a retorcerse del dolor.

—No puedo seguir explicándote, Richard. Necesito pensar qué vamos a hacer ahora.

—Yo puede que tenga una idea.

—¿Cuál?

—Primero, necesito entender qué está sucediendo. Así podré saber si la idea es buena o mala.

—QuTE encontró la forma de crear asesinos con la teleportación. No hay cabos sueltos. La información acerca del blanco se borra de tu mente con rapidez y nadie te tuvo que hablar directamente de lo que tenías que hacer. No hay necesidad de entrenamiento. La propia teleportación ajusta tu personalidad y tus habilidades a la necesidad. Supongo que has notado algo de eso en los últimos días.

—Ahora que lo mencionas, en París tenía mucha ansiedad. Además, una necesidad increíble por irme de fiesta. También me pareció extraño que antes del salto se saltaran tantos protocolos, sobre todo bajo la guardia del Dr. Lasker. Tuve mucha información llegando de distintos lugares acerca de la prostitución en Francia, el libertinaje, etc. ¿Crees que eso haya influido?

—Sin duda alguna.

—Luego sin dejar ningún margen de tiempo para recuperación el Dr. Alekhine me envió a Sicilia. Me dijo que ustedes, un grupo de mafiosos, me estaba buscando para sacarme la información del último viaje. Que tenían un decodificador para tal efecto.

—Ojalá tuviésemos uno.

—Nuevamente volví a estar recibiendo información acerca de la mafia. Ahora que lo pienso, quizás dejaron la sala donde estuve antes del salto en París poco vigilada porque sabían que yo iba a entrar al computador a buscar más información.

—No lo descartemos. ¿Pero cómo dejaste que te convencieran de hacer el segundo salto?

—Me dijeron que iban a sobrescribir el mensaje original con otro y que iban a filtrar esa información para que ustedes supieran que el mensaje había sido borrado. De esa forma ya no sería útil para ustedes.

—¿Qué cambió cuando llegaste a Italia?

—Me siento más propenso a la violencia, tengo poca paciencia, actúo muy rápido, estoy a la defensiva siempre y tengo habilidades de combate. Tampoco lo pienso dos veces cuando tengo que atacar a alguien y mi pensamiento se ha agudizado mucho en ciertos temas.

—Interesante. Podría decirse que ahora eres una especie de gánster de la mafia.

—Podría decirse.

A lo lejos se escuchó la sirena de unas patrullas.

—Rápido, agáchense todos allá atrás —indicó Wesley.

Las patrullas siguieron de largo.

—Richard, nos dirigimos a una casa segura. Pero no sabemos por cuánto tiempo lo será. Cuando obtengan los videos empezarán a circular la foto de este auto y nos van a rastrear. Además, Berg necesita atención médica. No creo que los contactos que tenemos aquí nos puedan ayudar ahora, sería comprometerlos. ¿Tú conoces a alguien que nos pueda ayudar?

—Sólo se me ocurre una persona.

—¿Pero es de fiar?

—No lo sé.

—¿Está de nuestro lado?

—Tampoco lo sé.

—Suena sólido el plan —exclamó Wesley.

—Por como veo las cosas no tenemos otra opción que arriesgarnos —dijo Andrea despejando cualquier duda.

—Necesitamos persuadir a esa persona —agregó Richard—. ¿Conoces a alguien con esa capacidad?

—Sí —respondió Andrea—. Wesley, comunícame con K.

Capítulo 7

Defensa Siciliana

CUANDO RICHARD REALIZÓ su búsqueda justo antes del salto, el apremio por el tiempo lo hizo enfocarse solamente en dinero, obras benéficas y bajo perfil. En lo que a él respecta, el señor Caruana podría ser una buena persona, un mafioso muy malo, o un poco de ambos. Era un total desconocido, pero parecía no pertenecer a QuTE y contaba con los recursos que ellos necesitaban.

Andrea estuvo hablando con K. acerca del nuevo plan de escape. Para cuando llegaron a la casa segura, ya K. había recopilado suficiente información de ese tal Caruana. Resultó que sí había pertenecido a la mafia en sus comienzos, pero algo debió haberlo cambiado. Se rumoraba que él mismo había impartido justicia a quienes antaño llamaba "familia". Parece que él, junto a otros, se habían volteado en contra de las más grandes familias de la mafia siciliana. K. les compartió toda esta información y más aún, y les ordenó permanecer en la casa segura hasta nuevo aviso.

La casa segura estaba vacía, sus contactos habían tomado las debidas precauciones y habían retirado cualquier indicio que los pudiese delatar. Con cuidado, acostaron a Berg sobre la mesa para que Andrea examinara la herida. Revisó bien para asegurarse que la bala no estuviese dentro. Pero había que parar el sangrado de alguna manera. No había hilo ni aguja para coser la herida. Lo único que se podía hacer era presionar para ralentizar el sangrado.

Pasados unos treinta minutos recibieron una llamada de K. Parece que ya tenía una ruta de escape. Las instrucciones eran precisas. Debían deshacerse del auto, apropiarse de otro y llegar a unas coordenadas. Allí habría un camión de repartición de comida esperándolos. Debían entrar por la puerta trasera. Este los llevaría a un lugar seguro. El camión estaba estacionado en una zona donde no había cámaras, pero igual tenían que moverse rápido.

Andrea y Richard se quedaron con Berg, mientras que Wesley y Naka salían para deshacerse del auto y encontrar uno nuevo. Al poco tiempo llegaron con un Honda civic plateado. Richard pensó que, dado el espacio que ocupaba Berg, iban a tener un viaje un poco incómodo, pero eso de la comodidad ahora mismo no parecía muy importante.

El punto acordado quedaba cerca de su posición actual, pero a su vez alejado de las arterias principales, lo que les ayudaría a pasar de incógnitos. Andrea recogió algunas ropas que encontró en la casa para cambiarse más tarde. Todos estaban llenos de sangre. Cuando llegaron al punto de encuentro ya estaba el camión esperando y con el motor en marcha. Además del chofer, otro hombre los esperaba junto a la puerta trasera. Sólo les susurró «apúrense» mientras abría la puerta. Entre Andrea y Naka ayudaron a subir a Berg y luego el resto fue subiendo de prisa. Una vez dentro del vehículo se cerró la puerta desde afuera y el camión echó a andar.

Dentro del camión encontraron agua, vendas, barras de cereal, pan y frutas. También había una pequeña caja con analgésicos para el dolor. Parece que K. había informado de su situación. Andrea le dio algunos calmantes a Berg. Una cantidad que para cualquier persona normal pudiese ser considerada como sobredosis, pero Berg no tenía una talla normal. Luego le limpió la herida y le cambió las vendas. Wesley y Naka aprovecharon para comer algo e hidratarse. Richard no podía comer ni tomar nada. Sentía en este momento el peso de todos los sucesos que le habían ocurrido desde su salida del Silo 7 en Massachusetts el 6 de junio. En sólo tres días su vida se había torcido de forma inimaginable. Cerró los ojos y una estampida de preocupaciones asaltó su mente. Una de ella era cuánto duraría vivo. Había sido engañado varias veces, y en este punto ya le quedaba claro que su salud nunca fue una variable a tener en cuenta. De hecho, se habían asegurado de que no saliese vivo del Palacio Real. Estaba jugando su último movimiento en este camión. Ya todo lo demás quedaba en manos de Dios.

El camión se detuvo un instante, y luego sintieron que entraba por un camino irregular, seguramente de tierra. Parecía que estaban cerca de su destino. Cuando finalmente se detuvo, Richard consultó la hora con Andrea, y concluyó que habían estado viajando durante cuarenta y cinco minutos. Sin embargo, él las sintió como un par de horas.

Dos hombres armados abrieron la puerta trasera del camión. Al asomarse, Richard vio que había cinco más esperando alrededor, equipados con AK-47. Justo al lado del camión había una camilla. Supuso que estaban esperando a Berg.

—Ya pueden bajar —dijo uno de los hombres—. Aquí están seguros. No obstante, necesito que dejen todas sus armas en esta bolsa. Durante su estadía no las necesitarán, y les serán devueltas cuando se marchen.

A ninguno le hizo ilusión prescindir de sus armas, pero no tenían más opción.

—Un doctor espera a su amigo —continuó diciendo el hombre—. Pueden subirlo a la camilla y llevarlo adentro. Nuestros hombres los guiarán. Hemos dispuesto dos cuartos de huéspedes que van a compartir. También se pueden dar un baño y comer algo. ¿Quién de ustedes es Richard?

La pregunta no lo tomó por sorpresa. Esperaba algo así.

—Soy yo —respondió inmediatamente.

—El señor Caruana lo espera en su oficina. Pidió hablar en persona con usted en cuanto llegase.

Richard miró a Andrea.

—Enseguida estaré con ustedes, vean que Berg esté bien —le dijo.

El lugar era una especie de finca. Estaban en la zona de estacionamiento de la entrada de la casa. Era circular, con piso de baldosas color terracota, y una fuente en el medio del círculo. Hacia atrás, un camino de tierra custodiado por palmeras llevaba hasta una enorme reja de hierro. Junto a la reja había una garita de seguridad que resguardaba la entrada a la finca. Hacia adelante se abría paso una enorme mansión de dos pisos de altura. No era moderna, sino que conservaba ese estilo más clásico, de balcones con baranda de hierro y ventanas de madera. En la entrada, a la derecha, había una rampa por donde subieron a Berg en una camilla. Después se internaron por un pasillo lateral que Richard supuso que llevaría a una habitación preparada para asuntos médicos.

Los otros cuatro entraron por la entrada principal, una enorme puerta de madera de dos hojas. El recibidor era rústico, pero bien diseñado. Todo el interior estaba revestido en piedra. El techo era de doble altura con grandes vigas de madera a la vista. Una lámpara chandelier en el centro del lugar proporcionaba muy buena iluminación y agregaba carácter a la estancia. El recibidor estaba delimitado por un pasillo, cuyo techo era sujetado por columnas cilíndricas. A continuación, encontraron la sala de reuniones. Tenía varios sofás y butacas en forma de semicírculo alrededor de una mesa de centro de madera y hierro. La pared del fondo, que se veía desde la puerta de entrada, era un ventanal de vidrio que dejaba ver una hermosa piscina con estatuas alrededor. El ventanal tenía a cada lado una puerta de vidrio para acceder a la piscina. Tomaron el pasillo hacia la izquierda.

—Esta es la oficina del señor Caruana —comentó el hombre cuando llegaron a una puerta a mitad del pasillo—. Debe pasar el señor Richard solo. El resto sigan conmigo para conducirlos a sus aposentos.

El hombre tocó la puerta y esperó hasta que contestaran desde adentro.

—Señor, ya está aquí su invitado.

—Que pase.

Richard entró y la puerta se cerró tras él.

—Signore Caruana —dijo—. Gracias por recibirnos en su casa.

Antes de su salto en el Silo 2 había estado buscando información sobre posibles mafiosos que lo pudieran querer muerto. Si bien todo resultó ser una falsa, hubo uno que llamó su atención. Así que, como último recurso ante la desesperación del estado de Berg y que todos les estaban buscando, le había pedido a Andrea que alguien contactase al señor Caruana y le dijera que estaban en el mismo equipo. Dado la situación en la que se encontraban, sólo un milagro podía lograr que los recibiese. Parece que el Señor puso las palabras correctas en boca de K., que había logrado este primer paso. De aquí en adelante todo lo que sucedería iba a depender de esta conversación. Richard se sentía como si estuviera dentro de un estanque con un tiburón blanco, convenciéndolo de que la comida que le podría dar después sabía mejor que él.

Lo positivo de verse contra la pared es que la creatividad emerge como último recurso. Es común ver en el ajedrez a un jugador contra las cuerdas que de la nada hace algún sacrificio espectacular para dejar al rival en una posición difícil. Una partida puede pasar de repente de una posición ganadora a una crítica, donde sólo una jugada muy compleja de ver mantiene la ventaja y todas las demás son perdedoras. A veces, todo lo que podemos hacer es una jugada osada que podría revertir el curso de la partida, y rezar porque el contrario se equivoque. A veces es todo lo que necesitamos.

La oficina era una instancia acogedora. Al entrar, el visitante se encontraba de frente a la persona sentada tras el escritorio. Un escritorio robusto, todo en madera y con varias figuras talladas. La pared de la derecha estaba adornada con algunos cuadros, mientras que la pared izquierda sostenía una estantería que iba de suelo a cielo y a todo lo largo de la habitación. Los libros estaban perfectamente ordenados y a Richard le pareció que era una colección interesante. Las ventanas detrás del escritorio tenían unos vitrales que supuso que de día se verían hermosos. Frente al escritorio había dos sillas de madera. El señor Caruana con un gesto le invitó a sentarse en una de ellas.

—Dime, Richard, ¿por qué estoy sentado frente a una persona que no conozco, pero que trae un gran conflicto a mi puerta? Te busca la policía, los militares y una de las compañías con más recursos e influencias del planeta. Tu amigo K. de alguna manera me convenció de escucharte, pero no creas que esta instancia es de ayuda. Sólo tengo curiosidad. Lo que pase de aquí en adelante depende de ti.

—Signore, le agradezco por abrirme las puertas de su casa, aunque sea por un momento. ¿Por qué usted? Porque a pesar de vernos por primera vez yo lo conozco, y sé que ambos buscamos lo mismo. Tenemos más cosas en común de lo que pudiese imaginar. Según la prensa usted es un mafioso. Una prensa que se dedica a emitir juicios como si ellos fuesen los dueños de la verdad absoluta. Confunden a las personas con sus historias ficticias para desviar la atención de los verdaderos criminales, que son los que pagan sus sueldos. Usted es un hombre correcto. Un hombre de familia. Un hombre de Dios. Pero no como aquellos traficantes desarmados que rezan para que su mercancía llegue a buen puerto. Usted tiene fe en la obra de Dios. Usted cree en las personas, cree en el esfuerzo, en el trabajo, en las oportunidades y en el castigo. ¿Acaso no castigó Dios a Sodoma y Gomorra? ¿Acaso no aplicó la justicia a Caín por lo que hizo a su hermano Abel? Usted sabe dar la mano, pero no le tiembla el pulso cuando tiene que administrar justicia. Usted sí reconoce las leyes de Dios. Usted vive por su familia y por su tierra. Sin embargo, vivimos en tiempos que son ajenos a nuestro entendimiento, a nuestros principios. Los delincuentes son premiados, las palabras que antes los describían ahora son relativizadas, prohibidas o capturadas por algunas minorías. Las personas justas, honradas y que conservamos los valores que nos permitieron vivir en sociedad, somos atacadas y censuradas. Usted sabe que los gobernantes no van a cuidar de usted ni de los suyos nunca. Porque nunca lo han hecho. Porque, aunque quisieran, no podrían. Sólo la familia, y los amigos que se convierten en familia son capaces de tal hazaña. ¿Pero qué recibimos los hombres como usted y como yo? Gobiernos que nos dicen qué hacer y qué no. Qué actividades podemos realizar para mantener a nuestras familias y cuáles no. Ya no podemos si quiera cultivar la tierra sin que nos digan que productos usar y a quien comprárselos. Usted es un hombre libre, como yo. Y ambos soñamos con vivir, mientras nuestro único Señor lo permita, como hombres libres. ¿Pero es acaso la libertad algo inherente a las personas? ¿Siquiera nacemos libres? La libertad es algo por lo que hay que luchar. Hay un gran mal allá afuera que nos quiere quitar nuestras libertades. Y para que ese mal triunfe, lo único que se necesita es que las personas de bien no hagan nada. Por eso estamos usted y yo hoy aquí. Su generación peleó por la libertad. Ustedes saben lo que se siente cuando se está a punto de perderla. Pero eso no lo sabe mi generación. Nunca peleó sino por tener cosas gratis. Peleó por engaños. Peleó por mejores ropas, por bisutería, por lujos, pero no han peleado nunca por la libertad. Tampoco las generaciones siguientes. Pensamos que seguir ciegamente a organismos internacionales, que nadie vota por ellos ni tampoco los puede hacer rendir cuentas, iba a mantener la paz. Creímos que un pedazo de papel nos protegería del mal. Una tarea que sólo los hombres y Dios pueden. Los caminos del Señor son inciertos. Pero yo sé por qué estoy aquí. QuTE me ha engañado, me ha jodido y no parará hasta que yo esté muerto. Pero creo que usted ya eso también lo sabe. QuTE ha infestado Sicilia de la misma manera que lo ha hecho con las otras ciudades donde anida. Es tiempo de sacarnos el lodo de encima, de sacarnos los miedos y de luchar. Porque cada vez que rehusamos una pelea, estamos dando un paso atrás, hacia una posición más difícil desde donde pelear. Yo no le pido que luche a mi lado, ya usted ha luchado bastante. Sólo le pido que me permita continuar con mi lucha, permítanos reagruparnos para pelear otro día.

Mientras hablaba, Richard orquestaba sus palabras en base a las reacciones del señor Caruana. Con cada palabra que salía de su boca buscaba una reacción, por ínfima que fuese. Para su sorpresa el camino andado en esta plática no fue por los derroteros de los artilugios y frases vacías para provocar emociones en su interlocutor. Hubiese sido, quizás, capaz de hacerlo para salvar a su nuevo equipo. Pero con cada expresión del señor Caruana, Richard hablaba más desde el corazón.

El señor Caruana conservaba en la mirada la misma dureza de antes, pero algo en la expresión de su rostro había cambiado. Sentía como las palabras de Richard todavía hacían eco en la habitación. Sintió una brisa en sus brazos fuertes, esa misma brisa que sintieron sus antepasados sujetando una espada en las planicies de las batallas para defender su tierra.

—Hace tiempo no hablaba con un patriota. Pensé que en tu generación no habían nacido muchos —dijo Caruana y se reclinó en su butaca.

Por unos segundos que parecieron una eternidad Richard lo miró expectante mientras aguardaba por su decisión.

—Vamos a hacer lo siguiente —dijo por fin el siciliano—. Los voy a ayudar a salir de Sicilia. No se pueden quedar aquí más tiempo o todos corremos un grave peligro. Además, K. me dijo que tu tiempo era oro, pues no saben cuánto te quede. En verdad me daría gusto ver que logres al menos algo de todo lo que me has contado. Vas a ir a Roma.

—¿A Roma?

—Allí te encontrarás con mi sobrino. Mi hermana me pidió que lo mantuviese alejado de mis negocios. ¡Qué vueltas da la vida! Resulta que es experto en computación cuántica, teleportación, y todas esas cosas de las que tú te has vuelto el conejillo de indias. Si hay alguien en quien confío, y que además te puede ayudar es él.

—¿Puedo llevar a mi equipo conmigo?

El señor Caruana se quedó pensando un momento.

—Llevarás sólo a una persona de tu equipo, preferiblemente la chica con la que viajas. Así levantarán menos sospechas. No quiero poner en riesgo a mi sobrino. ¿Cómo se llama la chica?

—Andrea, Andrea Polgár.

El señor Caruana respiró como llenándose de paciencia.

—Increíble, otro hermoso nombre italiano que es perjudicado con uno de estos apellidos nórdicos.

—¿Y cómo se llama su sobrino? —preguntó Richard.

—Maximus, Maximus Carlsen.

—¿Apellido Noruego?

—A mi hermana le gustan los climas gélidos.

Los dos se echaron a reír.

—¿Cuándo partimos?

—Esta misma madrugada. No tienen tiempo que perder. Un bote los llevará a Trapani. De allí tomarán un avión privado para salir de Sicilia hasta Lamezia Terme. Ahí les tendremos nuevas identificaciones. Tus amigos viajarán directamente hacia Estocolmo. Ustedes irán moviéndose en tren hasta llegar a Roma. Los aeropuertos estarán muy vigilados estos primeros días y a ti te tienen bien identificado. Son un poco más de seis horas, nada terrible. Ve a avisarle a tus amigos. Yo supervisaré que la cena esté lista.

—Nosotros con un pan estamos bien.

—Estamos en Sicilia, hombre. Es tu única oportunidad de comer una pasta auténtica y un buen vino italiano. ¿Y lo vas a canjear por un pedazo de pan? Vaya no más. Alguno de mis muchachos irá por ustedes.

—Gracias por toda la hospitalidad, signore.

Richard se levantó de la silla y se dirigió a la puerta. Al salir, el mismo hombre que le había acompañado lo estaba esperando en el pasillo.

—Sígame, que lo voy a llevar con sus amigos. Ya el grandulón está estable y fuera de peligro.

Caminaron por el pasillo dejando atrás la oficina y la entrada principal y llegaron a otra habitación decorada con dos sofás a ambos lados de una mesa de centro. Algunas pinturas colgaban de la pared con paisajes de viñedos. Había tres puertas de madera. Dos en la pared que se veía desde el pasillo y una en la pared del fondo.

—Sus amigos están en esta última sala —indicó el hombre—. Las otras dos puertas contiguas son sus habitaciones. Hay un baño común en el medio. Pronto serán las 0:00 horas. El señor los espera para cenar a la 1:00. No lleguen tarde.

—Entiendo. Muchas gracias.

Entró rápido a la habitación donde tenían a Berg y allí encontró a todos. Berg estaba durmiendo. Parece que le habían dado algunos calmantes. La habitación era una pequeña sala de hospital. Contaba con dos camas médicas cerca del centro. La primera era una cama multipropósito que tenía detrás un panel con oxígeno, equipos de medición de signos vitales y un equipo de rayos X. Siempre le había resultado curioso que uno de los físicos que había tenido mayor impacto en el sistema de salud, Wilhelm Röntgen, fuera uno de los menos conocidos. Todo esto porque el rango de longitud de onda de la radiación electromagnética que encontró, y que le valió el premio Nobel de física en 1901, fue tan desconocido que se le ocurrió llamarlo rayos X. La segunda cama era de operaciones. No tenía paneles detrás, pero sí tenía cerca varios estantes móviles con distintos equipos, entre ellos un desfibrilador. También tenía encima un sistema de luces como el de los salones de operación. Todos estaban de pie alrededor de Berg.

—¿Cómo te fue? —preguntó Naka.

—Parece que vamos a sobrevivir para pelear otro día. El señor Caruana los va a sacar de aquí y los llevará a un lugar seguro.

—¿Y tú qué vas a hacer? —preguntó Andrea.

—Yo viajaré a Roma. No creo que me quede mucho tiempo de vida y necesito respuestas. Ya sea para llevarles la pelea a QuTE o para salvarme.

—Voy contigo —dijo Andrea.

—Supuse que dirías eso. Todos iremos juntos hasta Lamezia Terme. Allí nos separamos. Naka y Wesley llevarán a Berg a Estocolmo en avión. Andrea y yo seguiremos en tren hasta Roma. Ahora démonos prisa pues nos están preparando una cena y no podemos llegar tarde.

—Yo me quedo aquí con Berg —dijo Andrea.

—Hagamos turnos —propuso Naka—. Mientras uno se baña los otros esperamos aquí con Berg. Luego hacemos lo mismo para comer.

Tomamos turnos y cerca de la 1:00 estábamos sentados a la mesa. Éramos Naka, Wesley, el señor Caruana y yo. Algunos de sus hombres estaban de pie fuera y dentro del comedor. Berg no había despertado aun, pero Andrea no quiso moverse de su lado. Así que pidió que le llevásemos la comida.

—Signore, muchas gracias por pedir que nos preparasen esta comida con tan poco aviso —agradeció Richard. Naka y Wesley también se sumaron a los agradecimientos.

—Es un placer. La comida la preparé yo.

—No me diga usted eso —dijo Richard.

—Me gusta preparar pastas para pocas personas. Pongo música, abro un vino y me pongo a pensar en mis cosas. Además, no quiero que se me olviden las recetas de mi madre. Hoy día sales a un restaurante y no sabes ni lo que estás comiendo. Esta es una pasta penne auténtica. ¿Qué tal el vino?

—Excelente. Me gusta porque se siente más frutal que los vinos chilenos o españoles. Siento notas como moras o arándanos.

—Nada mal. Este en particular es uno de mis preferidos. Lo tengo para las celebraciones, y creo que vamos a celebrar en algún momento el triunfo de este encuentro.

—Amén.

Terminaron la cena y pasaron a una sesión de fotos para hacerse nuevas identificaciones. Estas les serían entregadas al bajar del bote. Mientras tanto, los hombres del señor Caruana tenían el camión de entregas listo. Esta vez habían incluido algunas sillas y liberado espacio para la camilla de Berg. Richard se despidió del señor Caruana con un apretón de manos. Este, con un tono grave y bien despacio, como para que no haya duda alguna en sus palabras, le dijo:

—Espero que encuentres lo que buscas. Lleva la pelea de vuelta a QuTE o muere en el intento. Y si algo le sucede a mi sobrino, más te vale que mueras.

—Entendido.

El camión no se demoró mucho en llegar a un pequeño muelle privado y alejado de las luces. Allí estaba esperándolos el bote en el que dejarían Sicilia. Era un bote pequeño. Un potente equipo de cuatro motores Yamaha 200 era responsable de impulsarlo a gran velocidad. Subieron a Berg, que ya estaba despertando del sueño inducido por los calmantes. Ahí Richard se despidió de quien parecía ser el hombre de confianza del señor Caruana.

—Te agradezco mucho lo que hiciste por nosotros. ¿Puedo saber cómo te llamas?

—Es mi trabajo, y soy Parisi. Acá mi compañero se llama Valerio y él los llevará sin problemas hasta puerto y luego seguirá con ustedes hasta Lamezia Terme. Después estarán por su cuenta.

—Entendido. Gracias de nuevo.

—Vayan con Dios. Lo van a necesitar. Ah, también van a necesitar esto —dijo mientras nos entregaba un bolso con nuestras armas—. Si ustedes no pueden defenderse no hay mucho que el Señor pueda hacer.

Se dieron vuelta esbozando una sonrisa en los labios.

El viaje fue tranquilo. Valerio conducía el bote sin problemas y había otro hombre que lo ayudaba. Ambos iban bien armados y parecían tener experiencia en lo que estaban haciendo. Wesley le indicó a Richard que descansara un poco. Su estado de salud era muy reservado. En principio se sentía bien, pero podía colapsar en cualquier momento. Él y Naka tomarían turnos para hacer guardia. Richard supuso que hacer guardia en el mar debía ser más tranquilo que en el campo. No pudo evitar recordar su servicio militar. Las guardias le tocaban en el medio del campo, solo con su AK-47. «La gente que dice que el campo es tranquilo es porque nunca han hecho guardia. Todos los bichos salen en la madrugada y te silban. Da la sensación de que alguien está jugando contigo». Siguiendo esa línea de pensamiento se fue quedando dormido.

Andrea estaba abajo con Berg, que poco a poco se iba recuperando.

—Nos diste un buen susto —dijo Andrea al ver a Berg ya despierto.

—Había que darle un poco de drama al escape —replicó Berg.

—Me quieres explicar por qué arriesgaste tu vida por mí. No soy una princesa que necesite ser salvada.

—Por supuesto que no, y si lo fueses ni siquiera serías de mi tipo de princesa. Eres mi colega, mi equipo. Daría la vida por ti como por cualquiera de mis compañeros. Pero, además, sé que tú harías exactamente lo mismo por mí.

—En eso tienes razón.

—Tú estás a cargo de esta misión. Al principio no me gustó la decisión de K. de dejarte a cargo. Pero ahora veo por qué lo hizo. Eres una gran líder y te respeto porque tú sola te has abierto camino. El respeto es algo que se gana, no es un título que puedas heredar o autocolocar por decir que te lo mereces. Así que recibiría tres balas si fuese necesario.

—Gracias Berg. Jamás imaginé que pensarás eso de mí. Has logrado esconder bien estos sentimientos bajo un inmenso, grueso e impenetrable manto de machismo, indiferencia y soberbia.

—¿Qué esperas? Estamos en el ejército, aunque sea uno extraoficial. ¿Quieres que te reciba con unicornios y tazas de cerámica con nuestros nombres? Yo creo que este tipo de bromas fortalecen nuestros lazos. ¿Más aún, has visto las bromas que nos hacemos los hombres?

—Si, la verdad es que son mucho peores.

—Tú eres la única mujer del grupo. ¿Qué tipo de bromas vamos a hacer que no sean machistas? No hueles mal, no eres fea, eres organizada. No nos dejas mucho margen para trabajar.

—No suena mucho a un cumplido, pero aprecio el sentimiento que hay detrás. ¿Por qué no descansas un poco más? Yo iré arriba a revisarlo todo. Te necesito recuperado pronto —dijo marchándose hacia la pequeña escalera.

Andrea comenzó a subir y se detuvo a mitad de camino. Sin voltearse le dijo:

—¿Ah Berg, te di las gracias?

—A mí me pareció que no.

—Bueno, ya te las daré —y siguió su camino.

Richard sentía que su cuerpo flotaba en un sueño profundo. Como si de alguna manera levitase y perdiera el control. Sentía como si su mente entrara en otra dimensión. Percibía todo mucho más abstracto. Era una especie de sueño, en el que era consciente de que estaba soñando. Una mano firme le sacudió el brazo.

Cuando abrió los ojos, vio a Naka que había venido para decirle que ya habían llegado. Intentó incorporarse lo antes posible, pero todavía no tenía control total de su cuerpo. Algo malo le estaba sucediendo. Lo mejor que podía hacer era calmarse un poco y rezar por recuperar completamente la movilidad.

—¿Qué pasa, dormilón? ¿te cuesta levantarte temprano? —bromeó Andrea.

—Enseguida estoy con ustedes —dijo Richard—. Me mareé un poco.

—Tómate tu tiempo —dijo Andrea—. Vamos a ayudar primero a bajar a Berg. Espero que no te gane.

Finalmente pudo ponerse de pie. Estaban en un pequeño club de yates. Berg ya no necesitaba la camilla, aunque aún caminaba con dificultad. Caminaron unos diez minutos entre yates hasta llegar a un estacionamiento. Valerio y su ayudante revisaron que no hubiese nadie alrededor y les explicaron cómo seguiría aquello. Valerio llevaría a Andrea y a Richard a la terminal de trenes más cercana donde tomarían el tren rumbo a Roma. En el auto nos entregaría unas identificaciones falsas y los tickets. Por otro lado, Naka, Wesley y Berg se irían con el ayudante hasta el aeropuerto. De ahí un avión privado los sacaría del país. Se despidieron rápidamente y cada grupo se fue a su respectivo auto.

En el camino hacia la terminal estuvieron callados. Aprovecharon para pensar un poco y seguir descansando. Valerio no era muy conversador y tampoco sabían si podían hablar con toda libertad cerca de él. Lo mejor era ser prudentes. Cuando estaban cerca de la terminal les dio el sobre con las identificaciones y los tickets. También le entregó un celular a cada uno.

—Hay detectores de metales en todos lados en la terminal y les será imposible pasar esas armas. Por otro lado, son demasiado buenas como para que se las queden los políticos. Estarían contribuyendo a una buena causa si nos las dejan. Seguramente el señor Caruana estaría complacido.

Andrea y Richard se miraron y asintieron al unísono. Vaciaron los cargadores y dejaron todo el equipo en la parte de atrás del auto. Le dieron las gracias a Valerio mientras bajaban del auto y enfilaron rumbo a la terminal. Les tomó poco tiempo ubicar su tren. Eran pasadas las 7:00. Moverse rápido era importante para evitar llamar la atención en la terminal. Subieron al vagón y, para su sorpresa, les habían reservado uno de los cubículos privados. Era un tren flecha rosa, muy confortable y bien equipado. Su cubículo tenía dos sofás separados por una mesa. Los sofás eran cómodos y se podían preparar como camas. Arriba de los sofás había espacio para dejar los equipajes, cosa que ellos no tenían. Al lado de la puerta de entrada había un pequeño closet con sábanas, almohadas y algunos juegos de mesa. Pasado el closet había un frigobar y arriba un televisor sujetado por un brazo metálico ajustable. Richard pensó que aquello era mucho mejor de lo que podían esperar. El viaje sería largo y tener un poco de privacidad para descansar y planear sus próximos movimientos era sumamente importante.

El tren comenzó a andar. Justo en ese momento tocaron a la puerta. Se miraron y Andrea se colocó junto al closet, sin dejarse ver desde la puerta del cubículo. Era el encargado de revisar los tickets. Richard le entregó los tickets, los pasó por el escáner y les deseó un buen viaje. Andrea se sentó en su sofá y Richard fue directo al frigobar.

—¿Quieres algo? —preguntó el jumper.

—¿Qué tienen?

—Hay maníes, papas, galletas, cosas saladas.

—¿Hay cerveza?

—Sí, hay unas Heineken chicas.

—Entonces dame una con unos maníes.

Richard sacó sólo agua y unas papas para él. Se sentaron frente a frente. Andrea comenzó a beber la cerveza hasta tomarla de un sorbo.

—Wow, tenías sed parece.

—Un poco de sed, un poco de ansiedad —contestó.

—¿Qué hace una mujer tan hermosa como tú arriesgado su vida para salvar al mundo? Supongo que podrías haber triunfado como modelo, actriz, novia de futbolista, etc.

—También agrégale que soy inteligente, perspicaz, tenaz, tozuda, etc.

—Seguro, perdón por hablar de lo menos relevante.

—No te preocupes, lo escucho a menudo. Mi papá decidió educarme en casa. Al principio me parecía un sin sentido. Pero hace unos años comencé a comprender de lo que me estaba protegiendo. He visto lo que mi generación hace, las cosas a las que da importancia, lo poco que pueden comunicarse entre sí, la ligereza que dan a la vida y a la familia. Hoy día creo que mi papá me salvó de la adoctrinación. Si bien tengo carencias en algunas materias, he desarrollado otras habilidades que son poco comunes. Cuéntame de ti.

—Yo tomé el camino estándar. Estudié ingeniería eléctrica en la Universidad. Luego no fue fácil encontrar trabajo, así que entré a una pasantía en QuTE. Tomé varios cursos de preparación y aquí estamos.

—Tu currículo me lo sé de memoria. Si quieres te cuento de tus padres y del colegio. Quiero saber qué esperas de la vida, qué quieres, qué es eso por lo que estarías dispuesto a luchar.

—Es una buena pregunta. Antes de que todo esto echara a andar mi objetivo era obtener un buen trabajo, conocer a una buena mujer, formar una familia, seguir con mis deportes y mis hobbies. Ahora se está abriendo ante mí un mundo que desconocía. Un mundo donde esos sueños que tenía antes son solo posibles para aquellos que deciden entregar su libertad y sus valores. Estoy dispuesto a luchar para que todos podamos en alguna forma vivir ese sueño sin tener que renunciar a nuestros derechos fundamentales. Ahora pienso menos, pero siento mis emociones de manera más visceral. Mi vida está en juego y no tengo otra opción. Agradezco que nuestros objetivos estén alineados. No me gustaría hacerlo todo solo. Y tú cuentas como un buen refuerzo.

—Salud por eso. Déjame buscar otra cerveza, y esta vez tómate una tú también.

—¿Ya tienes algún plan?

—Llegaremos un poco tarde, la Universidad estará cerrada o a punto de cerrar. Así que sugiero que al llegar busquemos un motel donde podamos pasar desapercibidos, y ya temprano en la mañana iremos a buscar a Maximus. ¿Tienes claro dónde encontrarlo?

—El señor Caruana no me dijo mucho. Sólo que buscara en el departamento de física en la Sapienza Universidad de Roma.

—Bueno, por ahí empezaremos. Iremos improvisando las cosas en el camino.

—Mencionaste que eras inteligente. ¿Eso también aplica al ajedrez?

—¿Por qué lo preguntas?

—Porque recuerdo haber visto un tablero en el closet. Las piezas deberían estar también, y ya que el viaje es largo, quizás podamos jugar un poco.

—Buena idea.

Richard fue hasta el closet, sacó el tablero y la bolsa con las piezas. Por suerte, no era de esos tableros en miniatura donde casi no se distingue el alfil de un peón.

—¿Blancas o negras? —preguntó.

—Déjame ver que tan bien defiendes. Pido las blancas.

—Me parece bien. Y dime, ¿el resto del equipo también juega?

—Todos. Pareciera que K. tiene esa regla. K. es el mejor en las partidas lentas, Naka en partidas rápidas y Wesley en ajedrez Fisher random.

—¿Fisher random?

—También le llaman ajedrez 960, por la cantidad de combinaciones posibles en las que se puede comenzar la partida. Las piezas de la primera fila son acomodadas en posiciones aleatorias. Es muy entretenido porque no hay teoría al respecto. La buena memoria no ayuda mucho. Hay que entender realmente el juego.

—¿Y Berg también juega? No lo veo yo muy paciente.

—Juega, pero menos que los demás. Bueno, ¿vamos a hablar o vamos a jugar?

—¡Juguemos!

Andrea abrió con el peón de rey a e4. Richard consideró sus opciones para responder. Eran muchas, pero si venía de Sicilia y encima estaba jugando contra una mujer, puede ser que se sintiera impresionada con una defensa agresiva. Así que jugó c5 y quedó planteada la defensa siciliana.

—Hombres —susurró Andrea con una sonrisa.

De aquí en adelante muchas cosas podían suceder. La defensa siciliana es una de las más flexibles y busca en muchas líneas jugar a ganar. Desde el inicio se puede notar una posición asimétrica, que puede derivar en futuros desequilibrios y con ellos la victoria. En general las blancas buscan un ataque en el flanco de rey, mientras las negras intentarán llevar el ataque al flanco de dama. Cualquier persona que comienza en el ajedrez sabe que lo más importante es atacar al rey. Por ende, las negras deben jugar de manera muy cuidadosa para no sufrir una derrota temprana. Grandes jugadores tenían muy considerada esta defensa en sus repertorios. El rumbo que tomará la partida depende mucho del siguiente movimiento de las blancas. Una jugada como caballo f3 desarrolla el caballo del flanco de rey, prepara un hipotético enroque, y pelea con las negras por el control de la casilla d4, donde las blancas quieren colocar un peón. Eventualmente este peón que llega a d4 se cambia por el peón negro de c5 y el centro del tablero se abre un poco. De ahí que se conoce como la variante abierta, y es sin duda alguna la más popular. Si en vez de desarrollar el caballo de rey, se desarrolla el caballo de dama a su casilla natural c3, las blancas tienen intenciones completamente distintas. En primer lugar, previenen que las negras realicen el deseado avance de peón a d5. Lleva a un juego pasivo, estratégico y generalmente cerrado en el centro. De ahí el nombre de variante cerrada. Hay otras variantes menos conocidas como la variante Alapin, que ocurre tras jugar el peón lateral a c3 y cuyo objetivo es preparar el avance de peón a d4 para construir un centro fuerte. También existe el gambito Morra, que juega directamente el peón a d4, el gambito del Ala (b4), entre otras. Richard pensó que Andrea era sin dudas, una mujer de siciliana abierta. No tenía miedo, era dinámica, y siempre quería ganar. Y en efecto, jugó instantáneamente su caballo a f3.

Richard comenzó a sentir un zumbido en los oídos. No recordaba haber padecido antes de Tinnitus, aunque le parecía haber experimentado ese zumbido recientemente. En estos momentos su memoria no era muy buena. Había cosas puntuales que no recordaba, sobre todo de los últimos días. Era un poco incómodo jugar así, pero esperaba que se le pasara pronto. Quizás el tren estuviera atravesando por un terrero más alto.

—¿Te sucede algo? —preguntó Andrea.

—Todo bien. Prepárate que voy a hacer mi jugada maestra.

Andrea sonrió.

Ahora le correspondía al jugador de las piezas negras decidir el rumbo de la partida. Se abría otra infinidad de variantes. Sin embargo, había solo tres que podían ser consideradas ideales. En primer lugar, y sin duda la principal, avanzar el peón de dama a d6. Esta jugada libera al alfil de casillas blancas, controla el avance del peón blanco a e5, y permite el desarrollo natural del caballo del flanco de rey a f6. Sin perjuicio de que se pueda trasponer a otras variantes, el movimiento d6 lleva principalmente a las variantes Clásica, Scheveningen, Dragón y Najdorf. Esta última nombrada en honor a Miguel Najdorf, jugador polaco-argentino que la empleaba con frecuencia.

El movimiento de avance de peón a d6 tiene ciertas ideas detrás, pero hay otras alternativas igualmente sólidas. En segundo lugar, tenemos la variante francesa, que avanza el peón de rey a e6, y controla la importante casilla de d5. En tercer lugar, tenemos la variante más antigua, que desarrolla el caballo del flanco de dama a su casilla ideal c6. Después de mover el caballo a c6 aparecen muchas vertientes como Dragón acelerado, Taimánov, Svéshnikov y Pelikán. Esta última variante nombrada tras Jorge Pelikán, maestro de ajedrez checo-argentino.

Richard nunca antes se había sentido con tantas ganas de ganar, y con tan poco miedo a perder. La decisión estaba clara y su variante no podía ser otra que la Najdorf. La partida continuó como una montaña rusa de un parque de atracciones. Hubo mucha acción, incluidos sacrificios temáticos. No obstante, perdió.

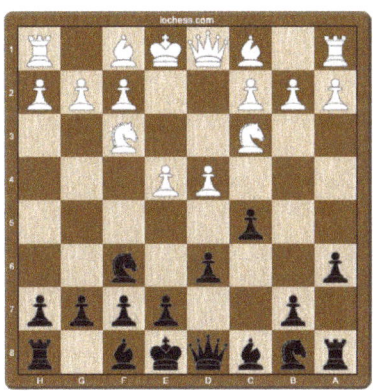

—Diste buena pelea —le consoló Andrea.

—La verdad es que lo disfruté.

—Te voy a ser honesta. Ya te había visto jugar muchas veces y eres más un jugador de francesa.

—Me asusta que me conozcas tanto y yo a ti tan poco. Definitivamente este último salto me cambió. Me siento más impulsivo, pienso menos las cosas, sólo actúo. ¿Jugamos la revancha?

—Mejor descansa un poco. Otro día te doy la revancha.

—Sí, igual nos vendría bien descansar.

Se levantó del sofá y buscó dos juegos de sábanas y almohadas del closet. Le pasó uno a Andrea y se acostó a dormir un poco. Lo último que recordó fue que Andrea estaba texteando en el celular.

Mensaje de texto del celular de Andrea a K.:

> *Richard continúa mostrando los efectos del segundo salto. Estar compartiendo con él despejó todas mis dudas del proceso. QuTE llevó la teleportación al siguiente nivel, uno muy oscuro, donde puede reensamblar a las personas con distintos paquetes de emociones y lo más probable es que también afecte sus habilidades. Nos dirigimos a Roma. Tenemos varias dudas que pueden encontrar respuesta ahí. Avísame del estado de Berg.*

Capítulo 8

Piezas Entrelazadas

Junio 13, 2125. 17:40 horas.

Estuvo pensando un buen rato y al final no capturó el caballo. Decidió llevar la dama a f3 (Df3) para defender la posición. El ataque de las negras no cesó, y una avalancha de sacrificios y amenazas cayó sobre su rey. Haciendo en cada instancia la única jugada correcta que tenía, fue saliendo de la mala posición en la que se encontraba, hasta que, finalmente, pudo comenzar a desarrollar las piezas del flanco de dama y consolidar su posición. Una posición que unas jugadas atrás era crítica o casi perdedora.

—Supongo que a estas alturas tener un poco más de información no te hará daño— respondió Steinitz.

—¿Qué intentas decir? —preguntó Richard.

—Sabes lo que quiero decir. ¿Crees que la última teleportación resolvió tus problemas? El cerebro es algo muy complicado. Por eso estuvimos estudiando años para realizar la teleportación y luego muchos otros años para influenciar el resultado. Alterar la personalidad, conferir habilidades, son cosas difíciles de lograr y aún más difíciles de revertir. Sólo compraste un poco más de tiempo. Pronto verás como tu cerebro te pasará las facturas.

—Dime de Caribdis.

—Ya te lo dije. Caribdis es una red. Caribdis es QuTE, los medios de comunicación, los bancos de comida, las fuentes de energía, las empresas tecnológicas, etc. Inicialmente comenzó como una idea de tomarlo todo. Costó llegar a donde estamos, pero la recompensa ha sido gigante. Estamos en todos lados. No nos puedes encontrar. Estamos ocultos a simple vista.

—Así que una red. ¿Sabes qué es lo bueno de una red? que, si encuentras un nodo del cual tirar, el resto de los nodos comenzarán a dar señales. Tiraremos de QuTE, y el resto comenzará a sonar como pequeñas campanillas. Y las iremos eliminando una a una. Cada vez que llegue una nueva, sólo tendremos que seguir tirando de la red, y eventualmente aparecerá.

Junio 10, 2125. En el tren a Roma.

Debió haber dormido unas tres horas. Antes de abrir los ojos le llegó un increíble olor a comida. Sin dudas era algo muy italiano, sentía el olor a tomate, albahaca, especies, carne. Sólo pensó que ojalá fuera una lasaña. Cuando abrió los ojos, vio a Andrea escribiendo en la mesa. A su lado había platos de comida, ensalada y unos cannolis de postre.

—Buenos días —saludó Andrea—. Veo que descansaste un poco. Te pedí algo para que almuerces. Siento no haberte esperado, pero tenía mucho apetito. Espero que te guste la lasaña.

—Me encanta. También me gusta el postre que pediste.

—A todos nos gusta. Aunque yo soy más de tiramisú.

Se sentó a la mesa y comenzó a comer. Mientras saboreaba la comida, miraba un poco los diagramas que hacía Andrea. Era como en las películas cuando ves las pizarras de la policía con nombres e hilos que los conectan. También había ciudades, empresas. Todo estaba ahí. Sólo había que encontrar el hilo correcto del cual tirar y así desentrañar lo que estaba ocurriendo.

—Sabes, he estado todo el tiempo tan pendiente de mí, de las teleportaciones, de los silos, que no me he detenido a pensar en el marco global. Supongo que ahora trabajas en eso. ¿Me podrías esclarecer un poco que está sucediendo?

—Bueno, supongo que tienes derecho a saber. De todos modos, estamos en esto juntos. ¿Has escuchado hablar de Caribdis?

—¿El monstruo mitológico?

—En efecto. Caribdis era un monstruo marino de la mitología griega. Hija de Poseidón, engullía grandes cantidades de agua y con ello embarcaciones enteras. Ella y su supuesta hermana, Escila, custodiaban el estrecho de Mesina.

—Verdad. Lo acabamos de dejar atrás, es el estrecho que separa a Sicilia de Calabria. Caribdis estaba en la costa de Sicilia mientras que Escila, otro monstruo marino que tenía como cabeza seis serpientes, atacaba a los marineros que se acercaban a la costa de Calabria.

—Así es. Hay varias teorías acerca de quién es el padre de Escila, y si eran perros o serpientes, pero había varias cabezas. Volviendo a lo nuestro, Caribdis es el nombre del grupo que está detrás de todo esto. QuTE es sólo una de sus filiares, la punta de la lanza, pero hay mucho más. Al igual que en la mitología, Caribdis lo absorbe todo. En otras palabras, este grupo compra todas las ideas, las compañías estratégicas, los fiscales, la industria farmacéutica, las armas, los medios, etc. De esta forma controlan a periodistas, creadores de contenido, a los sindicatos de profesores de colegios, sindicatos de trabajadores del sector económico, tecnológico, salud, entre muchos otros. Su principal objetivo es asfixiar cualquier intento de desarrollo fuera de sus lineamientos. Ya quizás te hayas dado cuenta de esto que te estoy diciendo. Por ejemplo, ves las noticias y todos los grandes medios usan exactamente la misma frase para resaltar a alguien que sigue sus lineamientos, o para criticar algo, para bajarle el perfil a alguna noticia o desviar su atención. Siguen un guion. Eso es respecto a los medios. Por la parte económica, los políticos, sobre todo los que no saben nada de dinero salvo donde robarlo, están infiltrados en todos lados. Mira en Wall Street. Cada vez tienen más fiscalización por los mismos que con sus políticas hacen colapsar la bolsa de valores. ¿Como podemos confiar en que mayor fiscalización y restricciones impuestas por los mismos que crean el problema van a funcionar? La gente no se da cuenta de que tienen que ver las cosas en orden cronológico y siguiendo la ley de acción y reacción. Los políticos originan, intencionalmente, una serie de problemas. Estos problemas son tan graves, que entonces todos debemos votar por medidas desesperadas, perdiendo nuestras libertades, nuestra seguridad, o bienestar económico en aras de resolver el problema. ¿No sería más correcto hacer responsables a los que crearon el problema? Y si la solución es, sin lugar a dudas, una de esas medidas desesperadas, entonces que al menos las aplique alguien que no sé equivocó, que no creó el problema. Porque si siguen los mismos entonces siempre seguirán los problemas hechos a la medida de lo que quieren impulsar.

—Es cierto. Y ni siquiera tratan de ocultarlo. ¿Cómo lo hacen?

—Ahí entran los periodistas, fiscales corruptos y sobre todo los delincuentes.

—¿Los delincuentes?

—¿No te has fijado que las ciudades que impulsan medidas drásticas son las que tienen mucha delincuencia? Pero, además, la delincuencia nunca termina con estas medidas, sino que empeora. Los delincuentes son la clave. Hacen que la gente decente no salga a protestar, y que los cobardes tengan miedo incluso a la hora de votar. La amenaza constante de quemar tu vivienda o tu negocio los hace votar por cualquiera que les sugieran.

—¿Y dónde crees que podría acabar todo esto?

—Con Escila.

—No te sigo.

—Mi teoría es que una vez que hayamos llegado al punto en que no podamos defendernos y defender nuestros valores y principios básicos, en ese momento aparecerán las cabezas de Escila. Los profetas, los autodenominados elegidos. Los medios se encargarán de deslizarlos sutilmente como única opción para mejorar. Pero obviamente no te dirán que son ellos los que estuvieron detrás de todo. Te lo voy a poner bien simple, cuando los marineros huían de Caribdis porque lo consumía todo, iban sin cuestionamientos y casi que agradecidos donde Escila, sin importar que muchos murieran también. Un consejo similar le dio la diosa Circe a Odiseo en su viaje por el estrecho de Mesina.

—¿Y si hay tantos problemas por todos lados por qué ustedes decidieron concentrarse en QuTE?

—Comenzamos a luchar en distintos flancos, pero sin grandes resultados. Cada vez que los llevábamos a juicio salían como si nada. Si destruíamos o interceptábamos algún cargamento, o información, simplemente abortaban misión y seguían con otro objetivo. Fue entonces cuando decidimos enfocarnos en la punta de la lanza, su empresa más exitosa. Una empresa que maneja todo lo que es el envío de información personal, entre otras cosas. Estuvimos buscando por mucho tiempo hasta que pudimos colocar un contacto adentro que constató que las cosas no estaban bien. Un verdadero patriota. Él nos ha ido dando algunas pistas y gracias a él llegamos a ti. ¿Qué te parece?

—Me has dejado mucho en lo que pensar.

—Bueno en lo que piensas yo voy a salir un rato, quiero estirar las piernas. Tú mejor espera acá.

—¿Me traes un cappuccino?

—Ok —dijo Andrea mientras salía por la puerta.

Richard se volvió a recostar un rato. Tenía mucha información que procesar. Esperaba que este viaje a Roma le trajera algún beneficio. No tenía idea si Maximus, el sobrino del señor Caruana, les podía aportar algo. Este viaje era arriesgado y tenía muy poca certeza acerca de que pudiera rendir frutos. Sus pensamientos fueron interrumpidos por el sonido de alguien tocando a la puerta. Abrió con precaución y encontró a un caballero vestido de traje con una bandeja con botellas de agua.

—¿El señor desea agua? —preguntó.

—No gracias, aún hay botellas en el frigobar.

El traje no parecía de funcionario de trenes, y no tenía sentido pasear ofreciendo los víveres en la bandeja en vez de ir con el típico carrito como en los aviones. Algo andaba mal.

—Excelente —respondió el caballero con voz de satisfacción.

Richard se apuró para cerrar la puerta, pero, de repente, alguien la empujó hacia adentro. «Vienen por mí», pensó. El jumper cayó sentado en el sofá y el hombre fornido que casi derribó la puerta sacó una pistola con silenciador. Rápidamente se levantó del sofá, se abalanzó sobre el sujeto y, con la mano derecha desvió su arma. Dos disparos alcanzaron el sofá vacío. Sujetó su antebrazo firme con la derecha, desequilibró a su rival halándolo hacia él y lo golpeó en la cara con el codo. Podía haberlo lanzado al suelo y materializar la ventaja que tenía en el combate, pero necesitaba usarlo como escudo porque otro tipo, el de los víveres, estaba detrás intentando entrar. También tenía un arma en la mano, así que debía moverse rápido y quitarle el arma a su compañero para luego encargarse de él. Deslizó la mano desde el antebrazo hasta agarrar el arma y volvió a pegarle con el codo, esta vez cerca del oído. El golpe lanzó al hombre contra la pared y, aturdido, dejó el arma en sus manos. Sin embargo, el otro se movió rápido y, antes de que Richard levantase el arma, ya lo estaba apuntando a la cabeza. De repente una sombra pasó detrás del asaltante, era Andrea. Con un silbido captó su atención y con la velocidad de un halcón y con precisión quirúrgica aprovechó la distracción para desviar el brazo del hombre y clavarle un cuchillo en la axila. El hombre dejó caer su arma por el impacto del cuchillo y Andrea lo golpeó en la garganta, para luego derribarlo con un golpe en la mandíbula. Tomó el arma del suelo y se dispuso a rematar a los asesinos.

—Espera —la detuvo Richard.

—¿Qué propones? ¿que los deje acá para que luego nos intenten matar nuevamente?

—Confía en mí. Noquéalos con el arma y larguémonos de aquí. En veinte minutos debemos estar en la terminal. Suficiente tiempo para irnos antes de que despierten.

Revisaron sus billeteras. Tenían identificaciones, pero seguramente falsas. No había más nada interesante, así que sólo tomaron el arma. Avanzaron por los vagones hacia el final.

—¿Me puedes decir por qué los dejamos con vida?

—Ya saben que estamos en Roma. Nos buscarán en todos los hoteles, pensiones, moteles, etc. Creo que nuestra mejor opción es dormir aquí mismo en la terminal. No nos buscarán acá. Pero si aparece un muerto en un vagón estará la policía local revisándolo todo.

—No te dejan dormir en la terminal. Los guardias de seguridad nos van a sacar.

—No si compramos un ticket para salir a primera hora. Verás, te sacan de la terminal si no tienes ticket porque parece que viniste a dormir aquí. Pero si tienes un ticket como si fueses a salir a primera hora te dejarán estar. Lo compraremos justo antes de cerrar. De esa forma no les dará tiempo a saber que lo compramos. Una vez que se enteren, pasarán a buscarnos a donde diga el ticket. Tengo pensado enviarlos a Florencia, para que den un tour.

—Nada mal.

—¿Puedes explicarme cómo llegaste justo en el momento de la pelea, y sin mi cappuccino?

—Cuando iba camino al bar vi a dos hombres revisándolo todo y tocando las puertas de los cubículos. Así que supuse que estaban buscándonos. Me escondí, pero no pude regresar a advertirte. Así que esperé para sorprenderlos por detrás. Todo salió según lo planeado.

—Se ve que a ti no te apuntaron con un arma en la cara, por no mencionar a su compañero que disparó dos veces. Si me hubiese demorado un segundo no estaría aquí.

—Digamos que confiaba en estas nuevas habilidades que has adquirido.

El viaje había demorado unas siete horas y eran casi las 16:00 cuando salieron de la terminal.

—¿Entonces no dejamos comprados los tickets? —preguntó Andrea.

—No, los compraremos a última hora. Ahora vayamos a recorrer un poco la ciudad. Necesitamos familiarizarnos con el entorno de la Universidad.

—No me parece buena idea. Puede haber cámaras y si bien tardarían un poco en vernos, mañana podría haber agentes de QuTE ahí. Salgamos a ver algunas rutas de escape. También me pondré en contacto con K. para que nos consiga un poco de información. Quizás Wesley ya esté activo y nos pueda ayudar.

—Ya que estamos conociéndonos me podrías contar un poco del equipo.

—Creo que podría. Wesley es el encargado de inteligencia. Puede hackear, buscar rutas de escape, etc. Es nuestro activo tecnológico. Naka es el encargado de reconocimiento. Cuando tenemos que desarrollar algún plan, él es quien inspecciona. También brinda apoyo en las retiradas y es experto en demoliciones. Berg es el encargado de operaciones especiales y generalmente el líder del grupo en el campo, algo así como el quarterback en el futbol americano. Su especialización es en operaciones de entrada y salida, cosas como rescate de rehenes. Es letal en el cuerpo a cuerpo y cuando lo tienes a bordo sabes que va a cuidar a todos.

—Si, eso ya lo pude ver hace unas horas. ¿Y qué me dices de ti?

—Podría decirse que soy otro quarterback, obviamente con un estilo diferente. Me gustan las operaciones limpias, que no sepan que estuve ahí. Me especializo en espionaje y en resolver ciertos puzzles.

—¿Y qué pasa con K.? ¿Es el líder no?

—Uno de ellos, pero esa información está por encima de tu nivel de paga.

—Es que nadie me está pagando.

—Peor entonces, ni siquiera clasificas para recibir honorarios.

Los dos se echaron a reír. Estuvieron caminando un rato, comieron, compraron algunas cosas y volvieron a la terminal cerca de las 20:00 horas, cuando se vendían los últimos tickets. La estación todavía albergaba a varias personas, pero mucho menos que en la mañana. Llegaron a la ventanilla y compraron dos tickets para el día siguiente, salida a las 5:30 rumbo a Florencia. Con estos tickets la guardia de la terminal les permitiría pasar la noche.

Dentro de la terminal, Richard se dedicó a admirar los bancos. Una de las cosas que amaba de Italia era el trabajo con la piedra. Gran parte de la arquitectura se mantenía fiel a su historia. Los bancos de la terminal no eran una excepción. Se sentía como viajar en el tiempo. Una especie de sofá hecho en piedra blanca, bien tallado, con un nivel de detalle increíble para un banco de terminal. Sin embargo, no estaban hechos para dormir, eso era seguro. Richard ocupó un banco, Andrea el de enfrente, e intentaron descansar. Luego de dos horas no existía una posición cómoda que pudieran adoptar, era como dormir en el piso. Richard llegó a extrañar los bancos plásticos y feos de los aeropuertos.

Salieron de la terminal a las 5:00 y caminaron hasta una cafetería que quedaba cerca de la Universidad. Desayunaron bien para recuperar fuerzas. Andrea estuvo planificando varias cosas con K. La cafetería tenía unos sofás confortables y Richard pudo cerrar los ojos un par de veces. Leyó el periódico buscando alguna información acerca de lo sucedido en Palermo, pero parece que no fue lo suficientemente importante para conseguir una primera plana, o QuTE se encargó de no levantar mucho humo en torno a lo sucedido. En una de las últimas páginas mencionaban un incidente cerca del Palacio Real. Según el diario, unos individuos intentaron robar algo del Palacio y fueron repelidos por la guardia militar.

Estuvieron en la cafetería hasta pasadas las 8:00 y de ahí caminaron hacia la Sapienza Universidad de Roma. Preguntaron a unos estudiantes por el departamento de física. Los dirigieron al edificio Enrico Fermi.

—¿Sabes quién fue Enrico Fermi? —preguntó Richard.

—Supongo que tienes muchos deseos de contarme.

—Pues sí. Fue uno de los grandes. Algunos lo conocen por su participación en el proyecto Manhattan, y sin duda fue uno de los arquitectos de la bomba atómica. Por otro lado, también puede ser considerado como uno de los arquitectos del reactor nuclear. Sus aportes teóricos fueron impresionantes y en 1938 ganó el premio Nobel de Física por sus trabajos en radiación inducida. Todo esto ocurrió en los Estados Unidos, pero él era de origen italiano y trabajó en esta Universidad.

Entraron al edificio y preguntaron a la secretaria por Maximus Carlsen. Tras consultar el calendario de la semana les indicó que el Dr. Carlsen estaba dictando una charla en uno de los auditorios. La clase había comenzado a las 8:00 y estaba dirigida a motivar a estudiantes de primer año. Les indicó que faltaba poco para concluir, pero que podían pasar ya que era abierta a todo público. Entraron al auditorio haciendo el menor ruido posible y se sentaron en la parte posterior que quedaba en lo más alto de la habitación. Al parecer Maximus estaba llegando al final de su charla.

—En esta última parte —comentaba Maximus—, quiero hablarles de mecánica cuántica. No se asusten. Esto es como ir al dentista, por más que le tengas miedo igual vas a tener que pasar por allí. Entonces pensemos en ello como en algo curioso. Algo que escapa a nuestra imaginación y que, por lo tanto, es entretenido. Para ser honesto van a experimentar sufrimiento luego en la parte matemática de la formulación de la mecánica cuántica, pero por ahora vamos a omitir esa parte. Todos estamos de acuerdo que el mundo cuántico sucede a escalas muy chicas, en el reino de los átomos y partículas subatómicas. ¿Pero es esto del todo cierto? ¿Pudiese existir un objeto que fuese pequeño para nosotros, pero grande respecto a un átomo y que igual tenga propiedades cuánticas? Mi respuesta es que sí. Pueden existir objetos macroscópicos que se comporten como sistemas cuánticos. Pero entonces, ¿dónde está lo cuántico si no es necesariamente en el tamaño? Es fundamental que el objeto exhiba coherencia. La coherencia es una propiedad netamente cuántica. Esta permite que el estado de un sistema se pueda representar como una superposición entre dos o más estados. Sé que esto suena raro, pero ténganme un poco de paciencia. Pensemos en una moneda. Si lanzamos la moneda al aire tenemos, mientras esta está en el aire, una superposición o mezcla de los dos estados de la moneda, cara o cruz. Cada uno de estos estados tiene una probabilidad de ocurrencia del 50%. Suponiendo que la moneda no está trucada, obviamente. ¿Es esto una superposición? Sí. ¿Es cuántica? No. Es simplemente una superposición estadística, pero no cuántica. En la superposición cuántica la moneda se encontraría a la misma vez en los dos estados, lo que quedaría evidenciado por una correlación entre ambos estados, o sea coherencia. Esta idea de que un sistema pueda estar en dos estados a la misma vez, no es sólo contraintuitivo a la fecha de hoy. También lo fue en 1935, cuando comenzaron a surgir estas ideas que fueron claves para lo que se conoce como la interpretación de Copenhagen de la mecánica cuántica. Entonces, para explicar este tipo de superposición, el físico austriaco Erwin Schrödinger propuso un experimento teórico donde se encierra a un gato en una caja. Este gato es recordado como el gato de Schrödinger. La caja contiene, además del gato, un frasco de veneno que puede ser liberado en un tiempo arbitrario. Como no sabemos cuándo será liberado el veneno, hasta que no abramos la caja debemos asumir que el gato está vivo y muerto a la misma vez.

La audiencia estaba muy atenta, sobre todo Andrea y Richard, pero todos de vez en cuando miraban al de al lado. Parecía una clase de filosofía. Era difícil pensar que esto fuese ciencia exacta.

—Por sus caras veo que les cuesta aceptarlo. Eso es bueno. La teoría de la mecánica cuántica funciona muy bien. Sin embargo, hay cosas que aún no entendemos del todo, o que son poco intuitivas. Por eso están ustedes aquí. Tal vez alguno pueda proponer una teoría mucho más robusta y fácil de entender. Pero sigamos avanzando. Créanme que estos gatos existen, o sea, sistemas que pueden estar en varios estados a la misma vez. Esto se ha demostrado y medido en muchos sistemas cuánticos. Pensemos entonces dónde podría ser útil este tipo de sistemas. En un computador clásico, los bits, donde se almacena y procesa la información, pueden ser cero o uno. ¿Pero qué tal si el bit fuese cuántico, o sea un qubit? En ese caso podrías procesar el cero y el uno a la misma vez. Podrías codificar más información en un qubit que en un bit. ¿Suena bien cierto? ¿Y qué sucede si tengo dos qubits?

—Se podría codificar el doble de la información —respondió un estudiante.

—Es cierto que podrías codificar más información si lo comparas con el caso de dos bits. Pero hay algo más. Veamos el siguiente diagrama.

Mientras hablaba comenzó a dibujar en la pizarra.

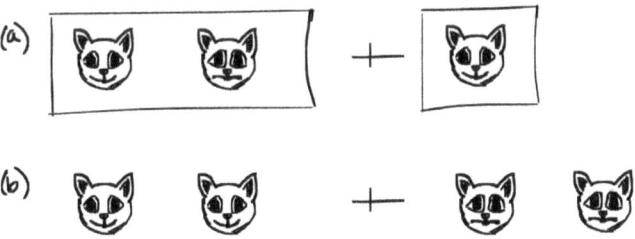

—Supongamos que tenemos una superposición cuántica, donde hay un gato que puede estar vivo y muerto a la misma vez. En otra caja, tenemos a otro gato que está vivo. En mi diagrama esa sería la figura (a). Luego, aplicamos lo que en computación cuántica se conoce como una compuerta Control-NOT o simplemente CNOT. Esta compuerta está diseñada para cambiar el estado de un gato dado el estado del otro. Por ejemplo, digamos que yo realizo esta compuerta uniendo las dos cajas por un conducto que dejaría pasar el veneno instantáneamente a la segunda caja si este es liberado en la primera caja. Con esta nueva conexión ¿cómo podríamos escribir el estado de los dos gatos? Bueno, en ese caso obtenemos un tipo de estado muy particular. Resulta que todo el sistema se encuentra en un estado entrelazado, ilustrado en la figura (b). Noten que no podemos saber el estado del primer gato ni del segundo. Sólo sabemos que los dos gatos están en una superposición tal, que ambos están vivos y muertos a la misma vez. Pero si medimos un gato y resulta que está vivo, entonces el otro estará vivo también. Por el contrario, si uno resulta muerto el otro lo estará también. Esto implica que podemos ganar información acerca de una parte del sistema aun cuando no la medimos. Y esto gracias al entrelazamiento. ¿Qué les parece? Se me ocurre que en computación esto podría ahorrar tiempo. Al momento de leer la información almacenada en los qubits, podríamos leer sólo uno y serviría como una lectura del resto si es que se encuentran en un estado entrelazado. ¿Qué tal si llevamos esto al siguiente nivel? ¿Están conmigo?

Maximus deslizó una mirada por el público como buscando involucrar a la audiencia. La mayoría asentía con la cabeza, y además logró sacar algunos «sí».

—En el ejemplo anterior con las cajas de los gatos dijimos que estas debían estar conectadas por el conducto de ventilación que permite pasar el veneno. Lo cierto es que en mecánica cuántica esta interacción no necesita estar presente todo tiempo. Lo voy a decir de otra manera. Una vez que los gatos interactúan y forman un estado entrelazado, ya no necesitan que persista interacción entre ellos. Eso significa que el estado de ambos queda conectado sin importar que tal lejos puedan estar uno del otro. ¿Por qué nadie salta de su asiento o dice protesto? Esto debería ser problemático para todos. O sea, yo podría condicionar el resultado de una medición de un gato que se encuentra en el extremo norte del planeta con una medición sobre otro gato que se encuentra en el extremo sur, si es que estos dos gatos interactuaron alguna vez en el pasado y quedaron entrelazados. Esto es algo que ya ha sido comprobado. La distancia no fue de 13832 km, distancia aproximada entre los polos, sino de 1,3 km. No obstante, esta última fue suficiente para probar lo que hemos estado diciendo. Que la mecánica cuántica es no local y, por ende, la teleportación y otras tantas aplicaciones son posibles.

Maximus hizo otra pausa, y luego continuó.

—Quiero terminar esta presentación con algo romántico acerca del entrelazamiento y la no localidad. Esto hará que no se les olvide el concepto. Cuando dos corazones interactúan y quedan entrelazados, sin importar la distancia, nunca más se pueden describir de forma separada.

Maximus sabía esto mejor que nadie, pues así se sentía respecto a Giorgia, su primer y gran amor. Al término de la frase siguió una ronda de muy merecidos aplausos. Fue un tema complicado llevado a una audiencia sin experiencia alguna. No obstante, Richard supuso que los estudiantes quedaron con ganas de seguir avanzando y llegar al curso de mecánica cuántica por allá por el cuarto año de la carrera.

Los estudiantes comenzaron a abandonar la sala. A medida que se fue vaciando el local, Richard tuvo la impresión de que Maximus había advertido su presencia. Cuando los últimos estudiantes se marcharon, Andrea y él decidieron presentarse. Cuando estuvieron frente a frente, Maximus se adelantó.

—Déjenme adivinar, ¿son Richard y Andrea? —preguntó.

—Así es —respondió el jumper.

—Entonces no tenemos tiempo que perder. Ya mi tío me contó lo que estaba sucediendo. Vayamos a mi oficina por un poco de privacidad. También me vendría bien un café. Síganme.

Siguieron a Maximus hasta su oficina. Esta era una típica oficina de universidad, no muy grande, pero se sentía acogedora. Tenía unas ventanas que daban al exterior, pero Maximus rápidamente corrió las cortinas. También cerró la puerta detrás de sus invitados. Aun cerradas las cortinas, la estancia quedaba bien iluminada por lámparas led que cubrían casi todo el techo. Tenía al fondo un escritorio, de espalda a las ventanas. Al frente había dos sillas. En la pared lateral derecha tenía un librero con una hermosa y amplia colección de libros donde se leían temas como Análisis Matemático, Óptica Cuántica, Materia Condensada, Sistemas Abiertos, Información Cuántica, y muchos otros. Siguiendo por la pared hacia la puerta de entrada había una pequeña mesa redonda con cuatro sillas. La mesa tenía muchos papeles encima, llenos de ecuaciones y circuitos. Al lado de la puerta había un estante con gavetas. Frente a la mesa, en la otra pared lateral, había colgada una pizarra bastante grande. Por esa pared hacia el escritorio había otros estantes organizadores, como para archivar documentos, y a continuación, una pequeña repisa donde tenía una cafetera de esas de cápsulas.

—Tomen asiento por favor —indicó Maximus—. ¿Desean algún café?

—No, gracias —respondieron mientras tomaban asiento.

—Yo mismo tampoco aceptaría esto como café. Hay una pequeña cocina al final del pasillo donde tenemos una buena cafetera exprés, pero me da pereza ir hasta allá. Permítanme buscar mis apuntes en la mesa de la entrada.

—Por cierto —dijo Richard—, quiero mencionar que nos gustó mucho tu presentación. Llegamos para la última parte, la de entrelazamiento.

—Bueno esa parte está muy ligada a tu trabajo, así que seguramente la encontraste muy simple —comentó Maximus desde la entrada de la habitación.

—Todo lo contrario. Te sorprendería lo poco que nos cuentan respecto al proceso de teleportación. Así que tu charla vertió un poco de luz en el tema.

—Esa era la idea, explicar con peras y manzanas.

—Más bien con gatos vivos y muertos —intervino Andrea.

—Exacto —confirmó Maximus dejando escapar una risa—. Ya encontré lo que buscaba.

De repente, Andrea y Richard sintieron un arma apuntándoles a cada uno en la espalda.

—No se muevan. Tienen diez segundos para decirme qué comida les preparó mi tío.

—Pasta penne, auténtica según él —respondió Richard de inmediato.

—Ok. Tenía que asegurarme —dijo mientras guardaba las dos armas en la parte trasera del pantalón—. Mi tío me enseñó que hombre precavido vale por dos.

—¿Tan peligrosa es la vida de los académicos? —preguntó Andrea un poco enojada por el recibimiento.

—Los que tienen sangre Caruana, y reciben visitas como ustedes, son más propensos a situaciones de peligro. Pero por favor, perdonen mis métodos y cuéntenme qué puedo hacer por ustedes.

—¿Por qué mejor no nos dices hasta dónde sabes y comenzamos desde ahí? —propuso Richard.

—Suena bien. QuTE te ha estado usando como sujeto de prueba en teleportaciones experimentales donde ajustan tus habilidades y deseos. Te llevaron a Francia convertido en una suerte de gigoló.

—Déjame interrumpirte ahí. No fui ningún gigoló.

—Bueno avancemos y no nos perdamos en los detalles. Luego hicieron una segunda teleportación sin haber esperado un tiempo prudente y te enviaron a Sicilia convertido en un mafioso. La idea era que mataras a alguien en una especie de show para que los inversores y futuros compradores de la tecnología viesen el producto. Luego te iban a matar. Por lo que tu estado de salud después de la segunda teleportación no importaba. Sin embargo, por algún milagro sobreviviste hasta aquí y ahora quieres comprar tiempo para poder pelear contra ellos o irte de vacaciones antes de que tu cerebro colapse y se desvanezca. Eso es lo que creo yo que te pasará. Pero nadie lo sabe a ciencia cierta. Así que si no haces nada y te quedas tranquilo estarías contribuyendo a la ciencia. Sabríamos que le pasaría a alguien después de dos teleportaciones muy invasivas.

—Obviando el último comentario, ¿qué se te ocurre que podamos hacer?

—¿Has escuchado alguna vez el término no-Markovianidad?

Richard hizo un esfuerzo por recordar. El término le resultaba familiar de sus estudios de ingeniería.

—¿Tiene que ver con correlaciones estadísticas en ruidos? —preguntó.

—Originalmente puede que sí. Sin embargo, en el contexto de información cuántica puede tener un significado ligeramente distinto. Va a depender un poco de tu interpretación. Para hacerlo más simple, digamos que está relacionado con una memoria.

—¿Una memoria interna? —preguntó Andrea.

—No exactamente. Esta es una memoria que por lo general no controlas. Es una memoria accidental.

—Me parece que alguien recientemente me habló de eso —dijo Richard—. Pero me está costando trabajo ubicarlo.

—Tú cabeza se está volviendo un lío. Te va quedando menos tiempo. Continúo. Sucede que los sistemas cuánticos son difíciles de aislar. En general interactúan con otros elementos del ambiente, sean de la misma u otra naturaleza. Al principio se asumía la aproximación de Markov, donde el ambiente no tenía memoria. Esto simplificaba mucho los cálculos. Después se encontró en diversos experimentos que esto no era en general una buena aproximación. En otras palabras, la existencia de esta memoria era más la regla que la excepción. Entonces, para algunas aplicaciones no quieres esa memoria y la tratas de suprimir aislando al sistema lo mejor posible. Pero para otras aplicaciones, como lo que nos reúne hoy, si que es buena idea tenerla.

—¿Cuál es tu idea? —preguntó Andrea.

—Vas a tener que hacer otra teleportación.

—Eso es absurdo —dijo Andrea.

—Me imagino que al compararlo con tu genial idea entonces la mía parece absurda. Ah espera, tú no tienes ninguna idea. Por eso están aquí. Richard, lo único que sabemos es que estás condenado. No hacer nada o hacer poco lleva al mismo resultado. Esto puede funcionar. Y si no funciona no es que te irá peor.

—Suponiendo que podamos conseguir hacer otro salto, lo cual es imposible en este minuto. ¿Qué es lo que recomiendas?

—La verdad es que aquí me quedo un poco sin ideas. Sé que la respuesta está en la teleportación. Pero todo lo que sigue es muy difícil. Necesitarás ayuda de otras personas.

—Deja que nosotros nos preocupemos por ocupar un silo y hacer la teleportación —propuso Andrea.

—Es que ni siquiera estoy pensando en eso. Llegan al Silo ¿y luego qué? No se trata de cualquier teleportación. Hacer una teleportación de rutina sólo empeoraría las cosas, si es que pueden estar peor. Necesitas una teleportación especial que resuelva tus problemas.

—¿Lo podrías explicar con gatos vivos y muertos?

—Verán, el paso más complicado en la teleportación tiene que ver con la dinámica del cerebro. Para crear el sesgo en tu personalidad e incrementar algunas habilidades tuvieron que codificar mucha información. Esto hay que hacerlo de forma sutil. Yo aún no sé cómo lo hicieron en QuTE. Por eso no puedo ayudarte. Tu mejor opción, lo más seguro, es conseguir esa información para usar ese mismo canal. De esa manera sabremos que lo que estamos haciendo no cambiará fundamentalmente el resultado de la teleportación. Pero tu cerebro sí será más estable. Similar a tu estado original antes de que todo esto comenzara. Pero te repito que esto es muy difícil. No creo que haya alguien en QuTE que te pueda dar esa información. Además, sólo tienen acceso a ella los cargos más altos de los Silos.

—Supongamos que puedo conseguir la información.

—Que no puedes —insistió Maximus.

—Sígueme la corriente. ¿Cuál sería el siguiente paso?

—Bueno en vez de codificar la información con compuertas que aíslan al sistema, induciremos al sistema a que aprenda del ambiente. Gracias a la no-Markovianidad del ambiente, este tiene en su memoria la configuración estable de tu organismo. Eso es lo que buscamos.

—No tengo nada claro todavía —comentó Andrea.

—Somos dos, Andrea —replicó Richard.

—Crear el sesgo desde cero es muy complicado y arriesgado. Entonces QuTE ideó un método donde primero estimulan tu cerebro con información que quieren inducir, y luego amplifican esa información durante la teleportación.

—Por eso entonces las revistas y la televisión, saltándose los protocolos antes de viajar a Francia. Y lo mismo antes de viajar a Italia.

—Sí. La teleportación es una caja negra. Tiene muchos pasos y detalles técnicos que yo no conozco. En medio de todo esto está enterrado el código que necesitamos. Llamemos a este bloque «codificación cuántica». Porque la información inducida en el cerebro se codifica en la parte cuántica del mismo cerebro. Luego, se reemplaza el código original por otro que pueda aprender del ambiente.

—Ahora parece un poco más claro —dijo Richard—. Pero supongo que no es simple.

—Efectivamente. Encontrar la secuencia de código que necesitamos reemplazar dentro de todo el código de la teleportación es una tarea casi imposible. Tendrías que sacarle esa información a alguien.

—¿Tienes idea de cómo se vería el código? —preguntó el jumper.

—No sé la forma exacta, pero lo reconocería sólo de verlo. El código describe un circuito cuántico. La parte que yo puedo hacer es modificarlo. Pero necesito ubicar dónde está ese código.

—¿Un circuito? —dijo Richard.

—Sí. Así funciona la codificación cuántica.

De repente, al jumper le vino a la mente la pizarra del Dr. Alekhine cuando lo llevó a su oficina en París.

—¿Dr., puedo borrar la pizarra? —preguntó Richard.

—Adelante —contestó Maximus sin vacilar.

Tomó el borrador y un plumón negro. Borró toda la pizarra y comenzó a dibujar el circuito tal cual lo veía en su mente. «Así deben sentirse los pintores cuando descubren las partes que necesitan para terminar su obra». Con cada línea, con cada compuerta, el circuito se hacía más claro ante sus ojos. Cuando terminó no cabía duda, era el mismo circuito que había visto en la pizarra del Dr. Alekhine.

—¿Memorizaste el circuito con sólo verlo una vez? —preguntó Maximus sorprendido.

—Recuerda que soy ingeniero eléctrico. Por muy cuántico que sea sigue siendo un circuito eléctrico. Yo estoy entrenado para trabajar con ellos.

—No sabes lo que esto nos ayuda. Con este circuito ya sé lo que buscamos. Puedo preparar un buscador de código que localice este circuito. Luego sólo falta que escriba el código de reemplazo. O sea, el que tiene las modificaciones que queremos hacer.

Sonó el teléfono. Maximus contestó con el altavoz encendido.

—¿Dr. Maximus?

—Sí, Carolina —es la secretaria del departamento de física— susurró Maximus.

—Doctor, hay unos señores que van subiendo a su oficina. Dicen que es urgente y que es por algo de su investigación. Les dije que debían esperar, pero no me hicieron caso. ¿Llamo a la policía?

—Gracias, Carolina. No es necesario. Yo me encargo desde aquí —dijo y colgó el teléfono.

—Ya escucharon, tenemos que irnos ya —reaccionó Andrea—. Borren la pizarra.

Richard tomó el borrador y cuando se disponía a borrarla Maximus lo detuvo.

—¡Espera! Déjame tomar una foto primero que yo no voy a memorizar el circuito y tú posiblemente en unas horas ya no te acuerdes de la mitad.

Después de tomar la foto salió rápido de la habitación.

—Síganme —indicó.

Richard terminó de borrar la pizarra y los alcanzó enseguida.

—¿A dónde vamos? —preguntó Andrea mientras revisaba el arma que le había quitado a los hombres del tren.

—Sólo hay dos salidas, las escaleras de emergencia y el ascensor. Yo digo que tomemos las escaleras.

—Ellos deben venir por ambos caminos —aclaró Andrea—. Si mientras bajamos tenemos que comenzar a disparar podríamos quedar atrapados en el medio. Cuando veníamos vi un andamio. No se ve desde la entrada principal, está en la parte trasera del edificio.

—Sí, están pintando y creo que hoy están a la altura de la oficina de Ferusio, que andaba protestando que no se podía concentrar. Vayamos.

Maximus tocó la puerta de Ferusio y entró sin esperar la invitación a pasar.

—¡Ferusio! ¿Cómo estás?

—Bien —contestó Ferusio un poco sorprendido por la repentina invasión a su oficina.

—Ferusio es uno de los que más sabe de transiciones cuánticas de fase en toda Europa —aclaró Maximus—. Ferusio, necesitamos usar el andamio que está afuera de tu oficina. No preguntes. Y si alguien llega a preguntar por nosotros no nos has visto.

Mientras hablaba ya casi estaba sentado en la ventana para saltar.

—¡Qué grande eres Ferusio! —dijo y saltó por la ventana al andamio.

Andrea lo siguió. No sin antes decir: encantada de conocerte Ferusio. Detrás saltó Richard. Y también agradeció a Ferusio, que no entendía absolutamente nada de lo que estaba sucediendo. Cuando terminó de descender del andamio Andrea y Maximus lo estaban esperando.

—Tenemos que movernos rápido —urgió Andrea—. Hay que ir a un lugar seguro.

—Conozco un lugar, pero tenemos que tomar el tren para llegar.

—Creo que lo más conveniente sería tomar un taxi, debemos apurarnos —propuso Andrea—. Vayamos rumbo a la estación de trenes. Si aparece primero el taxi nos vamos en él, si no, entonces nos vamos en tren.

Echaron a correr rumbo a la terminal, pero Maximus divisó un taxi y le silbó con fuerza. El taxi se detuvo y todos subieron.

—Suba por la vía del policlínico rumbo a Piazza del Popolo. De prisa que vamos atrasados —indicó Maximus al taxista.

—Deberíamos cambiar de transporte antes de llegar —sugirió Andrea.

—Eso pensé. En Piazza del Popolo cambiaremos de taxi. Tengo un apartamento en la vía Fortunato Marazzi. No está registrado a mi nombre, así que será muy difícil encontrarnos. Y eso nos dará tiempo. Si encontramos rápido el otro taxi llegaremos en menos de veinte minutos.

Bajaron en la Piazza del Popolo y, tras caminar un poco, lograron tomar otro taxi, un Uber. Se detuvieron en la Avenida Carso y luego caminaron hasta el número catorce de la vía Fortunato Marazzi. El apartamento quedaba encima de un negocio, una pastelería.

—Siempre viene bien tener algo dulce cerca— pensó Richard en voz alta.

—¡Y qué dulces! —exclamó Maximus—. Además, no tiene cámaras exteriores.

—¿Y este apartamento es tu piso de soltero?

—No, es más bien mi casa segura para situaciones como esta.

Tomaron un pasillo lateral que terminaba en una reja de hierro que custodiaba el acceso a la escalera. La reja tenía una cerradura simple, que requería una combinación de cuatro dígitos.

—No tienes mucha seguridad aquí —exclamó Richard.

—Las personas que nos buscan no se verán limitadas por ninguna clase de cerradura. Así que para qué perder el tiempo y llamar la atención. La mejor seguridad es pasar desapercibido.

Junio 11, 2125. 4:00 hora local. Massachusetts. Videoconferencia.

—¿Dónde están Richard y los otros? —preguntó impaciente el Dr. Lasker. ¿Ya los han identificado?

—Sabemos que Richard y la chica están en Roma, le seguimos la pista hasta la Universidad —contestó el Dr. Kramnik—. Ya tenemos a nuestro personal detrás de ellos. La chica se llama Andrea Polgár y trabaja para WPS. A los otros aún no los identificamos, pero suponemos que pertenecen al mismo grupo. Se dividieron en Lamezia Terme. Creemos que debido a que uno de los integrantes resultó herido mientras huían del Palacio Real. Dejó un buen rastro de sangre en el lugar. Esos deben haber regresado a Noruega o Suecia. Seguimos buscando.

—¿Ya sabes quién los ayudó a salir de Sicilia?

—Tenemos algunas ideas, pero aún estamos revisando nuestra información.

—Quiero que acabes con cualquiera que haya sido responsable. Si tienes dudas igual toma medidas. No me importan los daños colaterales.

—Entiendo. Por eso he asignado el caso a Ian.

—Mmm, Ian. Me suena conocido.

—Es uno de nuestros mejores activos. Es implacable, metódico, de sangre fría. Es un ex FBI. Su principal motivación no es siquiera el dinero. Está con nosotros por la acción. Así que, si quiere llevar toda la acción a Sicilia, este es el hombre. No dejará en pie a alguien que haya osado siquiera saludar a Richard.

—Eso espero. Cuéntame de la chica.

—Yo lo tomo desde aquí —intervino el Dr. Alekhine, sintiendo que Kramnik le estaba quitando protagonismo—. La chica es una molestia. No nos puede hacer nada, pero es como una mosca que siempre aparece cuando menos te lo esperas. No obstante, tengo a mi mejor agente detrás de ellos. Lo envié para comandar al equipo que se dirige a la Universidad.

—Háblame de su formación.

—No hay mucho al respecto. Parece que la educaron en casa y luego se alistó en el ejército. En algún punto la reclutó WPS y la entrenó. Creemos que el primer contacto que tuvo con Richard fue en Massachusetts. Mi agente la identificó la noche antes del primer salto.

—Caribdis quiere tener un informe de control de daños. ¿Qué es lo más perjudicial que podría hacer Richard?

—Nada —respondió Alekhine—. No tiene ninguna información que pueda probar y su cabeza está a punto de quedar en el limbo. Es sólo cuestión de tiempo para que no queden cabos sueltos. Tampoco le podrá brindar mucha información a sus amigos porque su memoria ha sido afectada. De todos modos, hemos tomado contacto con nuestros aliados para censurar cualquier noticia en la prensa y la televisión. También tenemos a nuestro grupo de redes sociales monitoreando lo que se habla y granjas de «bots»[2] listos para desviar la atención y encausar otros temas.

—Ya saben entonces lo que tienen que hacer. Manténganme informado. Alekhine, espero que tu agente cumpla con su misión.

—Pierda cuidado. Maxime es como un sabueso detrás de un hueso. Es sólo cuestión de tiempo.

Junio 11, 2125. 10:00 horas. Roma, Italia.

Maxime, junto a otros cuatro hombres, registraron la oficina de Maximus. Su oportunidad de anotar un gol en QuTE se había desvanecido un poco tras lo sucedido en el Palacio Real. Pero este nuevo capítulo sólo haría su hazaña aún más gloriosa. Encontraría a Richard y a sus compañeros y los eliminaría a todos. Con esto no cabía duda que ascendería a jefe de alguna división. Detuvo su sueño por un momento y comenzó a inspeccionar la oficina. Las cortinas cerradas y las dos sillas frente al escritorio totalmente desalineadas era clara indicación de que se habían reunido acá. La misma desorganización de las sillas y la pizarra borrada con prisa indicaban que salieron huyendo. Debían estar cerca. Uno de los hombres advirtió que había dos cargadores con munición de 9 mm en un compartimento secreto en el estante junto a la mesa. También había espacio para dos armas.

---

[2] Programa informático que realiza tareas repetitivas.

—Están cerca y saben que estamos justo detrás —comentó Maxime—. Si quieren salir de aquí, y alejarse lo más posible, van a tomar un taxi o el tren. Ustedes tres vayan hacia la terminal de taxis más cercana. Pierre tú vienes conmigo a la terminal de trenes. Asuman que están todos armados. Abran fuego a discreción. ¡Andando!

Subieron por la escalera de piedra interior del edificio hasta llegar a una puerta que por fuera se veía común, pero los marcos delataban que los anclajes eran fuertes.

—¿Es blindada la puerta? —preguntó Richard.

—Sí. ¿Cómo lo notaste?

—Lo supuse. Primero porque ya conozco un poco al dueño. Segundo, por el grosor del marco de la puerta.

—Buen punto. Como te mencioné antes, intentamos dentro de lo posible mantenerlo todo ordinario a la vista de los comunes.

La puerta dio paso a una instancia bañada en luz natural. Era una sala-comedor muy organizada y con todo en su sitio, lo cual era de esperar dado el diseño minimalista del lugar. Un sofá de tres cuerpos frente a dos butacas personales, todo en color limón, separados por una pequeña mesa de café. Hacia la derecha la instancia se abría al comedor, que albergaba una mesa de madera muy sencilla con cuatro sillas. Se notaba que no era una residencia habitual. El comedor conectaba con una cocina independiente, separada por una puerta en forma de arco. Entre el comedor y la sala había un pasillo que llevaba a dos cuartos separados por un baño común ubicado al fondo.

—Acomódense en el cuarto de la derecha, que es mi centro de operaciones —dijo Maximus sonriendo.

—Está todo muy limpio para ser una casa segura —reflexionó Andrea—. ¿Tienes a alguien que viene a limpiar?

—No. De lo contrario no fuese una casa segura. Mi tío me advirtió que una tormenta se avecinaba y vine a revisar las provisiones y que todo estuviese funcionando. Ya de paso aproveché para limpiar un poco. Padezco de alergias.

—Entendería que fueses tan cercano a tu tío si trabajasen juntos, pero no es el caso. ¿Qué me está faltando?

—Mi tío no tiene hijos, al menos oficialmente. Yo perdí a mi papá siendo muy chico. Cáncer —continuó Maximus después de una pausa—. Aun cuando mi mamá se opuso a que siguiera los pasos de mi tío, él era la única figura paterna que tenía. Él entendía que su pasado podría llegar a mí algún día para herirlo a él. Así que nos preparamos para cualquier eventualidad.

—¿Entonces además de físico tienes entrenamiento de combate? —preguntó Andrea.

—Un poco, como para defenderme. Mientras mis amigos salían a practicar deportes o se quedaban jugando en la consola, yo estaba tomando lecciones en distintas áreas, todas supervisadas por mi tío. Bueno ya tienen suficiente información mía. Vayan al baño, recuéstense un rato o lo que quieran, mientras preparo unos sándwiches y planeamos nuestro próximo paso.

—¿Cuánto tiempo crees que tenemos antes de que nos descubran? —preguntó Richard.

—Días. No creo que sean tan buenos.

—Tenemos menos de 24 horas —aclaró Andrea.

—Imposible —replicó Maximus.

—Confía en mí. No subestimes su preparación y sus recursos. Tomemos veinte minutos para descansar y volvamos a trabajar.

Richard pasó al baño y, al mirarse al espejo, sintió que estaba viendo a otra persona. Los eventos de los últimos días le habían afectado seriamente. «Por suerte no tengo tiempo para compadecerme de mí mismo», pensó. Se enjuagó la cara y se fue al dormitorio, que también hacía las veces de centro de operaciones. La habitación era espaciosa. Tenía pizarras, dos escritorios, unos computadores, pantallas, etc; y una litera. Sabía que no conseguiría dormir, pero le vendría bien estar absorto en sus pensamientos para ver cómo podía salir de esto. «Espero que el nuevo mafioso que hay en mí tenga buenas ideas».

Se acostó en la cama de arriba por si Andrea quería acostarse pero, con lo desconfiada que era, lo más probable es que jamás lo hiciera. Cerró los ojos y comenzó a procesar información. Hasta donde sabía, el centro de todo estaba en Massachusetts. Desde allí, Steinitz y Lasker controlaban todo. Luego tenían ayudantes que ejecutaban y supervisaban sus planes en el extranjero. Por ejemplo, Alekhine en Francia y Kramnik en Italia. Los otros silos tendrían otras personas. También hay empresas que son filiares de QuTE, que igual siguen sus órdenes. Si atacaban cualquiera de estas filiares o los silos, los reemplazos no se harían esperar. Estaba claro que Massachusetts era el mejor objetivo. No obstante, atacar Massachusetts sería un suicidio. Nunca llegarían a tiempo a Steinitz y a Lasker. A la primera sospecha clausurarían la entrada. Si algunos afortunados lograsen pasar encontrarían mucha resistencia; lo que les compraría tiempo hasta que llegase la guardia nacional del estado y el FBI, ambos a su servicio. A estas alturas lo más sensato era asumir que estaban solos y que sólo podían confiar en ellos mismos.

Por otro lado, si Maximus estaba en lo cierto, él iba a necesitar una teleportación urgente. ¡Eso es! Saltó emocionado de la cama olvidándose que estaba en una litera y por poco pierde los dientes en un choque contra uno de los escritorios. Antepuso las manos en el último segundo. Corrió hacia la sala.

—Lo tengo —gritó.

Andrea y Maximus se miraron extrañados.

—Ya sé lo que tenemos que hacer. Voy a hacer un salto directamente al Silo 7, en Massachusetts.

—¿Y crees que allá te van a dar una fiesta de bienvenida? —preguntó Andrea.

—Sólo necesitamos un movimiento de distracción. Tenemos que desviar su atención para que el contacto de Andrea me pueda recibir. Luego yo me encargo desde allí.

—No sé si el contacto quiera exponerse así —dijo la joven.

—Esta es nuestra única oportunidad. Tenemos a todos buscándonos por Europa. No esperarán que ataquemos allí. Así que dile a tu contacto que este será su momento de gloria. Todo lo que ha hecho o hará se reduce a este momento. No encontrarán una mejor situación ni a nadie con nada que perder para ejecutarla.

—¿Sólo por curiosidad, cómo planeas tú solo atacar a alguien una vez dentro? Supongo que estará lleno de guardias bien entrenados.

—Ahí es donde entras tú, Maximus. Necesito que tu código me entregue más habilidades. Como te dije, no tengo nada que perder. Tampoco hay tantos guardias. Ellos confían en la hermeticidad del lugar y en el único acceso de entrada.

—Puedo hacerlo —confirmó Maximus.

—Andrea, tú conoces todos los silos. ¿Desde dónde podemos saltar?

—En Sicilia nos buscan todos, será muy difícil preparar un ataque. En París, Alekhine tiene mucho control y nos verán acercarnos. Por otro lado, Steinitz no es tonto y, aunque no sepa lo que estemos planeando, tomará medidas si se entera que estamos atacando uno de sus silos. Tiene que ser una operación rápida. Yo digo que Londres.

—¿El Silo 3?

—En Londres la seguridad de entrada es muy baja, porque nadie podría salir. Si se activa una alarma, los oficiales del servicio secreto británico apostados convenientemente a sólo unas cuadras, estarán encima de los intrusos en cuestión de minutos. Nadie estaría tan loco como para enfrentarse al servicio secreto británico, salvo que la entrada al Silo 3 sea un viaje sólo de ida. Una entrada sin salida. Será un golpe de guante blanco y llegarás a Massachusetts sin que se activen las alarmas.

Richard sintió, por primera vez en su vida, que aquel era su momento. En las palabras de Mark Twain: "Los dos días más importantes en tu vida son el día que naces y el día que descubres por qué". No importaba que durase poco o que no sobreviviera para contarlo. Pero era su misión.

—Equipo, nos vamos a Londres —dijo Richard.

—¡Oh sí! —exclamó sobreexcitado Maximus mientras se dirigía a la mesa del comedor por su laptop.

—¿Qué haces? —pregunta Andrea.

—Voy descargando las películas del agente 007. Las vas a necesitar para tus nuevas habilidades.

—Interesante. Al menos el viaje será entretenido —dijo Richard.

—Voy a coordinar el traslado con K. —dijo Andrea—. También necesito que nos ayude a planear la entrada al Silo. Si hay alguien que puede lograrlo es él.

—¿Y qué vamos a hacer con nuestros perseguidores? —preguntó Richard.

—Ya lo vimos con Maximus. Les prepararemos una sorpresa. Sólo que ahora será al estilo londinense.

—¿A quién prefieres como agente 007? ¿Sean Connery, Pierce Brosnan o Daniel Craig?

—El que funcione mejor.

—Te hago una mezcla entonces. ¿Algo de Bruce Lee sería mucho?

—Yo creo.

—Está bien —contesta desilusionado Maximus—. Siempre pensando en poco. Así nos va.

Maxime llegó rápidamente a la terminal. De camino ya había dado la información a QuTE para que comenzaran la búsqueda. Poco a poco QuTE y sus filiares se iban infiltrando en los lugares, y una de sus obligaciones era instaurar señales de aviso si alguna persona de interés compraba un ticket o usaba la tarjeta de crédito, así como intervenir las señales de las cámaras para aplicar reconocimiento facial. Por suerte para él, la terminal de Roma estaba bajo su control. Mientras buscaba por los andenes le iban reportando desde una central que no habían visto a ninguno de los sujetos y tampoco se habían comprado tickets a sus nombres.

La posibilidad de que se hubieran quedado en algún lugar cerca era remota. «Lo más seguro es que hayan tomado un taxi», pensó Maxime.

Llamó a la central.

—Dame los puntos de taxi y revisa todas las cámaras que puedan intervenir en la zona entre la Universidad y la terminal en una ventana de tiempo de una hora.

Al rato recibió una llamada de su otro equipo.

—Señor, uno de los taxistas vio a los sujetos subirse a un taxi. Ya localizamos al taxista y le ofrecimos dinero por la información. Nos dijo que los dejó en la Piazza del Popolo.

—Muy bien, nos encontramos allá.

Maxime cortó la llamada e inmediatamente llamó a la central.

—Señor Maxime, aún estamos buscándolos.

—Muevan la búsqueda a la Piazza del Popolo. Espero que los hayan encontrado para cuando llegue.

—Sí, señor.

Maxime le hizo una señal al otro agente y fueron a buscar su auto. Al igual que sus perseguidos tomaron la vía del policlínico y luego el Corso d'Italia. Mientras iban en el auto recibió una llamada de la central.

—Díganme que ya los tienen —presionó Maxime.

—Lo siento, señor. Se bajaron en la plaza, pero luego caminaron al oeste por la vía Ferdinando di Savoia. A unos cincuenta metros de la plaza hay un bar. Entre y pida acceso a las cámaras. Necesitamos saber en qué auto se subieron. Eso agilizará la búsqueda. De todos modos, estamos revisando los taxis que salieron del sector. Es sólo cuestión de tiempo.

—Inútiles —masculló Maxime mientras cortaba la llamada.

En la plaza lo estaba esperando el otro auto con sus hombres. Al verlo, sus hombres se bajaron inmediatamente para ir a su encuentro.

—Síganme —ordenó—. Tenemos que llegar a un bar que está ubicado a cincuenta metros en dirección oeste. Según los hippies de la central, a través de las cámaras del bar podríamos encontrar hacia donde se fueron.

—Tú —dirigiéndose a su chofer que se acababa de incorporar—, quédate aquí con los autos y deja los motores en marcha.

Mientras caminaban, Maxime interrogó a uno de sus hombres.

—¿Por qué le diste dinero al taxista por la información? ¿Acaso ahora somos una organización de beneficencia?

—Lo siento, jefe. El taxista no estaba en el lugar y al amenazarlo por teléfono podría huir y nosotros perder un tiempo valioso. Sólo por eso. Si llega a estar ahí le sacamos la información a golpes. Pero pierda cuidado, que cuando esto termine quizás le hacemos la visita.

—Ok. Me preocupa que se estén contagiando con Ian. Recuerden que trabajan para mí.

—Sí, jefe, por supuesto.

—Este debe ser el bar. Uno que se quede aquí afuera conmigo y los otros dos entren a revisar las cámaras.

A los pocos minutos, Maxime miró hacia adentro del bar y vio a sus hombres conversando con quien podría ser el gerente del lugar. En un momento tomaron al sujeto del brazo y caminaron hacia el interior del lugar, probablemente hacia las oficinas. Maxime volvió a sentirse orgulloso de sus hombres. No podría trabajar con soldados que no siguieran sus métodos. Por otro lado, esos métodos eran muy opuestos a los de Ian, su colega y rival. «Ese se tardaría una hora en obtener las imágenes de las cámaras», pensó Maxime.

Sonó su teléfono. Era uno de los hombres desde adentro del bar.

—Señor, ya tenemos acceso a las cámaras.

—Llama a central y dales acceso a ellos. Que sean ellos los que revisen las cámaras mientras nosotros vamos adelantando en los autos. No voy a esperar aquí parado.

—Entendido, señor.

Maxime se retiró rumbo a su auto. Una vez dentro recibió otra llamada de la central.

—Señor, ya los tenemos. Se subieron a un Uber. Es un Mazda 6 azul. Ya estamos siguiendo sus pasos. Subieron por Da Brescia. Después cruzaron el Ponte del Risorgimiento. Le seguiremos informando.

—Ya oíste —le dijo Maxime al chofer—. En marcha.

—Sí, señor.

Transcurrido un tiempo, Maxime esperaba después de cruzar el Ponte del Risorgimiento. Finalmente sonó su teléfono.

—Señor, sabemos que abandonaron el Uber en la Avenida Carso. Creemos que andan caminando. No deberían haber ido lejos.

—¿Y entonces qué hago? ¿Pretenden que vaya tocando todas las puertas del vecindario?

—No, señor.

—Entonces búsquenme una dirección.

—Sí, señor, en eso estamos trabajando.

Transcurrió más de una hora sin que tuviera noticias. Maxime tomó su teléfono y volvió a llamar a la central.

—Señor, aún no tenemos información —respondieron del otro lado—. No hay muchos negocios en el sector y los que hay no parecen tener cámaras o no las tienen en línea. Tendrían que dividirse y comenzar a buscar en los negocios donde vean cámaras, y darnos acceso. Como lo hicieron hace un rato en el bar.

—¡Eso es absurdo! —increpó Maxime.

—Lo siento, señor. También estamos buscando los títulos de las propiedades del sector. Pero no hemos encontrado nada a nombre de los Caruana. Así que la propiedad donde se encuentran debe estar ligada a una empresa fantasma o la están arrendando a nombre de cualquier persona.

—¿Cuánto tiempo tomará investigar por ese camino?

—No sabría decirle, señor. Pero no va a ser rápido.

—¡Dame alguna solución inmediatamente! No llegué hasta aquí para nada.

—Lo único que podríamos hacer es intentar triangular la posición del celular de Caruana. Podemos obtener su número de los registros de la Universidad.

—¿Y por qué no lo dijiste antes? ¡Háganlo ya!

—No le había dicho porque usted no tiene autorización para solicitarlo.

—¡¿Cómo?! —gritó Maxime enfurecido—. ¿Y quién tiene esa autorización?

—Me temo que no puedo revelar esa información, señor.

Enfurecido, Maxime comenzó a gritarle al teléfono. Golpeó reiteradas veces la pizarra del auto y la puerta. Después de un rato consiguió calmarse un poco. La ineptitud y la incapacidad de algunos para saltarse las normas por un bien mayor no era algo que él llevase bien. Tomó su teléfono. Sabía lo que tenía que hacer, pero también sabía que esta sería una llamada muy costosa. Abriría una puerta, pero podría cerrar otras. Lo peor es que sería juzgado como incapaz. Él, que lo daba todo para cumplir con su trabajo. Respiró profundamente e hizo la llamada.

—Señor Alekhine.

—¿Ya tienes a esos idiotas?

—Casi, señor. Sabemos el sector donde están, pero aún no ubicamos la casa.

—Parece que esta tarea es mucho para ti. Quizás debí confiársela a otra persona. Ian estaba disponible.

—No, señor. Yo soy el indicado. Yo les traigo a esos tres cueste lo que cueste. Sólo necesito su autorización para que la central triangule sus teléfonos.

—Voy a llamar a central. Pero Maxime, más te vale que no me sigas decepcionando.

Al cabo de un rato, Maxime consultó su reloj y vio que eran las 13:00 horas. Había transcurrido poco más de una hora desde la llamada y ya se comenzaba a impacientar. Sin embargo, se quedó esperando la llamada de la central. No convenía forzar las cosas en estos momentos. Así que envió a sus hombres a comprar algunas cosas para comer. Pidió que se dividieran para no levantar sospechas y cubrir un poco de terreno buscando las cámaras.

Andrea terminó su conversación con K. Salió a la sala donde estaban Maximus y Richard.

—Ya tenemos transporte —informó a sus compañeros—. Salimos para Londres en dos horas. Vamos a recoger todo lo que sea importante. Maximus, debemos tratar de dejar el menor rastro posible en el apartamento. Si vinculan este apartamento con nosotros tu familia podría estar aún en más problemas. Recuerda que no son sólo QuTE, sino los jueces también están comprados, el servicio de impuestos, etc. Todo lo que puedan encontrar para armar algún caso ridículo en tu contra, o de tu tío, lo van a usar.

—No te preocupes. Estoy familiarizado con su trabajo y el alcance que tienen. Pero no podré ir con ustedes.

—¿Cómo que no vienes? —preguntó Richard.

—Veo la tormenta venir y esto no terminará cuando ustedes dejen Italia. Estoy convencido que mi tío se encuentra en grave peligro. Tengo que regresar a Sicilia. Richard, cuenta con el código. Pero tienes que ver las películas que descargué. Es una parte importante del proceso, por muy tonto que pueda parecer. Te puedes llevar mi laptop, tengo otra aquí. Ahora mismo comenzaré a trabajar en un código que tendrás que correrlo en el computador que controla el salto. Este pequeño código buscará automáticamente en el código fuente y reescribirá la parte que necesitamos.

—Si te quedas aquí puede que no sobrevivas —dijo Andrea—. Cuentas con menos tiempo del que crees.

—Gracias, Andrea. Confío en lo que me dices. Pero dame un poco de crédito. Estaré bien. Ahora vayan recogiendo un poco ustedes. Tengo que concentrarme que, si escribo una compuerta mal, Richard podría terminar creyendo que es un bisonte.

—Te agradecería mucho que te concentres —dijo Richard sonriendo.

Algunos de los hombres de Maxime habían regresado con sándwiches y estaban comiendo en el auto cuando entró la llamada de la central.

—Señor, están en la vía Fortunato Marazzi. La triangulación ofrece un radio de quinientos metros dado el posicionamiento de las antenas. Pero intervinimos varios celulares en ese radio y algunos tenían historial de solicitud de conexión bluetooth con el teléfono de Maximus Carlsen.

—Háblame en español y más vale que seas claro esta vez.

—Señor, algunos celulares tienen instalado un software que además de permitir la conexión vía bluetooth, guarda en la memoria el reconocimiento del entorno. Cuando tienes el bluetooth activado y le aparece las personas que están cerca con las que te puedes conectar, aun cuando no te conectes con ellas esa interacción queda registrada.

—¿Entonces tienes la ubicación exacta?

—Sabemos que todas las interacciones ocurrieron cerca del número catorce, donde hay una pastelería. Pero luego ya no se registraron más interacciones.

Así que su radio de búsqueda debería ser de unos cuarenta metros alrededor de la pastelería.

—Bien.

—Señor —dice uno de sus hombres—, Pierre está allá en la pastelería. Dijo que tenía antojo de algo dulce.

—Llámalo ahora mismo.

—No contesta señor —dijo otro.

—Muévanse rápido.

Estaban sentados en la sala cuando sonó el teléfono de Andrea.

—El Uber está abajo. Tenemos que irnos ya.

—Dame un segundo, Andrea. El código está casi listo. De todos modos, de camino a Sicilia lo estaré revisando y chequearé que funcione apropiadamente.

—¿Richard, tienes todo? —preguntó Andrea.

—Sí. También revisé que no hayamos dejado nada regado.

—Listo —dijo Maximus—. Aquí tienen el código. Cuiden esta memoria muy bien, porque si no sobrevivo no sé quién les va a reescribir el código.

—Deberías venir con nosotros —insistió Richard.

—Aprecio tu preocupación, Richard, pero un hombre debe estar donde es más útil, y ahora mismo mi tío me necesita.

Richard tomó la memoria flash y le dio un abrazo a Maximus. No sabía si se volverían a ver, pero estaba muy agradecido por su ayuda. Andrea hizo lo propio. Bajaron las escaleras y, al salir al pasillo, vieron un auto negro aparcado junto a la acera.

—¿Revisaste si el color del Uber era negro? —preguntó Richard.

—Sí, pero eso no dice mucho. Aquí la mayoría de los autos son negros o rojos.

—También es verdad.

A la salida del pasillo encontraron a un hombre parado justo a la entrada de la pastelería. Sostenía una caja de dulces en las manos, pero su vestimenta y su postura no eran las del típico civil amante de los pasteles.

El hombre se volteó hacia ellos y, como un rayo, Andrea lo golpeó en la garganta. Su rival dejó caer la caja y Andrea le pegó otra vez en el estómago. Su contrincante se dobló un poco por el dolor y Andrea le propició un tercer golpe con el codo en la sien. Todo sucedió muy rápido. Mientras Richard aún lo estaba procesando, ya Andrea había llegado a la conclusión de que el sujeto pertenecía a QuTE. Por fin, el jumper reaccionó y, aprovechando que el sujeto estaba cayendo cerca de él, lo noqueó de un golpe con la rodilla.

El chofer de Uber arrancó el auto y se marchó a toda velocidad al ver el espectáculo. Richard miró a Andrea,

—¿Qué hacemos ahora? Los demás no deben andar lejos.

—Tenemos que avisarle a Maximus.

Mientras entraban corriendo al pasillo, escucharon a lo lejos el chillido de las gomas de unos autos.

—No creo que esos chillidos sean del Uber que se arrepintió y volvió por nosotros —dijo Richard.

—Definitivamente no.

Comenzaron a golpear la puerta hasta que Maximus abrió. Andrea cubría la retaguardia apuntando escalera abajo con el arma que les había quitado a aquellos tipos en el tren.

—Están afuera y ya saben que estamos aquí —dijo Richard.

—No se preocupen que vamos a estar bien —dijo Maximus mientras cerraba la puerta tras Andrea.

—Esa puerta no los va a detener mucho —dijo Andrea—. Tenemos que salir por alguna ventana.

—Lo sé —respondió Maximus.

Maximus sacó las pistolas que tenía guardadas —las mismas con las que les había apuntado en su oficina—, y le entregó una a Richard.

—Esto es por si las cosas se complican, pero no deberíamos necesitarlas. Y si llegase a pasar, deja que Andrea dispare primero que la suya tiene silenciador.

Los dos autos estacionaron frente a la pastelería, donde Pierre yacía en el suelo. Todos se bajaron en modo de combate, con armas automáticas, chalecos, y radios. Maxime ordenó que reanimaran a Pierre. No porque estuviese preocupado por su estado de salud, sino para saber por dónde habían huido. Había marcas de auto recientes en el suelo, pero les ahorraría tiempo saber el modelo y color del auto. Pierre comenzó a despertar.

—¿En qué auto se fueron? —preguntó impaciente Maxime.

—No se fueron en auto. Las marcas en el suelo son de un taxi que salió huyendo en cuanto comenzó la pelea.

—¿Y dónde están entonces?

—O huyeron corriendo o volvieron por donde salieron, que fue de ese pasillo lateral.

—Pierre, quédate acá y cubre que no salgan por ningún lugar. Trata de que no te noqueen esta vez. Llama a central y diles que revisen la zona. Los sujetos pueden andar a pie.

—Tú —dijo señalando a otro, ve a la cuadra de atrás. Los demás conmigo.

Los tres hombres entraron por el pasillo con las armas al frente, listos para abatir a cualquiera que apareciera. Subieron las escaleras y Maxime disparó a la cerradura de la puerta y a los anclajes.

—La puerta es blindada. Busquen las cargas para volarla.

Los disparos anunciaron la llegada. Maximus terminó de guardar su otra laptop en la mochila y unas carpetas llenas de documentos y fotos.

—Falta poco para que derriben la puerta —observó Andrea.

—Síganme —dijo Maximus y se dirigió a la cocina.

Como era una habitación cerrada al lado del comedor, ni siquiera habían entrado a verla. Tenía un tamaño normal para un apartamento, aunque un poco estrecha. Al fondo había un pequeño cuarto de lavandería separado por una puerta de vidrio que dejaba pasar toda la luz que entraba por la ventana. Maximus abrió la puerta y luego la ventana. Esta era lo bastante grande como para dejar pasar a una persona. «Así que escaparemos por los tejados», pensó Richard. Maximus le pidió una pequeña banqueta que estaba en la cocina. La colocó justo debajo de la ventana, para facilitar la escalada.

—¿Has hecho alguna vez la ruta de escape por los tejados? —preguntó Andrea.

—La verdad es que no —contestó Maximus—. Soy físico, no soy de los que andan trepando y corriendo por los tejados. Esas son habilidades más de los químicos y los biólogos. Pero no te preocupes, que todo esto es un señuelo.

Maximus regresó a la cocina y al lado de la encimera había un mueble grande. El mueble albergaba de arriba hacia abajo: un compartimiento que usaba como despensa, un compartimiento para el microondas, un horno y un gran compartimento inferior con puerta de dos hojas donde guardaba la aspiradora y algunos útiles de limpieza. Maximus sacó la aspiradora, que era lo que ocupaba mayor espacio. Empujó la tabla del fondo y resultó ser una puerta.

—Esta es la antigua chimenea de la casa —explicó—. Cuando compramos la propiedad era una sola casa de dos pisos. Remodelamos todo, pero manteniendo el ducto de la chimenea como vía de escape, ya que conecta ambos pisos, la pastelería y el apartamento. A través de una tercera persona arrendamos el primer piso para la pastelería. Síganme y el último que deje la aspiradora en su sitio y cierre la puerta.

Richard dejó que Andrea pasara después de Maximus. Se encargó de poner de vuelta la aspiradora en su lugar. Cuando cerraba la puerta de dos hojas del mueble sintió la explosión de la puerta de entrada. Ya estaban adentro. Se esmeró para no hacer ruido mientras se ponía a salvo en el espacio secreto de atrás del mueble. La puerta del fondo, que desde adentro de la cocina se abría con un empujón, tenía por detrás par de cierres para que una vez pasados no se pudiese abrir tan fácil y pareciese una tabla y no una puerta. El reducido espacio donde se encontraba tenía una escalera vertical de metal. Comenzó a descender por la escalera, mientras Maximus seguía iluminando desde abajo con su teléfono. Andrea estaba junto a él. El pequeño ducto de la chimenea conectaba con un pasillo angosto y sin salida.

—¿Cuál es el plan ahora? —preguntó Andrea susurrando.

—Esta pared de yeso pertenece a la cocina de la pastelería —explicó Maximus—. Así que cuando la atravesemos nos tenemos que mover rápido. Siempre he querido hacer esto. El susto que se llevarán los pasteleros.

Maximus pegó una fuerte patada en la pared que abrió un boquete por donde cabía una persona. Salieron uno detrás del otro. Los pasteleros no entendían lo que estaba sucediendo. Algunos se quedaron mirando el hueco de la pared, otros estaban tendidos por el suelo. Había merengue regado por todos lados. Maximus se movía como si conociese de memoria el lugar. Al cruzar la cocina hacia el fondo llegaron al almacén de la pastelería. Había sacos de azúcar, harina, estantes con productos, de todo lo que pudiesen necesitar. El almacén era espacioso. Detrás de uno de los estantes había una puerta de madera.

—Ayúdenme a mover este estante —dijo Maximus—. Le dijimos a la dueña de la pastelería que nosotros usaríamos la habitación que está a continuación como garaje para el auto y que por razones de seguridad contra incendios no podía bloquear esta puerta. Por lo visto no nos hizo mucho caso. Sólo yo tengo la llave de esta puerta.

Al insertar la llave en la cerradura y girarla, esta se abrió hacia adelante como una mini puerta que daba lugar a un lector de huellas. Maximus puso su dedo pulgar derecho sobre el lector y la puerta se abrió. La nueva habitación era, en efecto, un garaje. Lo único que tenía era un auto en el centro y un televisor cerca de la puerta de salida que compartía las imágenes de la parte exterior del garaje. El auto era un Mazda cx-5 color grafito, que, a los ojos de un buen observador, había sufrido algunas modificaciones. Los vidrios gruesos sugerían blindaje. Además, los neumáticos más grandes indicaban que el auto debía soportar mayor peso del chasis, lo que también se le podía atribuir al uso de blindaje en puertas y demás puntos.

La cámara de seguridad mostraba a uno de los hombres de Maxime muy cerca de la puerta del garaje. Era una puerta grande de madera que abría hacia arriba, para luego entrar de forma horizontal hacia el garaje. La puerta tenía a su vez otra entrada más pequeña para ser usada en caso de que no se quisiera sacar el auto. El guardia parecía estar muy pendiente de los tejados.

—Ya sabes lo que tienes que hacer —le dijo Maximus a Andrea.

La joven comprobó una vez más su arma, revisando que hubiese una bala en la recámara y que el silenciador estuviese bien puesto. Con su velocidad característica abrió la puerta chica y disparó varias veces al hombre de Maxime. Los dos primeros disparos impactaron en el chaleco, pero enseguida ajustó la puntería y el tercero fue letal.

Maxime entró en el apartamento con sus hombres tras la explosión. La alarma de incendio comenzó a sonar fuerte. Con la táctica de un comando de fuerzas especiales los esbirros de QuTE peinaron el apartamento. Al llegar a la cocina, Maxime notó la ventana abierta en la lavandería y la banqueta que estaba justo debajo. Dejó el arma larga sobre la encimera y empuñó la pistola que llevaba en la cintura. Un arma más pequeña le permitiría una mejor movilidad para andar por los tejados y cubrir mejor los ángulos sin exponer su arma. Cuando aseguró la ventana llamó a sus hombres.

—Están en los tejados —dijo por la radio.

Maxime y sus dos hombres subieron al techo. Miraron en todas direcciones, pero parecía que se habían esfumado. De repente, escuchó el sonido de una puerta de garaje. Se apresuró corriendo por los tejados. Al acercarse al borde miró hacia abajo y vio a su hombre caído y una SUV que ya iba doblando la esquina por la vía Ortigara. Supuso que tomarían el camino de Lungotevere della Vittoria hacia el norte para luego cruzar el río Tíber y desaparecer. La boca de Maxime se torció en un rictus amargo. «Otro fracaso, y la paciencia del Dr. Alekhine puede estar a punto de agotarse».

Maximus los dejó cerca de la estación Vigna Clara. Se volvieron a despedir. Se dirigía a Sicilia a ayudar a su tío, y por qué no, a toda Sicilia también. Ellos seguirían adelante con el plan de Andrea y K. para llegar a Londres.

—El resto del viaje será sin inconvenientes, confía en K. —dijo Andrea.

—Ojalá tu boca sea santa, querida —dijo Richard, pero en su interior dudaba que algo en esta empresa de locos transcurriera sin inconvenientes.

Capítulo 9

Pareja de Alfiles

TODAS LAS PIEZAS *en ajedrez son importantes. Todas eventualmente podrían contribuir al jaque mate. Pero no cabe duda de que algunas piezas son más deseadas que otras. Los alfiles no están cerca de la cima del ranking, pero tienen mucho que decir. Los alfiles son como cuchillos a lo largo del tablero. Posicionados en diagonales importantes ofrecen dinamismo y muchas posibilidades desde una distancia segura. En aperturas de peón de rey, como en la italiana o la española, el alfil es una figura icónica. De hecho, dónde se posiciona es lo que diferencia una apertura de la otra. Y se le conoce como el alfil italiano o el alfil español, respectivamente. También en aperturas de peón de dama el alfil puede definir un poco la apertura, tal es el caso del sistema Londres. Aquí, es el alfil blanco de casillas negras quien toma la iniciativa. La pareja de alfiles, el de casillas blancas y el de casillas negras, son una dupla poderosa. Pueden barrer el tablero desde la distancia, tanto las casillas negras como las blancas. Son letales en posiciones abiertas. Hay partidas de ajedrez memorables donde la pareja de alfiles infunde terror en el rival.*

Un caluroso día de Junio de 2122, tres años antes del salto. División de Inteligencia del ejército de los Estados Unidos.

Reunión de cadetes.

—En resumen, nuestra división tiene varias aristas. Por un lado, encontramos aquellos departamentos que manipulan la información, los que la verifican, los que crean escenarios de ataque contra nosotros mismos para así poder prepararnos, y la lista continúa. Mi departamento se encarga de dar apoyo logístico en misiones fuera del país. Requiere mucha planificación, conocimiento del medio, contactos y mucha capacidad de análisis. Es posible que ustedes pasen por varios de estos departamentos. Espero que aprendan bien las técnicas, los procedimientos, y que desarrollen nuevas habilidades. Pero sobre todo, espero que aprendan sobre la importancia de poder defender su país. La defensa de la patria que los vio nacer, la patria de sus padres, de sus abuelos, y la de sus hijos, es una tarea de todos. Nos cuidamos la espalda, nos sostenemos, nos ayudamos a levantar. Porque como escribiera el patriota cubano José Martí en una de sus obras juveniles «el amor a la patria no es el amor ridículo a la tierra ni a la hierba que pisa nuestras plantas. Es el odio infinito a quien la oprime y es el rencor eterno a quien la ataca». Ustedes tendrán la tarea de renovar el honor, la valentía y el espíritu de la nación. Nosotros somos la primera línea contra los enemigos, pero somos la última también. Nunca olviden por qué están luchando, por qué están dispuestos a morir: ¡Libertad! Cuando todos hayan perdido la esperanza, cuando ya no quede por qué luchar, ustedes lucharán. Lucharán por los que vienen detrás, por sus hijos y los hijos de sus hijos, por todos los niños. Lucharán porque no saben retroceder, lucharán porque están hechos de una madera que se regó con sangre, la sangre de todos los héroes, de padres, de hermanos, de hijos. Cada generación debe luchar por la libertad, y los que crean que hay paz en no luchar, sólo retrasan la lucha, haciendo que la tarea sea más difícil para los que vienen detrás. Porque en las palabras de uno de nuestros Padres Fundadores, Benjamin Franklin, «los que entregan la libertad para comprar un poco de paz temporaria, no merecen la libertad, tampoco la paz». Y siguiendo con Thomas Jefferson, nuestro tercer presidente, yo digo que es tiempo de que el árbol de la libertad se vuelva a regar, como cada cierto tiempo sucede, pero esta vez no con la sangre de los patriotas sino, y sobre todo, con la de los tiranos.

K. hizo una pausa para respirar.

—Pueden retirarse.

Al alzar la vista, K. vio en lo alto del auditorio a su comandante y maestro, el gran Fisher. Fisher le hizo una seña para que le acompañara a su oficina. Los caballeros se sentaron a ambos lados del escritorio de Fisher. Este sacó de una gaveta dos vasos y una botella de un whisky de Tennessee. Sirvió el licor generosamente en cada vaso y le pasó uno a su compañero.

—Salud —dijo Fisher, seguido por el capitán—. Siempre es un agrado estar en el discurso de bienvenida del gran capitán Garry. Uno sale con las energías renovadas. Y los cadetes te admiran mucho.

—En estos tiempos, más que en cualquier otro, necesitamos hombres y mujeres que amen a su país. Ya tenemos muchos que han sido engañados a tal punto que, sin haber hecho nada por este gran país, dicen avergonzarse de él. Hemos llegado a un punto en que desesperadamente debemos pensar en reconstruir, en reforzar nuestros valores, que son nuestros cimientos. Se aproxima una gran batalla, la más grande quizás que jamás hayamos visto. Y por culpa de los políticos la vamos a pelear nosotros desde una posición que cada día se hace menos ventajosa. Yo quisiera al menos pelearla con el equipo correcto, rodeado de hermanos, mujeres y hombres que crean en sus tradiciones, en sus héroes caídos, en su historia, pero sobre todo en la familia y en Dios.

—Ah, Garry —suspiró Fisher—. Tienes tanta razón. Espero que después de la batalla queden suficientes hombres buenos para reconstruir nuestro país, y el mundo si hace falta.

—Con buenos amigos y más de esa botella de whisky vamos a poder.

Se echaron a reír los dos.

—Hoy llega un nuevo integrante a nuestra división —informó Fisher.

—¡Qué bueno! —exclamó K.

—Déjame terminar y verás que no es tan bueno. Desde más arriba, en Capitol Hill, decidieron que nuestra división no está lo suficientemente unida. Así que nos enviaron a este tipo, con grado de capitán, pero que jamás ha puesto su vida en la línea por salvar a otros, para que construya un nuevo departamento de inclusión, igualdad y diversidad.

—Sabes que lo único que va a lograr es separar, dividir y deteriorar aún más nuestra institución. ¿Es que no han aprendido nada de los lugares donde lo han implementado? Cada vez nos cuesta más reclutar soldados, en parte por estas mismas políticas.

—Eso es exactamente lo que quieren de arriba. Un ejército dividido, débil, que los políticos puedan usar. Pero esto no tiene remedio, hay que acatar órdenes.

—¿Quieres que haga un perfil del nuevo capitán?

—Sí, por eso te llamé. Sólo sé que se graduó de Harvard con honores y después salió del FBI con honores.

—Dios mío. Tiene el sello de calidad. Adoctrinamiento y odio hacia los valores de este país garantizado.

K. reflexionaba y recordaba el comienzo del fin para la división de inteligencia. Lo que antes era camaradería y hermandad se transformó en desconfianza.

El mérito fue desplazado por el oportunismo y el lobby. Estaba sentado viendo la lluvia caer, con su vaso de whisky de Tennessee, cerca del número 10 de la calle Downing, Londres.

K. era un romántico. Un hombre que siempre rendía honores a quienes lo merecían. Y quién más indicado que el primer ministro británico Winston Churchill. El hombre detrás de la segunda guerra mundial. Alguien que, sin importar el número de derrotas acumuladas y los reveses de la vida, supo poner a su país, Dios mediante, por delante y conducirlo a la victoria. Cada vez hay menos como él. Pero cada vez hay más de los que lo critican. Ni siquiera el número 10 de la calle Downing era lo que fue antaño. La residencia de los grandes líderes británicos hoy día era sólo una mera oficina destinada a asuntos menores, privada de su propósito original debido a que la ubicación era racista. Sin embargo, los jueces londinenses siguen liberando a criminales que destruyen los barrios donde viven muchos afrodescendientes y reclutan a sus niños a su organización criminal. Pero a la luz de los hechos para los jueces lo primero son los derechos humanos, donde los haya, de esos criminales. Y así va el país.

K. recuerda muy bien el punto de quiebre con su institución, por la cual hubiese dado la vida sin dudar. Habían transcurrido siete meses desde la llegada del capitán Ian y la división de inteligencia se vio contratando a personas que públicamente criticaban al ejército y manifestaban su vergüenza de pertenecer a tal institución. Pero igual recibían los cheques y muchos bonos, porque una cosa no tiene que ver con la otra para el estándar de congruencia de estas personas. A todas luces la división de inteligencia carecía de sentido común. Era el menos común de todos los sentidos por esos tiempos. Fisher lo mandó a llamar a su oficina. Lo esperaba con dos vasos ya servidos con whisky.

—Comandante —dijo K. desde la puerta.

—Pasa Garry, toma asiento.

Ambos tomaron el vaso y brindaron como de costumbre, aunque no había motivos de celebración ese día. Después de un buen trago Fisher dejó el vaso sobre la mesa.

—Me voy de este lugar.

K. sabía que Fisher estaba de brazos atados desde hace tiempo. La impotencia de ver una institución firme como un templo y que fue tan difícil de construir, auto-destruirse en sólo siete meses, era algo que él no podía aguantar.

—¿Te retiras?

—No, me marcho. No pienso retirarme, como no pienso rendirme. Mientras me queden fuerzas lucharé, aun cuando no me quede nada porque luchar. Somos la última línea, ¿cierto?

—Muy cierto.

—Ya no confío en muchos de mis hombres. No sé si hay micrófonos o cámaras en esta oficina. No sé si mi whisky fue envenenado.

—¿Lo compraste en New York o California?

—No, pero dice envasado en Oregon.

Los dos se echaron a reír.

—No te puedo pedir que vengas conmigo. Pero sabes que seríamos un buen equipo allá afuera.

—Como dos alfiles punzantes como cuchillos.

Fisher asintió con la cabeza.

En uno de los días más duros de su vida, el capitán K. perdió a la dama de sus sueños, la división de inteligencia. Pero nació WPS, su luz de esperanza. Ahora estaba solo en Londres. Fisher se había quedado en Estocolmo y le había encomendado la ejecución de la misión que se acercaba.

K. estaba en el segundo piso esperando la llegada de Richard y Andrea. Había estado en contacto con Andrea todo el tiempo. Era como una hija para él. La había reclutado hacía mucho tiempo y sabía que si hubiese tenido una hija no se hubiese parecido tanto a él. Su equipo de trabajo era su familia, y qué familia. Además de Andrea estaban Wesley, Naka y Berg. Todos personajes complejos, muy hábiles y capaces de ejecutar tareas de alta dificultad. Todos fueron reclutados en base a la meritocracia, siguiendo un diagrama de equipo ideal para el espectro de misiones que aparecían en el horizonte. Una vez creado el equipo, K. fue perfeccionando sus habilidades. Pero todavía necesitaban de un guía. Uno con la capacidad de un relojero suizo de engranar todas las piezas para que funcionaran a la perfección. Ese era K..

Mientras K. interactuaba mayormente con su equipo, Fisher tenía a su cargo la dirección de WPS. Nadie infundía más respeto y más calma que él. Su capacidad de liderazgo también era increíble. Sobresalía aún más en los momentos complicados. El gran comandante Fisher era la roca de la institución. A su cargo, todas las partes funcionaban sinérgicamente y con entera confianza, como órganos vitales de un todo.

K. disfrutaba de su whisky mientras hacía el ejercicio de repasar los sucesos que lo habían llevado a Londres. Estaba en Estocolmo cuando le avisaron del incidente del Palacio Real. Inmediatamente comenzó a trazar un plan para sacar a su equipo de Sicilia. Cuando le dijeron que irían con el señor Caruana sabía que debía hacer todo lo posible para que esa única oportunidad resultara. Así que reunió toda la información sobre Caruana,

Sicilia, los trabajos de QuTE en Sicilia, y cualquier otra información que pudiese llegar a necesitar. Para su sorpresa la caída de Sicilia estaba muy marcada por la puesta en escena de dos actores: el capitán Ian y Maxime. Al parecer fue el primer trabajo de este equipo. Ian, ya experto en destruir desde dentro las instituciones que funcionaban, se insertó en el sistema político y económico de la isla. Destruía todo a su paso como una enfermedad, y creaba dependencias entro los isleños y QuTE. Maxime era quien se encargaba de disipar cualquier resistencia. Era la fuerza, lo súbito, lo impredecible. Ambos se complementaban muy bien y compartían una máxima: ninguno de los dos sentía respeto por las personas y su libertad.

K. concatenó todas sus ideas en un discurso muy potente que convenció a Caruana. ¿Y cómo no lo iba a convencer? Habría que ser tonto para no darse cuenta de todo lo que estaba sucediendo en la isla. Encima de eso toda la evidencia reunida por K., que incluía nombres como Ian, Maxime y otros, lugares y métodos. Todo estaba ahí y sólo faltaba hacer algo al respecto. La conversación entre K. y Caruana desató una serie de eventos que ni siquiera K. pudo haber previsto. Pero como el gran estratega que era, y teniendo en cuenta que esta podría ser la batalla de su vida, estuvo muy fino en sus decisiones para que cualquiera fuese el imprevisto no quedasen en una mala posición. Adicionado a esto, cada movimiento en falso del enemigo, cada debilidad expuesta, fue aprovechada.

Una parte importante del plan de K. se ejecutaría en Sicilia. Sicilia se defendería hasta con los dientes contra QuTE. La caída de sus operaciones en Sicilia vendría de la mano del final del capitán Ian. Sin duda un premio de justicia. No obstante, primero tendría que separar a Ian y Maxime. Debía explotar ese ímpetu de Maxime y su deseo de competir contra Ian por una posición más dominante en QuTE. Cuando Andrea lo llamó contándole que la clave para salvar a Richard estaba en Londres, entonces repensó sus planes, y como un algoritmo de inteligencia artificial que se recalibra con cada nueva información que recibe, K. salió con un plan incluso mejor que el anterior. Lo único que necesitaba era esa pequeña dosis de suerte que te regala Dios cuando haces las cosas bien. Sólo necesitaba que el enemigo no hiciera la mejor jugada. Eso le daría el tiempo para colocar todas sus piezas en posiciones de ataque.

Capítulo 10

Sistema Londres

Llegaron a Londres ese mismo día, 11 de junio, a las 17:00 horas. K. había organizado todo para que los recogiesen en la estación en Roma y luego un vuelo privado los llevara a Londres. El capitán había arrendado una casa en la calle Downing. Cuando estaban llegando Andrea envió un mensaje. Naka los esperaba en la puerta. Para Richard resultó muy agradable ver al grupo reunido. Él era el nuevo integrante, y probablemente uno temporal, pero se sentía bien con esas personas de su lado. Berg y Wesley estaban en la sala sentados cada uno en una butaca. Andrea fue directamente a abrazar a Berg.

—Veo que ya estás recuperado.

—Fue sólo un rasguño.

—Será verdad eso de que yerba mala nunca muere.

—Eso dicen.

—Es bueno tenerte de vuelta. Te necesitamos para que resulte el plan.

—Ya K. me estuvo contando un poco, así que estoy feliz de ayudar. Además, me quiero cobrar la revancha.

—Por supuesto que sí. A lo Berg.

Andrea continuó para abrazar a Wesley, así que Richard aprovechó también para ir saludando.

—¿Está K. arriba? —preguntó Andrea.

—Sí, los está esperando —comentó Naka—. ¿Por qué no subes tu primero, Andrea? Seguro tienen mucho de qué hablar. Richard, al fondo de la casa está la cocina, si quieres ir a comer algo sígueme.

—¿Vas a preparar café? —preguntó Berg.

—Oh ¡qué buena idea! —exclamó Wesley.

—Bueno, yo también me apuntaría a un café —dijo Richard.

—¿Saben qué? vamos todos a la cocina que allá hay espacio —propuso Naka.

La casa era un poco estrecha pero alargada. Pasado la sala estaba la escalera que llevaba al segundo piso. Luego venía un cuarto de estudio, una habitación, el comedor, la cocina y un patio. La cocina tenía una pequeña mesa de diario donde cabían todos.

—Aquí preparamos café exprés —aclaró Naka—. El único que toma café americano es K.. A más nadie le gusta.

—Yo estoy bien con el café exprés —confirmó Richard.

—Excelente.

—Me alegro de verte bien, Berg, —dijo Richard entablando conversación.

—Gracias, Richard. Se necesita mucho más para hacerme caer.

—Igual nos tuviste preocupados.

—Más se deberían preocupar los de QuTE, que ya les viene la cuenta.

—Ojalá.

—Supimos que tuvieron algunos percances en Roma —comentó Wesley.

—Sí, pero Maximus tenía una buena ruta de escape.

—¿Ese es el sobrino del señor Caruana?

—Sí. Es físico. Es experto en el área de teleportación cuántica y gracias a su pericia pasamos de esquivar balas a tener un plan de ataque.

—Ya K. nos contó algo —dijo Wesley—. Es bueno volver a tener la pelota y jugar a la ofensiva.

Andrea llegó a la habitación donde estaba K., en el segundo piso. K. estaba sentado mirando la lluvia a través de la ventana con su icónico vaso de whisky de Tennessee. La puerta estaba abierta, pero Andrea tocó por respeto.

—Pasa, Andrea —dijo K. y se levantó de su silla para ir a su encuentro—. Me alegra que estén aquí finalmente y que todo haya resultado bien.

—Yo también. Además, me alegró ver que Berg está recuperado y que todo el equipo está reunido de nuevo.

—Vamos a necesitar todo el apoyo posible esta vez. Se nos vienen las horas más oscuras. Necesitamos afinar nuestro plan. Un buen plan siempre es la clave. ¿Recuerdas la frase de Eisenhower?

—«En mi preparación para la batalla siempre he encontrado que los planes son inútiles, pero la planeación es indispensable».

—Veo que la recuerdas.

—¿Y qué te pareció este cambio de venir a Londres?

—Me sorprendió al inicio. Pero luego de pensarlo detenidamente me convencí de que fue la mejor decisión.

—Fue Richard quien tuvo la idea de dirigir la teleportación a Massachusetts. Suena descabellado al inicio, pero luego cobra sentido.

—También fue descabellada la idea de Aníbal Barca de conducir su ejército por los Alpes para atacar Roma. Y mira la sorpresa que se llevaron los romanos.

—¿Crees que Richard sobreviva a esta teleportación? ¿Y que luego al llegar a Massachusetts pueda hacer lo que tiene que hacer?

—Entiendo tu preocupación. No hay nada simple en esta tarea que tenemos por delante. Pero debemos confiar los unos en los otros si queremos que el plan resulte. Yo conozco bien a mi equipo, incluso a los que se están uniendo ahora. No importa lo desafiante que sea la tarea elijo creer en cada uno de ustedes.

—Tú como siempre poniendo al equipo en alto.

—Yo los seleccioné a casi todos. Y a los que no tuve la oportunidad de escoger puedo decir que estoy complacido con lo que aportan al equipo y estoy feliz de que peleen a nuestro lado.

—Cambiando de tema, capitán, tenemos tres puntos importantes en los que trabajar. Primero, nuestra incursión en el Silo 3. Sabes que es un viaje de ida. Segundo, Maxime a estas alturas debe saber que estamos en Londres y es sólo cuestión de tiempo para que empiece a merodear por aquí. Tercero, necesitamos un plan para distraer al personal del Silo 7 para que Richard pueda realizar la teleportación y tenga un mínimo de tiempo para recuperarse. Tenemos mucho trabajo.

—Son buenas preguntas, pero acabas de llegar. Descansa un poco. Luego nos reuniremos todos y analizaremos los posibles escenarios. Ahora quiero conversar con Richard. Lo más seguro es que no me recuerde. Han pasado unos días desde nuestro encuentro ajedrecístico en Francia.

—Su memoria ha estado fallando un poco, pero me sorprendió mucho que haya logrado recordar el circuito cuántico que vio en la pizarra de Alekhine.

—Sí, eso fue impresionante. ¿Le puedes pedir que suba?

—Claro. Yo voy a aprovechar para charlar un poco con los chicos.

Richard encontró muy bueno el café. Tenían una cafetera exprés que con facilidad alcanzaba los nueve «bar» de presión. También contaban con un buen grano con tueste alto, que le quitaba acidez mientras le confería cierto amargor. Molían el grano en un molinillo pequeño que tenían en la cocina justo antes de ponerlo en la cafetera, para preservar el aroma. La máquina hacía también una espuma excelente. Cuando estaba saboreando la espuma que quedaba en el fondo de su tasa apareció Andrea.

—Richard, K. te está esperando arriba. Está deseando conversar contigo.

—Yo estoy deseando conocerlo.

—Por supuesto —dijo Andrea.

Salió de la cocina y tomó las escaleras hacia el segundo piso. Al subir vio abierta la puerta de la primera habitación a la izquierda, que miraba hacia la calle. Al asomarse a la puerta vio una especie de oficina, con estantes llenos de libros, un minibar y un escritorio grande de madera color caoba en el centro. También había una pequeña mesa de ajedrez cerca de la puerta de entrada con todas las piezas ya ordenadas y un hermoso reloj para jugar a ritmo rápido. K. estaba sentado en una butaca al fondo cerca de la ventana, viendo la lluvia caer con un vaso de whisky en la mano. El capitán giró su mirada hacia la puerta y al ver al jumper se levantó y fue a su encuentro. A Richard su cara le pareció familiar en un inicio, pero en la medida en que se acercaba se dio cuenta de que no lo conocía de ningún sitio, al menos que él pudiese recordar.

—Richard, qué gusto tenerte acá con nosotros. Siento mucho por todos los problemas que has atravesado en las últimas setenta y dos horas.

—Ha sido una montaña rusa, pero al menos estamos con vida para pelear un día más.

—Gracias al Señor.

—Amen.

—Cuéntame, Richard, ¿cómo se te ocurrió ese plan tan osado de atacar Massachusetts?

—Yo no lo llamaría un plan. Fue la única idea que pensé generaría una oportunidad real de contraataque. Pero todavía tiene muchas lagunas. No sé si hablaste con Andrea acerca de esto, aún hay mucho por resolver.

—Es un gran plan, Richard. Y lo que falta por resolver no es tan complicado como parece. Déjame decirte algo. Es fácil hacer un movimiento correcto cuando tienes buenas opciones y estás atacando. Pero es muy difícil hacer el único movimiento correcto cuando estás bajo ataque.

—Suenas como jugador de ajedrez.

—Es difícil no ver a veces ciertos momentos de la vida como una partida de ajedrez. A veces eso ayuda mucho cuando no tienes idea de qué hacer.

—Me dijo Andrea que te gusta jugar. Supongo que ese tablero de la entrada es tuyo.

—Lo usamos todos. Lo podemos usar ahora si quieres.

—La verdad es que me vendría bien. La última vez que recuerdo haber jugado fue con Andrea en el tren rumbo a Roma y perdí tras jugar una siciliana.

—Bueno. ¿Qué estamos esperando? Juega esta vez con las blancas a ver si te va mejor que en la anterior.

—¿Qué vez anterior? Es la primera vez que nos vemos, ¿no?

—No exactamente. Jugamos en un parque en París. Pero es normal que no recuerdes. Yo iba un poco disfrazado y, además, tu memoria está hecha un lío en estos momentos.

Richard frunció el ceño y se esforzó por recordar, pero los días en París se le presentaban envueltos en una neblina de desmemoria, no recordaba nada de aquella partida en el parque.

—No recuerdo, supongo que perdí aquella partida, ¿no?

—Perdiste, pero fue una buena batalla.

—Es normal, últimamente pierdo todas las partidas, no recuerdo lo que es ganar.

—Nada nos enseña más que las derrotas, Richard, si sabemos aprovecharlas. Ahora tienes tu revancha conmigo, adelante. Juguemos una partida rápida de quince minutos, si te parece bien, no andamos muy holgados de tiempo.

—De acuerdo, maestro, puedes marcar el reloj.

Jugar con blancas también supone el reto de decidir cómo comenzar la partida. Richard planeaba proponer el ritmo del juego y salirse de los caminos más trillados que siguen tras mover el peón de rey. Por eso jugó el peón de dama a d4. Las negras tienen dos formas muy comunes de responder a esta apertura. La primera consiste en sacar el caballo del flanco de rey a f6, controlando la casilla de avance del peón blanco y evitando que pueda poner otro peón en el centro con e4. Esta respuesta con caballo a f6 suele llevar a diversas defensas como la Grünfeld, la India de Rey, la India de Dama, entre otras. La segunda respuesta consiste en jugar de forma simétrica, avanzando su peón de dama a la casilla d5, cortándole el paso al peón blanco en d4. Si las blancas deciden continuar con el peón lateral a c4, entraríamos en la icónica apertura del Gambito de Dama, donde las blancas entregan un peón a cambio de acelerar el desarrollo. Pero sus planes para K. eran un poco distintos. Tras decantarse, K., por la opción de avanzar su peón a d5, Richard jugó su alfil de casillas negras a f4, dejando planteado sobre el tablero el afamado Sistema Londres. No sabía si fueron las películas de James Bond o el hecho de estar en Londres, o un poco de las dos, pero le parecía una opción favorable.

Lo genial del Sistema Londres es que las blancas pueden jugar el mismo esquema para casi cualquier respuesta de las negras. Eso ayuda a no tener que memorizar muchas variantes. La partida siguió la línea principal. Las negras respondieron sacando su caballo a f6. Es increíble como el orden de los movimientos en ajedrez pueden llevar a escenarios muy distintos. Richard jugó su peón de rey a e3 para ir preparando el triángulo de peones característico del Sistema Londres. La idea de sacar al alfil primero es para que no quede atrapado dentro de la estructura de peones que se busca armar. Las negras atacaron el centro golpeando con c5. Richard agradeció que esta jugada no llegara al inicio, porque le hubiese sacado de su esquema. Defendió el peón atacado avanzando su peón a c3 y con esto ya quedó conformado el triángulo.

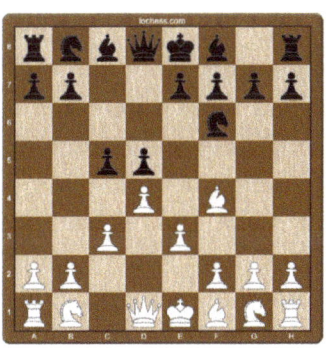

Siguieron las jugadas naturales de la línea principal y llegaron al medio juego sin que ninguno sacara ventaja sobre el otro. Una posición equilibrada. De repente, comenzó a escuchar un zumbido. Era un pitido que penetraba el oído. Le resultaba familiar, como si lo hubiese escuchado antes, pero no recordaba haber padecido alguna enfermedad que provocase Tinnitus. Igual continuó jugando y no fue eso, sino unas pequeñas imprecisiones lo que lo condujo a la derrota.

—Me sorprendiste con la apertura —reconoció K.

—Me pareció que eras un jugador sólido, así que no quise intentar ningún truco y preferí jugar una posición que me diese chances, pero sin arriesgar mucho.

—Pues me hiciste trabajar bastante. Quizás en una partida lenta hubieses llegado más lejos.

—La próxima será.

—Luces un poco preocupado.

—Lo estoy. Creo que Maximus se dirige a una trampa. Y tanto él como su tío van a morir por ayudarme.

—En primer lugar, no creo que mueran. En segundo lugar, si llegasen a morir no será por ayudarte, sino por ayudarse a ellos mismos. Es cierto que tienen una gran cruzada por delante, pero tanto ellos como nosotros conocemos al enemigo. Yo les compartí toda la información que tenía sobre Ian, la mano derecha de Kramnik. Si él cae, toda la operación de QuTE en Sicilia se desmorona.

—Cuando estábamos en el apartamento de Maximus lo vi guardar unas carpetas con documentos y fotos. ¿Eran tuyos?

—Probablemente. Me pidió que le enviase la información a Roma. Llevamos unos días trabajando juntos. No te hemos contado los detalles para no saturarte con tanta información. Pero créeme, todos vamos a pelear y no aceptaremos nada menos que la victoria total.

—Pero la caída de ese Ian va a concederle mucho poder a Maxime. Supongo que quedará a cargo de las operaciones allá.

—Supones bien. Pero Maxime es ahora nuestro problema y tendremos que resolverlo nosotros. Sabemos que ya está reuniendo un equipo para venir a Londres.

—¿Y estamos preparados? —preguntó Richard preocupado.

—Muy preparados —dijo K. completamente convencido—. Ve a descansar un rato. Puedes quedarte en alguna de las habitaciones de aquí arriba. Nos reuniremos a las 1900.

—Eso es a las 19:00 horas, ¿cierto?

—Cierto.

Maximus se reunió con los hombres de su tío en una casa segura a las afueras de Roma. De allí fue escoltado rumbo a Sicilia. Durante el trayecto Maximus debía probar el código que escribió para Richard. Para ello sólo necesitaba tomar un código de prueba, pegar ahí en algún lugar el circuito que había recordado Richard de la pizarra de Alekhine, y luego ver si su código era capaz de reemplazarlo. La tarea era más fácil de lo que parecía y la completó en el trayecto de Roma a Nápoles, donde hicieron su primera parada. Al comprobar que funcionaba bien se sintió aliviado y con ganas de comunicárselo a todos. Pero decidió no contactar a nadie. Era mejor no realizar llamadas o enviar mensajes que pudiesen delatar su posición o sus planes. «Para mis amigos no recibir noticias son buenas noticias», pensó Maximus.

El resto del trayecto debía pensar qué hacer con la información que le envió K. Tenía en su poder mucha información acerca de Ian. Su perfil psicológico, modus operandi, operaciones encubiertas, etc. Era un dosier muy bien elaborado y debía usarlo para acabar con él. Esa era su parte del trabajo. Su tío se encargaría de recuperar Sicilia pero, con Ian en el medio, la tarea sería demasiado difícil. Así que debía detener a Ian a toda costa, por la seguridad de su tío y de toda la operación. Pero ¿cómo haces para que una persona tan metódica, organizada, cero impulsiva, inteligente, que cuenta con un gran equipo tecnológico y de seguridad, cometa un error grave? Pensó en dos opciones. Primero, ponerlo en una situación difícil, de urgencia, súbita, obligándolo a pensar rápido sin que tuviera tiempo para consultar sus fuentes. Eso traía a su vez muchos problemas para Maximus. Por un lado, debería correr un riesgo alto para crear esa situación de urgencia. Por otro lado, como mismo Ian estaría obligado a pensar con apuro, Maximus estaría sujeto a reaccionar con la misma prisa, si no con más. En ese caso sería él quien pudiese cometer el error grave. La otra opción sería conducir a Ian por una serie de imprecisiones que lo fuesen dejando en una situación cada vez peor. Dado que esa era la metodología del propio Ian, sería difícil engañarlo en su propio juego. El otro problema era que esta idea tomaría mucho más tiempo. Maximus debía balancear el riesgo que estaba dispuesto a asumir con el tiempo que tenía para resolver este asunto. Quizás una combinación de las dos hipótesis podría funcionar. Tenía claro que en el trayecto de Nápoles a Sicilia no sería capaz de resolver el acertijo.

La llegada de Maximus a Sicilia el día 11 de junio de 2125 estuvo marcada por hechos deleznables. Los jueces comenzaron a liberar a prisioneros peligrosos con historial criminal basados en supuestas incongruencias en su procesamiento o en los procedimientos durante la captura. Claramente estaban sacando a sus cómplices a la calle para armar a su ejército de criminales. Los bancos comenzaron a ceder información sobre transacciones digitales a un pequeño grupo de la policía que estaba en la nómina de QuTE. Era obvio que estaban socavando información para saber a quién atacar. Las calles estaban llenas de manifestantes, supuestamente pacíficos de acuerdo con la prensa cómplice, que tenían como objetivo destruir, robar y sembrar caos. Muchísimos de ellos venían de otros países. Estaba claro que QuTE tramaba algo grande en Sicilia.

Maximus fue directamente a ver a su tío. Eran las 18:00 horas cuando su auto llegó a la entrada. Parisi lo estaba esperando.

—Joven Maximus, que gusto tenerlo acá con nosotros y ver que está usted bien.

—Gracias, Parisi. Las cosas estuvieron un poco complicadas, pero gracias a Dios todo salió bien.

—Alabado sea el Señor.

—¿Sabes dónde está mi tío?

—Lo está esperando en la oficina donde atiende los casos importantes.

—Está en la cocina haciendo pasta.

—Tú lo conoces.

—Voy para allá. Un gusto saludarte, Parisi.

Cuando Maximus entró a la cocina ya tenía su plato de espagueti servido junto a una copa de vino. Don Caruana estaba sirviéndose su plato. Primero echaba el espagueti y luego un cucharón de salsa por encima. La salsa ya tenía un poco de queso, así que nunca le ponía queso extra. Es más, le molestaba que alguien le pidiese. Es como si algo le faltase a su salsa, la salsa de su mamá que tanto los había alimentado a ellos. Mientras Don Caruana se servía, Maximus examinaba la botella de vino. No tenía etiqueta. Sólo un escudo grabado en el vidrio. No era el escudo de la familia Caruana. Tampoco el de alguna de las familias sicilianas. Era una manada de lobos. Al frente estaban los tres lobos más grandes y luego un poco más atrás otros cuatro lobos más pequeños, pero también en formación de ataque. Debajo del escudo se leía el número romano: «II». Parecía la enumeración de la botella, debía pertenecer a un lote muy selecto, de pocas botellas.

Don Caruana se sentó a la mesa con su plato y tomó la botella de vino para servirse un poco más. La botella se notaba casi por la mitad.

—Veo que comenzaste con el vino antes.

—La abrí para que se fuera oxigenando y, ya abierta, me animé a tomar un poco. Es una parte importante del proceso. Hace que fluya la receta.

—Supongo que no era parte de la receta original de la abuela.

—No. Es un toque más personal —agregó Caruana entre risas—. Este es un vino muy especial. Lo tenía guardado hacía tiempo para compartirlo contigo. Estaba esperando tu boda, pero no sé si llegue tan lejos. Así que hay que aprovechar el momento.

—¿Me quieres contar de dónde salió esta maravilla de vino?

—Después. Ahora quiero contarte qué sucederá en las próximas horas. Convoqué a las Familias. Deben llegar alrededor de las 20:00 horas.

—¿Crees que te van a ayudar?

—No lo sé, pero vale la pena intentarlo. Además, no sólo me ayudarán a mí, sino que se ayudarán a sí mismos.

—Tío, no creo que sea buena idea. Incluso creo que es una pérdida de tiempo. Aun cuando se unan no pueden pelear contra este ejército. Hay varios policías comprados, casi todos los jueces, algunos miembros altos del ejército, por no mencionar a todos los delincuentes que hay en la calle en estos momentos. Hay que ir tras la cabeza de la operación. Un tal Ian. K. me envió la información al respecto. Si lo eliminamos habrá desorganización, temor y lucha de poderes por la falta de liderazgo. Esa es nuestra única oportunidad. Sea lo que sea que tienes pensado hacer es una locura y los llevará a la derrota. No puedes pelear esta batalla en la forma que estás acostumbrado.

—Los malos no son tantos como crees. Son animales chicos, roedores, usando un juego de sombras para verse más grandes. Cuando empiecen a caer huirán los otros. No tienen la convicción ni el valor. Y nosotros seremos más. La gente buena recordará cual es la línea que divide el bien del mal y se unirán a nuestra causa.

—Pero tío, si estas fuerzas no reaccionan a tiempo nos van a desaparecer.

—Ay Maximus, eres joven y todavía tienes mucho que aprender de esta isla. Los sicilianos tenemos un manual para luchar contra los que nos quieren destruir.

—¿Un manual? —preguntó Maximus extrañado.

—¿Crees que este es nuestro primer rodeo? Nuestra sociedad está construida de forma tal que existen fuerzas para preservar el orden y los derechos. Esa es la primera etapa. Allí están nuestros buenos policías, nuestro gran ejército y los jueces que se encargan de que se haga justicia. Pero eso puede fallar, como está sucediendo ahora. Y cuando eso falla pasamos a la segunda etapa. Ponemos a resguardo a nuestros seres amados, aquellos que no pueden pelear, e inmediatamente pasamos a la tercera etapa.

—¿Hay una tercera?

—La más hermosa de todas: "IL CONTRATTACCO". Aquí es donde verás al enemigo temblar. Usaremos toda la fuerza de la isla y todos los medios para eliminar al enemigo. Los echaremos al mar. Porque sólo la victoria está permitida, la victoria cueste lo que cueste. Verás, la fuerza de esta isla no radica en su ejército o la policía, sino en la gente de bien. Ellos pelearán con sus vidas para protegerla. Cuando luchas para proteger lo que más quieres es ahí cuando la verdadera fuerza aparece.

Maximus quedó sin palabras. Su tío continuó.

—Ahora disfruta tu espagueti y de este delicioso vino. ¿Has hablado con tu madre?

—No en estos últimos días. No he querido preocuparla.

—Bueno, llámala en cuanto tengas oportunidad. Te hará bien hablar con ella. Despejarás un poco la mente.

Terminaron de comer en silencio y el señor Caruana se marchó a su oficina a trabajar en su discurso. Tenía una única oportunidad para sumar a las Familias a su causa. Maximus se fue a tomar una ducha. Luego en su habitación aprovechó para llamar a su madre. Tal y como lo había vaticinado su tío, a los pocos minutos de cortar con su madre ya se había dormido.

Lo despertó la llegada de los autos y el ajetreo para atender a los invitados. No podía creer que ya fueran las 20:00 horas. Se lanzó de la cama y, antes de abrir la puerta, reparó en su vestimenta. Un pantalón deportivo y la polera que usó después del baño no era la ropa adecuada. No quería pensar siquiera el enojo de su tío si lo viese aparecer con esas pintas. Hacía tiempo que no visitaba esa casa, pero siempre dejaba un cambio de ropa adecuado para estos eventos. En el closet tenía un traje negro, de una tela excelente. Nada de brillo o rayas como algunos pudiesen esperar. La camisa también era negra y la corbata gris grafito. Cuando encontró el traje se llevó una sorpresa. Alguien había amontonado la ropa, incluyendo su traje, y estaba un poco estrujado. Peor aún, se le había olvidado guardarlo en su bolsa para trajes y le habían salido unas manchas blancas, tanto al saco como a la camisa. Esto sí que era malo. Sin tiempo para ponerse a limpiarlo y luego plancharlo, no le quedó más remedio que buscar otra opción. Resultaba que sí habían guardado en una bolsa un saco color mostaza, junto a una camisa azul celeste. Esa combinación le hacía juego con cualquier pantalón y cualquier par de zapatos. Falto de otras opciones tendría que ir vestido de físico. Y sí, los físicos después de cierta edad como profesor en alguna universidad comienzan a vestirse todos de forma similar. Pantalón de tela, casi nunca jeans, que sea formal pero cómodo. Útil tanto para caminar por el campus de la universidad como para asistir a un examen de tesis de doctorado. Para la parte de arriba se usaba una camisa o una polera tipo polo, con cuello y botones. Finalmente, se dejaba en la oficina un saco color crema, mostaza, o negro, que combinara con el conjunto anterior para cualquier imprevisto.

Maximus no disfrutaba perder el tiempo navegando entre muchas combinaciones posibles de ropa. Aun menos disfrutaba ir de compras. Eso sí era tiempo perdido. Rápido se vistió y salió al patio trasero. Pasada la piscina había un pequeño techo sujetado por columnas de mármol esculpidas como guerreros romanos y troyanos. Las Familias estaban en posición. Su tío había dispuesto las siete sillas formando un círculo. Las siete Familias reunidas de nuevo. Sentados en las sillas estaban los jefes de familia. Parados detrás se situaban los respectivos consejeros. Era tradición, y sobre todo una decisión inteligente, que cada jefe de familia designara a un consejero. Este podía ser un miembro directo de la familia o en el caso de Don Caruana era Parisi, su amigo de absoluta confianza. Maximus a veces se preguntaba si su tío alguna vez pensó en nombrarlo a él su consejero. Aunque no tenía mucho sentido cuestionarse eso, pues su madre nunca lo hubiese permitido.

A dos asientos de Don Caruana estaba sentado Don Segré, acompañado de su hija, la única mujer consejero entre todas las Familias. Maximus conocía a Giorgia Segré del colegio. Entre ellos hubo mucho más que una relación juvenil. Pero habían dejado de verse cuando Maximus se fue a Roma a la universidad.

Parisi pidió a los guardias y escoltas que se alejaran hasta donde no pudiesen escuchar. Don Caruana tomó la palabra, dando inicio a la primera parte de la reunión, "La propuesta".

—Hermanos, una vez fuimos una sola familia, unida por el respeto, por el honor, por la confianza, los valores y la sangre de nuestros hermanos que fue derramada para que todos pudiésemos vivir en libertad. Porque fuimos nosotros, nadie más, los que destruimos a la Cosa Nostra, a los mafiosos de antaño que atemorizaban a ciudades enteras. Hoy, esa tarea vuelve a recaer en nosotros. Nosotros que pensamos que ya lo habíamos hecho todo, que ya nuestro trabajo estaba listo y que eran las nuevas generaciones las que tomarían esa responsabilidad. Sin embargo, a las puertas de esta dura tarea ya no estamos unidos como antes. Hemos sido infiltrados, divididos. Nos miramos con recelo, con desconfianza. Los débiles encontraron el camino para derrotarnos, para hacernos pelear entre nosotros. Hoy día somos políticos y no patriotas. Hoy día, incluso si nos unimos, deberíamos pelear desde una posición inferior, donde nosotros mismo nos dejamos poner. En estos momentos críticos me dirijo a ustedes con la humildad de un pescador, de un padre de familia que se levanta temprano para hacer el pan, de un hombre que trabaja al sol para cosechar sus uvas. No ambiciono más que ser libre, libre de señalar lo que está bien o lo que está mal, de vivir bajo las reglas de Dios y no la de los políticos, de criar a nuestros hijos y nuestros sobrinos según nuestros valores y nuestras creencias, y no las de una corporación internacional. Unamos fuerzas una vez más, y recordémosle al mundo lo que es luchar con honor por lo que es correcto. Volvamos a trazar esa línea indeleble que separa el bien del mal. —Don Caruana hizo una pausa para recuperar el aliento y, pasando la mirada por cada uno de sus invitados, continuó—. Estamos a punto de embarcarnos en una gran cruzada[3]. Los ojos de este hermoso país y del mundo estarán sobre nuestra isla. La esperanza y los rezos de los que aman la libertad marcharán con nosotros. No estamos solos. Nuestros aliados y hermanos en armas pelearán en otros frentes. Todos unidos le llevaremos nada más que la destrucción a la maquinaria globalista que pretende controlarnos. Eliminaremos la tiranía que atormenta a las buenas personas, y lo haremos a nuestra manera, a la siciliana. Les arrebataremos el control y nos aseguraremos de que nuestros descendientes vivan en un mundo libre. Y si la destrucción es nuestra suerte, debemos ser nosotros mismos su autor y ejecutor. Viviremos como hombres libres o moriremos en la búsqueda de la libertad.

---

[3] Esta parte del discurso está inspirada en las palabras del presidente Dwight Eisenhower antes de la invasión a Normandía el día-D, en aquel entonces comandante de las fuerzas aliadas.

Cuando Don Caruana terminó su discurso se hizo un silencio. El mensaje había llegado y ¿cómo no iba a llegar un mensaje así? La energía, el orgullo, la pasión creída extinta se había avivado como las llamas moribundas de una hoguera rescatada por el viento. Pero la norma dictaba que cada jefe debía retirarse a un sitio privado en compañía de su consejero para tomar una decisión respecto al voto. Si el mensaje se enfriaba en ese transcurso de tiempo entonces todo estaba perdido. Cada familia era libre de tomar su decisión, no era una votación de mayoría. Las familias tomaban las decisiones separadas para evitar que se crearan alianzas dentro de la unión.

Maximus estuvo a punto de aplaudir, y no fue el único. Nunca había escuchado a su tío hablar así. Todo encajaba, todo cobraba sentido. Aún seguía pensando que el plan de su tío tenía lagunas. Pero no sería él quien lo disuadiese de luchar por la libertad y los valores de Dios y del hombre. Él sería el viento. Ahora, más que nunca, entendió que la única forma de ayudar a su tío era deteniendo a Ian, de ahí en adelante todo lo demás fluiría.

Todos los jefes se retiraron a lugares privados que habían sido preparados por la familia Caruana. Tenían media hora para deliberar. La familia Segré se alejaba hacia su espacio cuando Giorgia Segré se dirigió a su padre, Don Segré, y luego se volteó y avanzó en dirección a Maximus. Estaba vestida de manera impecable. Su pelo negro recogido, chaqueta y pantalón negro, camisa blanca y unos zapatos de tacón alto. La chaqueta era larga, y resaltaba su figura esbelta. Entre tanto color oscuro sus ojos azules centelleaban como halos hechos de cielo. Al llegar donde Maximus, inició la conversación.

—Te voy a ser sincera, el discurso de tu tío fue bueno, muy bueno. Capaz de inspirar a todos, pero no tan bueno como para convencerme a mí.

—Giorgia, tanto tiempo. Me alegra ver que has estado bien. Tan hermosa como siempre. Giorgia, este es el momento para estar unidos.

—¿Unidos para participar en un suicidio masivo? No gracias.

—¿Pero es que acaso no ves lo que está sucediendo? Mira lo que ha sido de Sicilia.

—Lo veo, y no me gusta nada. Me da asco. Pero no me gusta el plan de tu tío.

—Pero si ni siquiera lo has escuchado.

—Ese es el problema. Debemos votar por algo que a todas luces parece que no va a funcionar.

—Esa es la tradición. Votamos por lo que es correcto. No importa el camino, sino la causa lo que nos une.

—Lo entiendo, pero es mi familia quien está en la línea.

—Va a funcionar.

—¿Cómo lo sabes?

—Porque me voy a asegurar de que así sea.

—Vas a tener que contarme un poco.

—No lo creo.

—Entonces adiós a tu voto. No voy a recomendar poner en riesgo a mi familia, menos si no soy yo quien se asegure de que funcione. No pienso dejar nada a la suerte. Mi papá tiene muchos contactos en la policía, si lo pierdes a él pierdes una de tus mejores piezas.

—¿Por qué siempre te las ingenias para salirte con la tuya? Este no es el colegio.

—¿Quieres ponerte a discutir eso? Te recuerdo que nos quedan sólo veinte minutos para decidir.

—Tú ganas. El plan de mi tío es el mismo plan que las Familias han ejecutado siempre. El único problema es que la persona que causó todo esto sigue aquí. Se llama Ian. Algo me dice que si no lo detenemos todo el plan estaría en serios problemas.

Maximus sabía que Giorgia sospechaba que algo no andaba bien. Ella lo conocía y podía intuir si él no estaba seguro acerca de algo. Así que su mejor oportunidad era ser sincero y esperar lo mejor.

—O sea que yo estaba en lo cierto. El plan tiene lagunas.

—Como las tiene todo plan de esta magnitud, Giorgia. Se nos agota el tiempo. Tú y yo podemos trabajar juntos para asegurar la victoria. No habrá secretos entre nosotros. No habrá ventajas ni dividendos. Esto lo hacemos por nuestra patria y nuestras familias. Yo estoy a bordo cualquiera sea tu decisión. Para mi tío y para mí no hay vuelta atrás. Pero contigo y tu padre no tengo duda de que la victoria estará de nuestro lado.

—Te creo. Pero no te puedo prometer nada. No obstante, sea cual fuese el resultado de la votación, quiero que te quedes y me cuentes todo con lujo de detalles.

Giorgia Segré se marchó donde su padre para tomar la decisión. Maximus sabía que la familia Segré era sumamente importante. Y Giorgia como aliada era un recurso valioso. A diferencia de Andrea no dominaba refinadas tácticas de combate o espionaje. Pero su agudeza mental y perspicacia no conocían rival. También era una mujer que sabía cómo controlar a los hombres, y no a cualquier tipo de hombres. Lidiaba todo el tiempo con hombres violentos. Desde que comenzó en el negocio con su padre su familia creció, pero sobre todo aseguró los cimientos, solidificó la estructura sobre la cual descansaría toda la operación de los Segré. Nada quedaba al azar. Ahora todo el futuro de Sicilia estaba en sus manos.

Junio 11, 2125. 19:00 horas. Londres, Inglaterra.

Estaban todos reunidos alrededor de la mesa del comedor, ubicada en el primer piso de la casa. El comedor no era grande, pero había espacio suficiente para todos. Sobre la mesa ovalada de madera había un mapa de la ciudad con varios puntos señalados. K. presidía la reunión.

—Vamos a repasar el plan. Si tienen alguna duda o sugerencia este es el momento. Maxime debería estar sobre nosotros en las próximas cuarenta y ocho horas. Nos separaremos en dos grupos. El primer grupo estará compuesto por Berg, Naka y Wesley. Ellos se encargarán de Maxime y sus agentes. El segundo grupo compuesto por Richard, Andrea y yo iremos al Silo 3. Maxime debe estar por llegar al Silo. Ese es su puesto de mando. No podremos hacer nada si él está ahí, así que nosotros mismos seremos la carnada para sacarlo. Cuando descubra nuestra posición vendrá en una caravana de tres o cuatro autos llenos de mercenarios bien armados. Desde el Silo puede venir a esta casa por dos caminos principales. Escogimos esta ubicación porque podemos hacer que cualquiera de estos caminos converja en este punto —K. señaló un punto en el mapa—. Aquí montaremos una grúa como si se tratase de un proyecto de demolición. Berg estará manejando la grúa y se encargará de aplastar los autos, sobre todo el de Maxime. Naka estará en el terreno como constructor guiando el tráfico. Tendrá granadas de humo para cubrir la salida. No intentaremos eliminarlos a todos. No en este momento. Habrá muchos civiles y lo que menos queremos es un tiroteo. Así que con el caos producido en la caravana de Maxime tendremos suficiente tiempo para que podamos hacer el salto en el Silo. Wesley se encargará de intervenir las cámaras y los semáforos para supervisar que los autos lleguen a este punto.

—¿Por qué no deslizar unas granadas bajo los autos? —preguntó Richard.

—Son autos blindados y para ocasionar algún daño necesitaríamos una buena explosión que pondría en riesgo a los civiles alrededor. Pero no te preocupes, este golpe nos dará el tiempo que necesitamos para la segunda parte del plan.

—Ok, perdón por la pregunta tonta.

—Cualquier idea puede llegar a ser buena. Así que no te limites en preguntar. La segunda parte del plan es el salto a Massachusetts. Tenemos un contacto adentro que se encargará del salto. Andrea sólo te acompañará hasta cierto punto, luego él se encargará de todo. Entrarán al Silo como el Dr. Dirac y la señora Fabia Pineta. El primero es un científico del Silo. Tenemos todas sus huellas biométricas, su tarjeta de entrada y lo estaremos monitoreando para que no pueda ir ni reportarse. No le pasará nada, es sólo que estará indispuesto por algunas horas. Andrea ha estado trabajando su personaje por algún tiempo ya, y es el de una ejecutiva de QuTE. Ambos deberían poder entrar sin problemas. Andrea se encargará de que así sea. Yo estaré afuera por si necesitan refuerzos. Vas a tener que maquillarte un poco, Richard, para parecerte a Dirac. Pero no te preocupes, que ya tenemos todo pensado. Por el lado de Massachusetts tengo otro contacto de confianza que es quien te estará esperando. Vamos a hackear la computadora principal y hacer saltar unas alarmas. Eso te debería dar tiempo para que realices el salto y te recuperes unos minutos. Debes saber que una vez que llegues al Silo 7 estarás por tu cuenta. Tienes que acabar con Lasker y con Steinitz. Cualquier información que les puedas sacar será de mucha ayuda para lo que viene. Adentro hay una buena cantidad de guardias. Así que esperamos que estas nuevas habilidades de James Bond realmente funcionen. También debes sacar a mi contacto con vida. Ya no podrá quedarse después de ayudarte con el salto.

—¿Y quién es?

—Lo sabrás cuando lo veas.

—Tengo una duda importante. Quizás ustedes no han experimentado ninguna teleportación, pero necesito tiempo para reacomodarme. La teleportación es inmediata pero el cuerpo y la mente necesitan tiempo para acoplarse nuevamente. Sobre todo, en la condición que me encuentro.

—Lo siento, Richard. No te pude conseguir mucho tiempo. Tampoco un arma. Y mi contacto no te podrá ayudar más allá del proceso del salto. Estás por tu cuenta. Pero sí hay algo que creo que va a funcionar.

K. hizo una pausa, como pensando lo que iba a decir a continuación.

—Verás, como te expliqué hace un rato esta no es la primera vez que nos vemos. Nos vimos en Francia, y jugamos una partida de ajedrez. Pero no te acuerdas de nada eso. Sin embargo, sí recuerdas el zumbido en el oído. Una especie de Tinnitus. Luego lo experimentaste nuevamente cuando jugaste ajedrez con Andrea en el tren. Finalmente lo volviste a sentir hace unas horas durante nuestra partida. Hemos estado experimentando contigo y siento mucho que hayamos tenido que hacerlo. Hemos inventado un dispositivo, que fue diseñado por nuestro contacto en Massachusetts, para crear puntos de recuperación en tu memoria. No sabíamos si lo llegaríamos a usar, pero era un buen seguro.

Richard se había quedado sin palabras. Trataba de entender lo que estaba sucediendo. K. continuó.

—Sabíamos desde tu salida a Francia que iban a tratar de experimentar contigo. Por eso quisimos dejar un rastro de migas de pan a tu memoria para que no se perdiese y así pudiese unir los puntos.

—La teleportación podría resultar en infinitos escenarios. Ustedes lo que intentaron hacer fue fijar algunas vivencias para poder enlazarme con mi historia real.

—Algo así. No estamos seguros de que vaya a funcionar, pero es nuestra mejor opción en Massachusetts. Nuestro contacto introducirá esas frecuencias en la teleportación, lo cual debería disminuir el tiempo que necesitas para recuperarte. Escogimos las partidas de ajedrez porque es un momento de mucha actividad mental y de concentración. Era la mejor opción para grabar el mensaje. Siento mucho que lo hayamos hecho a tus espaldas.

—No sé cómo sentirme. Tengo sentimientos encontrados. Estoy enojado, pero también agradecido.

—Vas a estar bien.

—¿Qué sucede si Maxime nos encuentra antes?

—Eso depende de nosotros. Pienso dejarle las pistas para que acuda a nosotros según lo planeado. Definitivamente nos pueden encontrar por su cuenta, pero no en menos de cuarenta y ocho horas. Y si eso llegase a suceder entonces lo adelantamos todo. Por eso necesitamos el código que te hizo Maximus. Naka lo llevará esta noche a nuestro contacto en el Silo 3 para estar preparados.

Richard sacó la memoria flash del bolsillo de su pantalón y la entregó a Naka.

—Por favor, cuídala bien. No tengo ninguna otra copia.

—No te preocupes, Richard. Todo saldrá bien.

—Andrea, continua tú —pidió K.

—Sí. Hemos dispuesto una casa segura en una hacienda a las afueras de Londres —siguió Andrea indicando en el mapa—. Vean bien las distintas rutas que pueden tomar para llegar. Los dos grupos iremos hacia allá cuando acabemos nuestras tareas. Es importante que estemos seguros de que no nos siguen. Si encuentran problemas en el camino diríjanse al barrio de Chelsea. Allí tenemos una casa segura con un túnel que les permitirá llegar al estadio del Chelsea. Si todo sale según los tiempos planeados habrá partido de «Champions League» y se podrán mezclar con la multitud. Hay camisetas del club en la casa.

—¿Me podrían guardar una talla L? —interrumpió Richard—. Es que soy fan del Chelsea.

—Veremos que se puede hacer, Richard, escucha ahora con atención. La zona de salto en el Silo 7 queda en el piso -10. La oficina de Steinitz está en el piso 4. Creemos que estará allí el día del salto. Generalmente pasa más tiempo en esa oficina que en la de la calle Main, donde lo viste la primera vez. Lasker debería estar en el -10. Elimínalos a ambos. Cuando salgas del edificio, que es el segundo del complejo, te dirigirás a una estación de bomberos que está al frente. Allí verás estacionada afuera una SUV negra, como las que usa QuTE. El chofer es de los nuestros.

—¿Qué pasa si hay varias SUV afuera a la vez?

—Entonces súbete a la única de donde no te estén disparando. La SUV es blindada, así que les permitirá pasar cerca del fuerte militar que hay en la entrada. Te van a llegar muchos disparos, pero el auto debe aguantar. Si no, improvisa. El chofer te llevará a Florida. Cambiarán varias veces de transporte en el camino. Tenemos una casa segura en Miami-Dade County. Allí podrás estar unos días tranquilo hasta que veamos qué hacer. Una última cosa —precisó Andrea—. Queremos sincronizar nuestra operación con la de Sicilia. En estos momentos las Familias deben estar deliberando si se unen a nuestra causa. Roguemos a Dios que Maximus y el señor Caruana lo puedan lograr. No obstante, cualquiera sea el resultado nuestra operación continúa.

Junio 11, 2125. 21:00 horas. Sicilia, Italia.

Las Familias comenzaron a volver y todos ocuparon su sitio. Una parte vital para asegurar el voto de algún indeciso es que los votantes que lo precedían votaran a favor. ¿Pero cómo estar seguro? Necesitaba que los primeros votaran que sí. Era imperioso. Maximus sabía que su tío pediría a la familia Rubbia el primero. Don Rubbia había sido siempre un fiel amigo y cercano a la familia Caruana. Un hombre de principios, de orden, de familia y de Dios. ¿Pero quién seguiría? La familia Rubbia era, entre las siete, la más pequeña. Ese voto no le daría a la propuesta la inercia necesaria. Sin embargo, sumar de segundo a la familia Segré podría ser decisivo. Después de la conversación con Giorgia, Maximus creía que Don Segré aceptaría, o que al menos estaría indeciso. Era un riesgo seleccionarlo entre los primeros para votar, pero valía la pena intentarlo.

Maximus caminó hasta la barrera de guardias. No podía pasarla, pero necesitaba comunicarle a su tío que Don Segré era otra opción. Caminó por el perímetro de guardias tratando de captar la atención de su tío. Cuando Don Caruana cruzó su mirada con la de Maximus, este último giró su brazo indicándole su reloj y luego con los dedos de las manos indicó el número nueve. Don Caruana entendió el mensaje. Miró a sus nueve y vio a la familia Segré. Sonrió por dentro. Su sobrino Maximus acababa de sacarle un gran peso de encima.

Don Caruana dio inicio a la segunda parte de la reunión, "La votación".

—Familias. Como lo exige nuestra tradición ahora votaremos a favor o en contra de ir a la guerra. Cada familia votará sí o no. De votar sí, se unirán a esta empresa proveyendo todo lo necesario para su ejecución. Aquellos que voten no, deberán mantenerse al margen. Tomar precauciones podría resultar en una señal de aviso hacia nuestros enemigos. Así que deben ser prudentes. Nadie será juzgado ni dentro ni fuera de esta mesa en base a su elección. Hoy llegamos como hombres libres y nos marchamos como tal. Familia Rubbia —exclamó Don Caruana.

—La familia Rubbia dice que sí —afirmó Don Rubbia levantándose de su silla—. Aceptamos ir como hermanos a la batalla. Y si esta quiere nuestro Señor que sea la última, entonces daremos una como nunca antes se ha visto.

Don Caruana asintió con la cabeza.

—Familia Segré —clamó Don Caruana.

La tensión se sentía en el ambiente. Aun cuando todos salvo Segré dieran el sí, su ausencia se notaría. Sus contactos en Sicilia y fuera de la isla eran fundamentales para tener una ventaja estratégica. Pero la duda venía por la hija, la consejera. Ella era fría como el acero. Ningún discurso la podía emocionar, ningún gesto la podía conmover. Era la dama de hielo de la mesa. Su mera presencia ya generaba inquietud. Se rumoraba que ningún hombre había tenido suerte con ella. Su único propósito era servir a la familia. No tenía distracciones. Una cazadora nata. La duda de todos era cuál sería su consejo para su padre.

Don Segré se levantó despacio de su silla.

—Antes de dar mi voto quiero decir que esta es la decisión más difícil que he tomado como jefe de la familia Segré. El imperio por el que yo he trabajado pende de un hilo. Si acepto unirme a esta empresa puede ser que al final no quede nada que pasarles a las nuevas generaciones, a mi hija. Pero tanto yo como mi consejero creemos que los Segré hemos luchado por algo más que construir un imperio. Hemos luchado por el honor, por la familia y por nuestro Señor. Mientras Sicilia siga desmoronándose, mi imperio quedará formado por los menos virtuosos, los ruines y los depravados. Esos viles dañados que con tanto orgullo pululan nuestras calles. Prefiero ser yo mismo quien queme el imperio hasta los cimientos antes de verlo deslucir así. Por tanto, la familia Segré dice sí.

Ahí comenzó el efecto dominó que Maximus estaba buscando. Cada familia que fue nombrada a continuación voto sí. Todos se abrazaron. La hermandad forjada antaño por la necesidad hoy volvía a surgir, sin diferencias, sin imperfecciones, sin fisuras y con un único objetivo: liberar Sicilia.

Los invitados comenzaron a marcharse pasado las 22:00 horas. Giorgia se acercó a Maximus. Antes de que Maximus pudiese agradecerle Giorgia lo interrumpió.

—Sé que tienes mucho que agradecerme. Pero no es el momento. Ya veremos cómo puedes devolverme este favor. Por lo pronto espero toda tu cooperación. Ahora me marcho con mi padre. Este es mi número y mi dirección —dijo entregándole un papel. Te espero en una hora.

—¿No sería mejor dejarlo para mañana? Han sido muchas emociones por hoy.

Giorgia se dio la vuelta sonriendo y se marchó. Ya de espaldas y después de avanzar algunos metros hacia la salida le recalcó— ¡una hora!

Después de irse Giorgia, Don Caruana se acercó a Maximus.

—Hoy me ayudaste mucho. No sé cómo convenciste a Don Segré o a Giorgia, pero definitivamente funcionó.

—Estoy contigo en esto, tío.

—Te quiero dar un consejo de padre. Cuidado con Giorgia. Más allá de que quiero a todos concentrados para lo que se viene, un paso en falso con ella puede ser muy complicado.

—¿Por qué lo dices?

—Has estado afuera mucho tiempo. ¿Hace cuánto no la ves?

—Desde un poco antes de irme a la universidad.

—Giorgia es una mujer increíblemente bella. Es como estar mirando a Elena de Troya. Pero su temple no es el de una mujer común. Es fría a la hora de tomar decisiones. No duda de sí. Si Don Segré hubiese deseado tener un hijo varón este no hubiese sido tan capaz. Ella descarta a todos los pretendientes como si nada. No muestra interés. Y mira que ha tenido opciones. De todos lados. Es alta, esbelta, su pelo negro contrasta con el azul de sus ojos. Pero su personalidad es un acertijo. Si logras una cita con ella lo único que compraste fue un ticket para nadar con tiburones blancos. Si te gusta ese tipo de emociones entonces puede que tanta belleza merezca el riesgo.

—Gracias tío. Lo voy a tener en cuenta.

A las 23:00 horas ya Maximus estaba en el edificio de Giorgia. Para poder subir tuvo que superar varios obstáculos. Primero el conserje y los guardias en el lobby, que no le permitían pasar hasta que la señorita Segré confirmara que lo podía atender. Segundo, un detector de metales y los guardias que lo registraron a él y a la carpeta que llevaba consigo. Cuando todo pareció estar bien, uno de los guardias lo acompañó al ascensor, sacó una tarjeta y tocó el botón del penthouse. Al parecer el botón no se activaba sin la tarjeta. No obstante, aun la puerta del ascensor no se cerraba.

—¿Está dañado el ascensor? —preguntó Maximus.

—Hasta que la señorita Segré no active el ascensor desde su apartamento este no sube. Es un doble sistema de seguridad.

Maximus temía que Giorgia lo quisiera castigar un buen rato allí en el ascensor. Sonaba a una de sus técnicas. Por suerte no tuvo que esperar mucho. El ascensor finalmente se cerró y comenzó a subir. El penthouse ocupaba el octavo y noveno piso. El ascensor se detuvo en el octavo. Al abrirse, dio paso a un recibidor amplio y muy bien diseñado. El piso de mármol, los espejos y las flores, las sillas para esperar, todo el conjunto se veía increíble. «Obviamente no fue Giorgia la que diseñó esto», pensó Maximus. Pronto apreció Giorgia. Se había cambiado de ropa. Llevaba ahora algo más cómodo. Un vestido negro de algodón ceñido al cuerpo y sujetado por tirantes. También había reemplazado sus zapatos por unas sandalias. Tenía el pelo suelto y le llegaba casi a la cintura. Se veía hermosa una vez más.

—Te atrasaste algunos minutos.

—Díselo al protocolo de seguridad que tuve que atravesar para llegar. Además, te demoraste un poco en activar el ascensor.

—Es que estaba dudando si dejarte subir.

—Eso pensé. Tú no cambias.

—Acompáñame.

Pasaron del recibidor a una sala, posiblemente una de las salas del apartamento. Tenía tres sofás blancos dispuestos alrededor de una mesa de vidrio y metal que yacía sobre una alfombra blanca de pelo largo. Un ventanal a lo largo de la estancia daba sensación de amplitud. Giorgia se recostó en uno de los sofás y el contraste resaltaba toda su figura. Maximus intentó no mirarla demasiado. Al lado de la sala había una cocina muy moderna, con una isla en el centro.

—Cuéntame un poco más sobre ese Ian —comenzó hablando Giorgia.

—Básicamente es el virus que usas para destruir las instituciones y los grupos que funcionan bien —continuó Maximus mientras se sentaba al frente—. Tiene muchas influencias, información, la tecnología y mucho dinero a su disposición. Ah, y, sobre todo, ningún decoro. Ningún respeto por la vida o la sociedad. Es un tipo aislado, metódico, frío, calculador y resentido. Sigue diversos métodos para infiltrarse. Se podría decir que escribió su propio manual, y todo está documentado en esta carpeta.

—¿Quién te dio esos archivos?

—Alguien que quiere lo mismo que nosotros.

—¿Entonces no quieres decirme quién es?

—¿Para qué necesitas esa información? Lo importante es que tenemos estos archivos y son confiables.

—Lo serán para ti. Yo no podría decir si son confiables si no confío en la persona que los documentó. Te recuerdo que fue tu tío quien nos mandó a llamar. Nosotros no pedimos su ayuda. Así que lo menos que puedes hacer es ser más abierto y compartirnos todo lo que tengan.

—Es lo que estoy haciendo ahora mismo. Pero no paras de poner problemas. ¿Es que no te fías de mí?

—Poco, la verdad. Espero que no salgas huyendo nuevamente cuando las cosas se pongan serias.

Siguió un silencio incómodo.

—No salí huyendo, y no lo voy a hacer ahora.

—Bueno entonces me vas a decir quién te dio esa carpeta.

—Mejor te voy a compartir lo que pienso hacer con esta información. Tengo un plan para atacarlo en alguna de sus residencias.

—¿Tienes a alguna persona infiltrada en su grupo más cercano?

—No

—Entonces tu plan es una mierda. Olvídalo. Nunca llegaremos a él a tiempo sin que todo un ejército nos lo impida. Además, debe tener una salida de emergencia en cada una de sus residencias. Tendría más sentido interceptarlo de camino a algún lugar.

—En uno de los archivos aparece que se mueve poco y cuando lo hace está apoyado por un grupo de escoltas bien armados.

—Seguramente con vehículos blindados.

—Sí. Este tipo vive pendiente de que lo quieran eliminar. Todo el rato mirando por encima del hombro.

—Debe haber hecho mucho daño.

—No tienes idea.

—Enviarle un paquete tampoco servirá. Pasará por muchos filtros antes de llegar a él. ¿En dónde trabaja principalmente?

—Se le ve con mucha regularidad en el Silo. Tiene una entrada privada sólo para él con acceso directo a las instalaciones más importantes del Silo. No es que podamos infiltrar a alguien en el Silo y que lo ataque en un pasillo. No obstante, no tiene días ni horarios fijos para ir. Creo que se esfuerza en hacerlo de forma aleatoria. Es como un fantasma.

—Entonces no podemos llegar al fantasma. ¿Cómo hacemos para que el fantasma venga a nosotros?

—Nunca vendría hacia nosotros a no ser que el lugar esté asegurado por sus hombres y nosotros en el suelo apuntados por varias armas. Ahí sería capaz de pasar a restregarnos su victoria. Pero no veo cómo podríamos salir de esa situación.

—Tengo queso y vino. ¿Saco un poco? Porque parece que vamos a estar un buen rato aquí.

—Buena idea. Pienso mejor con el vino.

Giorgia se levantó del sofá y fue a la cocina. Maximus se quedó sentado viéndola ir en su hermoso vestido negro. Tenía miedo de que Giorgia estuviese jugando con su mente. Claramente lo estaba haciendo, y él quizás en el fondo lo sabía. Pero hacía tanto tiempo que no la veía. Estar cerca de ella le producía una sensación que no había sentido con otra mujer. Sólo por estar con ella en ese momento y compartir una botella de vino se sentía muy afortunando. Pero le venían a la mente las palabras de su tío. Era un cuento de hadas del que no saldría vivo si no jugaba bien sus cartas. Pero sin duda merecía la pena el riesgo.

Giorgia lo sacó de sus pensamientos.

—¿Me ayudas con el queso o esperas que lo haga todo sola?

Otra mujer quizás pediría que escogieses el vino y abrieras la botella. Giorgia no. Sabía cuál era el vino que le gustaba y, si no fuese capaz de abrir la botella, entonces posiblemente le dispararía al corcho y diría que era una nueva forma de abrirla, nuevas tendencias. Entonces no tenía sentido para Maximus ofrecer su ayuda. Cuando llegó a la cocina encontró una cava de quesos al lado del refrigerador.

—¿Alguno en particular? —preguntó Maximus.

—Saca dos o tres. Escoge los más fuertes que estoy abriendo un tinto. Hay un parmesano mezclado con cheddar maduro que está bueno. Ponlos en una tabla que está por esas gavetas —dijo indicando con su mano de manera muy imprecisa las gavetas en el mueble de la isla.

—No sabes bien dónde está, ¿cierto?

—Cocino muy poco.

—Vas a tener problemas para casarte.

Los dos se echaron a reír. «Pobre del esposo, que no le cocinen será el menor de sus problemas», pensó Maximus. Giorgia sirvió el vino en dos copas mientras Maximus llevaba la tabla de quesos para la mesa de la sala y tomaba asiento.

—Cuando estuve escuchando el discurso de mi tío me vino a la mente la importancia de la unidad. Este tipo tiene como principal labor dividir a las personas. Por lo tanto, debe ser incapaz de mantener unido a su propio grupo, si no fuese por el miedo o el dinero.

—Una persona así no confiaría en nadie. Mantendría a su equipo algo fraccionado para que ninguno de sus tenientes pueda tomar el control de su operación. Además, todos desconfían de todos, así que ninguno creará alianzas internas para derrocarlo.

—Vaya mierda de equipo. ¿Y qué nos dice eso? —preguntó Maximus.

—Que su propia unidad está fracturada. Todos deben saber que son desechables e intentarán saltar del barco si ven que se hunde. Debemos encontrar a alguien lo suficientemente cercano a él y engañar a Ian, haciéndole creer que su teniente lo traicionó.

—Usualmente él envía a Maxime, uno de sus pares, para que se encargue de estos trabajos. Pero Maxime va camino a Londres. Entonces si la traición es alta el mismo Ian podría eliminar la amenaza para sentar un precedente. ¿Crees que sería capaz de ejecutar a uno de los suyos?

—Definitivamente. Creo que hasta lo disfrutaría. Esta gente no confía en los otros, pero sí tiende a castigar la traición. ¿Por qué lo preguntas?

—Estaba siguiendo tu línea de pensamiento. Ian no va a salir a combatir a los enemigos, pero si uno de sus aliados representa una amenaza, por las cosas que saben, entonces el menor motivo de sospecha sería suficiente para eliminarlo. Pero tengo la duda de por qué no lo enviaría a buscar con algún pretexto y lo eliminaría en su casa. Así no tendría que salir y exponerse.

—No. Estoy convencida de que no lo haría así. Eso sentaría un mal precedente para el resto. Si Ian va a casa de uno de sus tenientes quedaría como un valiente que no puede tolerar la traición y que no esperaría un segundo para ajustar cuentas. Por otro lado, si lo lleva a su casa quedaría como alguien calculador. Alguien que se puede tomar su tiempo para ver que le conviene más. Para el resto sería sospechoso de ahí en adelante una invitación a casa de su jefe. Una cena podría ser una sentencia de muerte. Así que irá a casa del supuesto traidor. Eso es lo que yo haría en su lugar.

—En ese caso, lo tendríamos yendo hacia un lugar donde lo podríamos estar esperando. Saldrá con una escolta personal y no rodeado de todo un ejército, buscando una ejecución rápida para no llamar la atención.

—Podríamos encontrar este blanco, uno de sus tenientes, es difícil, pero se puede hacer. ¿Pero qué es lo que podría hacer este teniente para que

Ian entienda que lo tiene que eliminar inmediatamente? ¿Tú conoces algún secreto?

—Ninguno. Si lo conociera hubiese comenzado por ahí.

—Entonces este es otro camino sin salida —zanjó Giorgia el asunto.

—No tan rápido. Si este teniente es cercano a Ian, entonces debe contar con información secreta. Información que Ian sólo ha confiado a algunos.

—Y que nosotros no tenemos —puntualizó Giorgia—. No la podemos usar como cebo.

—Pero sí la podemos usar para crear una duda.

—¿Qué vas a usar? No tienes esa información.

Maximus se quedó pensando unos segundos en silencio.

—¿Estás familiarizada con el método «zero-knowledge proof»?

Giorgia se quedó mirándolo igual que cuando estaban en el colegio. Siempre lo miraba y levantaba la ceja para hacerle notar que estaba haciéndole perder el tiempo.

—Acabo de tener un *déjà vu* —continuó Maximus—. Extrañaba esa mirada. En fin, este es un método de seguridad informática donde una parte, «el demostrador», pretende que una segunda parte, «el verificador», valide que el primero dispone de cierta información, pero sin revelarle dicha información. Yo sé que parece extraño al principio. Pero es muy usado hoy en día. Por ejemplo, cuando accedes a un sitio con tu contraseña. Tú no estás mostrándole al sitio directamente tu contraseña, simplemente estás probándole que tú tienes esa contraseña.

—Sigo sin entender. Esto es medio raro.

—Ok. Te voy a dar un ejemplo. Digamos que Bob tiene dos pelotas, una azul y otra verde. Alice es una amiga que no puede diferenciar esos dos colores. Para ella ambas son verde. Entonces cómo Bob puede probarle a Alice que en verdad una es azul si Alice, aunque quisiera, no puede ver esa información. Ella no tiene acceso a la información que Bob quiere probar. Aquí es donde entra el «zero-knowledge proof». Bob será el demostrador y Alice el verificador. Alice toma las dos pelotas, una en cada mano, y las pone detrás de su espalda. Ella de manera aleatoria irá cambiando las pelotas de mano y mostrándoselas a Bob. Después de la primera ronda, Alice sabrá por Bob que pelota tiene en cada mano y, aunque las cambie de mano, siempre llevará un registro de en qué mano se encuentra cada pelota. Digamos que Bob identificó la primera vez la azul en la mano derecha. Entonces según Bob la verde estará en la izquierda. Si las dos fuesen verdes, tal como Alice las ve, entonces Bob no podría identificar todo el tiempo la mano correcta donde está la pelota que él dice es azul. Sería como predecir siempre el lanzamiento de una moneda. Bob tendrá una probabilidad de 50% de adivinar en cada ronda la pelota que inicialmente identificó como azul. Pero si la pelota es azul y Bob dice la verdad, entonces será capaz de identificarla siempre y, tras varias rondas, Alice tendrá que aceptar que una pelota es verde y la otra es azul. Contrario a lo que le dicen sus ojos. ¿Qué te parece?

—Entretenido, pero no estamos en una clase de matemáticas. ¿De qué nos sirve esto? — preguntó Giorgia con expresión de cero interés en el método.

—Perdón, me dejé llevar un poco. Pero bueno hoy aprendiste algo nuevo.

—Oh, sí, mi vida cambió por completo. ¡Quieres acabar de decirme tu idea!

—Se me ocurre que Ian debe tener intervenidas todas las comunicaciones de sus tenientes más cercanos. Digamos que nuestro teniente es Bob.

Luego habrá otra persona involucrada, que todavía no sé quién será, quizás nosotros mismos. Esa es Alice.

—¿Y entonces quién es Ian en todo esto?

—Ian es el espía, que en computación suele llamarse Eve, por «eavesdropper». Este método no intenta evitar que el espía acceda a la información, eso sería un «zero-trust protocol». Que es un protocolo donde tú no quieres que absolutamente nadie acceda a la información. Volviendo a la idea original, se trata de que Alice verifique la información de Bob sin que Bob la muestre. No podemos compartir lo que no tenemos. Pero Alice violará uno de los puntos principales del método, la completitud. Alice no es honesta. Y le hará creer a Bob, y sobre todo a Eve, o sea Ian, que la prueba fue validada. Llevándolo a tu terreno, el teniente deberá convencer a una persona que tiene cierta información, pero que no la quiere revelar todavía. Esta persona le pedirá pruebas y terminará complacida con cualquier prueba que el teniente le envíe. Mientras tanto, Ian estará viéndolo todo y aunque no sabe qué información se intentará revelar a futuro, si estará seguro de que no quiere que se revele y tomará acciones. Lo que quiere decir que se apresurará a eliminar al teniente.

—O sea te has dado toda esa vuelta para plantar un engaño de los típicos, de toda la vida.

—Sí, pero a que no sabías que el engaño podía tener una base matemática.

—Normal, tampoco está tan claro.

—Sólo tengo que pensar en una prueba de verificación. ¡Ya lo tengo! Bob revelará algunas cosas muy rebuscadas que tengo en el material de K. y que tu gente de la policía irá a comprobar. Como Ian también tiene gente en la policía, podrá constatar que el canal de comunicación entre su teniente y la policía es real.

—¿Y cómo hacemos para que Bob, o sea el teniente, envíe esa información? Tendremos que acceder a la computadora o a la señal de *wifi*. Eso es difícil.

—No es tan complicado. Ellos no previenen las amenazas. Lo que hacen es actuar cuando las detectan. No van a tener un sistema muy avanzado. Piensa en los Estados Unidos. Todos los días descubren que alguien está intentando robar información. Pero los enemigos no la usan. Porque saben que no es lo suficientemente dañina para acabar con el país, y el intento puede costarles muy caro. Así mismo funciona QuTE. Y nosotros le vamos a demostrar que esa política no es buena.

—Ian no es tonto y sabe que ninguno de sus tenientes se arriesgaría a enviar un mensaje por canales que están intervenidos. Este teniente debe usar un celular con un número que no sea rastreable. Pero entonces no sé cómo Ian va a saber de quién es el celular que está enviando los mensajes a la policía.

—Por la localización. Ellos tienen la capacidad de triangular la posición de los celulares. No entiendo aún cómo lo hacen, pero así fue como nos encontraron en mi casa segura en Roma. No tengo dudas de ello. Están en todos lados. Tendrán la ubicación y por lo delicado de la información que se declara compartir, eso los llevará directamente al teniente.

—Todavía queda por resolver el problema de entrar a la casa o cerca de ella a enviar los mensajes. Luego hay que ver cómo entraremos a esperar a Ian.

—Bueno eso ya te lo dejo a ti. Es la parte más fácil. Toda la teoría está sobre la mesa. Tú sólo tienes que unir los puntos.

Ambos se miraron y sonrieron. Todavía faltaba una parte difícil, pero Maximus estaba seguro de que Giorgia encontraría la forma.

—¿Cuánto tiempo crees que tenemos? —preguntó Giorgia.

—Ahora comenzará la etapa de poner a nuestras familias a buen recaudo. Resguardar lo más preciado. Mientras eso sucede algunos ya irán orquestando el plan. Máximo cuarenta y ocho horas.

—Tengo una idea. Tendrás que dejarme la carpeta. Yo me encargaré de poner la trampa. Mañana mismo estará corriendo la pelota.

—¿Y qué hago yo mientras tanto?

—Lo que haces mejor, marcharte. Yo te llamo mañana cuando esté todo listo.

—Pero ni siquiera sabes quién será el blanco.

—Yo trabajo directamente con la policía de investigación. Si te digo que lo dejes en mis manos es porque no hay de que preocuparse. Supongo que cualquier información que necesite estará en esa carpeta. Y si esto no funciona entonces le hacemos una visita. Pero creo que va a funcionar. Los dos nos meteremos a la casa del teniente a esperar a Ian.

—¡Espera! Iré yo solo.

—¿Y quién te va a cuidar entonces?

—Muy graciosa. Me puedo cuidar solo.

—Esto es lo que hay, Maximus. ¿Lo tomas o lo dejas?

—Giorgia, no quiero ponerte en una situación de tanto riesgo. No quiero que nada malo te pase. El tiempo que pasé contigo fue el mejor que he pasado con una mujer. Lamento haberme marchado en la forma que lo hice. No sabía cómo despedirme y pensaba que alguien como tú no tardaría en encontrar a otro mejor. Mi mamá no me quería demasiado cerca de mi tío y por eso me pidió que fuese a Roma. Según ella era el sueño de mi papá. Debí haberme quedado cerca tuyo o pedirte al menos que fueses conmigo. Pero estaba inseguro. Me mordía la incertidumbre de que en algún momento tomásemos caminos separados mientras yo estaría renunciado a la oportunidad de irme a una gran universidad. No puedo cambiar lo que hice o lo que no hice. Pero ahora estoy aquí y quiero hacer las cosas bien. Lo que sentía por ti no ha cambiado en absoluto. Al contrario, ahora sé que eres muy especial. Si de algo te sirve, te pido perdón.

—Pues el universitario se equivocó —dijo Giorgia con tono fuerte y visiblemente afectada—. Porque nunca hubo otro. No llegaste a conocerme lo suficiente. Ya perdiste la oportunidad. Mañana te llamo para decirte como resultará este asunto, y agradece que esté considerando llamarte. Si todo funciona iremos donde este teniente los dos y yo misma terminaré con ese tal Ian. No lo hago como favor a ti sino para garantizar la seguridad de mi familia. Ahora vete, tengo cosas que hacer.

Giorgia se levantó del sofá y se fue hacia el ascensor. Tocó el botón repetidamente con vehemencia y se quedó mirando a Maximus que la había seguido. La señal era más que evidente. Maximus no quiso tentar más su suerte. Podía salir de allí con una bala en una pierna o en un brazo.

Capítulo 11

Final de alfiles del mismo color

Los FINALES DE alfiles de distinto color son conocidos por terminar en tablas. A cualquiera de los dos bandos le cuesta progresar ya que los alfiles no se ven, no chocan. Sin embargo, en los finales de alfiles del mismo color suele verse un ganador. Es una lucha encarnizada donde sólo uno puede reclamar la victoria.

Junio 13, 2125. 17:47 horas.

—Sicilia fue un movimiento interesante —continuó Steinitz.

—No cambies de tema.

—Sólo quiero que entiendas bien los hechos. Lo de Sicilia podríamos considerarlo una derrota para QuTE. ¿Pero estás contento con el resultado? Toda la destrucción ocasionada, jueces asesinados, jóvenes universitarios masacrados. ¿Todo para derrotar a una empresa? ¿No te parece que fueron muy lejos? ¿No ves el costo?

«¿Cómo se puede ser tan hipócrita?», pensó Richard. Pero antes de contestarle realizó su siguiente movimiento de pieza. Luego continuó la conversación.

—Ustedes no tienen vergüenza, siempre siguiendo el manual de los dictadores. Generan problemas, destruyen vidas, sociedades, países, y luego culpan a otros. Entonces cuando se hace justicia, ahí cambia el asunto. Los criminales que lanzan bombas molotov a la policía, que atemorizan a vecindarios enteros, que trafican, que roban, agreden y matan, resulta que ahora son jóvenes universitarios. Cuando la mayoría son delincuentes que ustedes han infiltrado en las universidades con el dinero de nuestros impuestos. Y que encima los profesores tienen que aprobarlos porque si no es discriminación. Los jueces, a los cuales les confiamos la justicia, descaradamente decidieron perseguir a todo el que se defendiese o alzara la voz en contra de estos criminales. Espera, la lista también incluye violadores y pedófilos. Que según la nueva «justicia» no son esperpentos con graves problemas mentales, de carácter y de voluntad. Ahora son simplemente diferentes. Interesante que la mayoría de estos jueces tenían guardaespaldas pagados por nosotros, mientras que el pueblo debía andar mirando por encima del hombro para no ser asaltado. Respondiendo a tu pregunta, estoy muy orgulloso de los sicilianos.

—La violencia va en círculos, Richard. Una vez que se responde con violencia se crea un precedente que las cosas sólo se pueden resolver por esta vía.

—Eso es lo más estúpido que he escuchado en mi vida. Seguro que hay mucha gente que lo cree, y por eso el mundo está patas arriba. Sí creo que la estupidez va en círculos. Hay par de generaciones que arreglan lo que echaron a perder las anteriores, pero luego llegan las nuevas generaciones y creen que ellos pueden tener éxito donde las primeras fracasaron. Y nos llevan nuevamente al desastre. La violencia la iniciaron ustedes. No hay forma de detener a los criminales si no es con prisión, separándoles de la gente buena, o usando su mismo lenguaje. Si lo primero falla porque los jueces resultan ser criminales también, entonces algo tendremos que hacer. Lo peor es no hacer nada o no hacer suficiente. Porque ahí envías la señal de que acabar con la vida de las personas en beneficio propio sale gratis. Entonces no sólo lo van a repetir, sino que muchos más vendrán a probar este estilo de vida. Todo en la vida tiene un costo, y ustedes pagarán por lo que han hecho.

—¿Como Ian? Asesinaron a un héroe. Un hombre que hizo mucho por la igualdad y la inclusión en su país.

—¿Ian? Menudo pedazo de mierda. ¿Conoces la novela «Granja Animal», de George Orwell? Bueno Ian era el cerdo más apestoso del corral. La única inclusión que hizo fue la de infiltrar criminales, mercenarios y mierdas como él en nuestras fuerzas armadas. Nos dividió y nos hizo más débiles. Su muerte, un regalo de nuestros amigos sicilianos.

—Hablas de altruismo, de justicia, pero te recuerdo que tus nuevos amigos son mafiosos. Son de peor calaña que aquellos que quieres combatir. Ahora eres parte de la Cosa Nostra.

—Nuevamente te equivocas. Sí fueron parte de la mafia en sus inicios. Pero fueron ellos mismo quienes acabaron con ella. Fueron ellos quienes frenaron el reclutamiento de niños para formar parte de bandas criminales. Fueron ellos los que acabaron con la violencia, el tráfico de personas, de órganos, drogas, etc. Todavía trafican con alcohol, medicamentos, armas y permiten el juego. Las armas, en primer lugar, son un derecho de las personas. Es la única manera de evitar que el Estado te diga lo que puedes o no puedes hacer. Encima, los delincuentes siempre están armados. Entonces cómo no lo van a estar las personas decentes que sólo quieren proteger a sus seres queridos. En esa misma línea, si queremos ingerir alcohol, jugar cartas o consumir medicamentos a un precio razonable, somos libres de hacerlo. Tú sabes perfectamente que son las farmacéuticas las que financian las campañas de los políticos para que, salga quien salga, ellos mantengan su monopolio.

Junio 12, 2125. Sicilia.

Sentados en la parte trasera de un Land Rover Defender, completamente blindado, Giorgia y Maximus iban camino a casa del teniente. El chofer y su copiloto eran dos de los mejores guardaespaldas de Giorgia.

La consejera de la familia Segré había llamado a Maximus al mediodía para informarle que la trampa había sido activada. Solo faltaba confirmar que Ian cayese en ella. Cerca de las 17:00 horas de ese mismo día, Maximus había recibido otra llamada de Giorgia diciéndole que Ian estaba preparando algo, posiblemente había caído en la trampa. Así que debían moverse a la residencia del teniente. Este último, había accedido a recibirlos y, de algún modo, allí esperarían a Ian. Aquello no parecía tener mucho sentido, pero Maximus esperaba que en el auto Giorgia le diese más detalles.

—Esto es lo que vamos a hacer —comenzó explicando la joven—. Tengo un contacto en la casa. Convencimos a este teniente de tener una reunión. Él no tiene idea de lo que sucede tras bambalinas. Entraremos a hablar con él. Luego tú y yo nos quedaremos hasta que llegue Ian. Tendremos que noquearlo o ponerlo a dormir, ahí veremos cómo se dan las cosas. Debajo de este asiento hay una mujer vestida igual que yo y con rasgos similares.

—¿Dices que debajo de este asiento hay una mujer? —exclamó Maximus asombrado.

—Sí. No te pierdas en los detalles y escucha. Mi contacto llevará el auto al estacionamiento interior después que nos bajemos en la entrada principal. De ese modo, antes de marcharnos haremos el cambio y los guardias de afuera no lo notarán. Solo verán una mujer que entró y luego se marchó, sin notar que no es la misma. Tú y yo permaneceremos escondidos en el garaje. Si nosotros tenemos un hombre adentro, Ian debe tener varios. Mi mera presencia confirmará sus sospechas sobre el teniente. Así que al marcharnos seguramente lo llamarán y le dirán que tiene vía libre. Así lo tomaremos desprevenido. Mis hombres estarán escondidos cerca por si algo sale mal. No sólo estos dos, muchos más.

—¿Cuando estemos en el garaje qué hacemos? No me traje las cartas —preguntó irónicamente Maximus.

—Muy gracioso. Esperaremos hasta que mi contacto nos despeje el camino para llegar al teniente. Sólo que esta segunda vez no le agradará nuestra visita.

—¿Me quieres contar un poco qué hace una mujer debajo de nosotros?

—Relájate, no es que esté sin oxígeno. Es una doble que tengo, como en las películas. Esto ya lo hemos hecho y funciona. Es útil cuando quiero estar en dos lugares a la vez. Además, allá adentro está muy cómoda. Sacamos los muelles, los cables, y está todo preparado para que una persona pueda ir allí. ¿Nunca leíste acerca de la ley seca en los Estados Unidos? En Tennessee les hacían a los autos un piso falso donde cabían varios niveles de botellas de whisky. Pero para poder ponerlas una sobre otra, tuvieron que hacer las botellas con boca ancha, como un cilindro. Tengo algunas en mi apartamento. «Ole Smoky» es una de las marcas que vende con este formato en honor a aquellos tiempos.

Llegaron a la casa. Era una de estas mansiones enormes con patio delantero en forma de círculo centrado alrededor de una fuente. Dos guardias custodiaban la formidable reja de hierro de la entrada. El contacto de Giorgia había advertido que se saltarían la inspección rutinaria para dejar pasar el auto lo más rápido posible. Giorgia bajó del auto en la entrada con uno de sus guardaespaldas. El chofer y Maximus siguieron en el auto y fueron guiados hacia el estacionamiento interior. Los dos grupos se volvieron a encontrar en el interior de la casa. La doble de Giorgia permanecía escondida en el auto. Tres guardias los guiaron a la oficina del teniente, ubicada en el primer piso de la propiedad. Antes de entrar a la oficina los guardias levantaron sus armas para apuntar a los visitantes. Los guardaespaldas de Giorgia intuyeron el movimiento y desenfundaron sus pistolas apuntando a su vez a los guardias. A Giorgia no pareció inmutarle la situación.

—Bajen las armas ahora —vociferó uno de los guardias.

—Eso no va a pasar —aclaró Giorgia con una calma impresionante para alguien que está siendo apuntada con un AK-47.

—Bajen sus armas o se va a poner malo esto —gritó un segundo guardia.

Giorgia abrió los ojos como extrañada por el tono.

—Si siguen gritando esto va a acabar mal para ustedes —aclaró la joven.

En el medio de la tensión el teniente abrió la puerta.

—¿Qué está sucediendo aquí? —preguntó.

—Estos que no quieren bajar sus armas —indicó uno de los guardias.

—Ya llevas dos strikes —le increpó Giorgia al guardia.

—¿Por qué no nos calmamos un poco? —pidió el teniente—. Señorita Segré, por motivos de seguridad no permitimos que entren armados a mi oficina.

—Tiene sentido —contestó Giorgia—. Yo no estoy armada. Tampoco lo está mi amigo —dijo señalando a Maximus—. Entraremos nosotros a la oficina. Mis hombres se quedarán afuera esperando, pero bajo ningún concepto entregarán sus armas. Usted me dice qué hacemos. ¿Tendremos la reunión o me voy por donde vine?

—Esperen todos afuera, solo la señorita Segré entrará a la oficina. No quiero escuchar disparos. Así que pueden bajar todos sus armas y esperar tranquilos.

Giorgia entró a la oficina sin siquiera mirar a Maximus. Eso lo dejó un poco preocupado. Temía que Giorgia pudiese estar jugando su propia partida, estableciendo alianzas como salvoconducto. Pero no tenía más remedio que quedarse afuera esperando y confiar en ella.

Giorgia salió de la oficina transcurrido una media hora. El teniente salió con ella y dio indicaciones para que los escoltasen hasta el auto. Los tres guardias iban de camino con el grupo, uno adelante y los otros dos en la retaguardia. El teléfono del primer guardia comenzó a sonar. El guardia tomó la llamada y se viró hacia Giorgia.

—Hay otro auto merodeando allá afuera. ¿Vienen con usted?

—Puede ser mi otra escolta que se siente impaciente por la demora.

—Ustedes dos vayan afuera a apoyar en la puerta —dijo el primero indicándole a los guardias de la retaguardia.

Los guardias tomaron otro camino y salieron hacia la puerta principal.

Giorgia, Maximus, los dos guardaespaldas y el guardia llegaron al estacionamiento interior. Maximus ya sospechaba que ese debía ser el contacto.

—De prisa, que no tenemos mucho tiempo —apuró el guardia.

El guardia abrió la puerta trasera del auto que estaba al lado del de Giorgia. Era el SUV del teniente, un Cadillac Escalade negro.

—Suban ya —volvió a apurar.

Giorgia y Maximus subieron al auto. Uno de los guardaespaldas se apresuró en sacar un pequeño bolso de mano del Defender y se lo pasó a Giorgia antes de que cerraran la puerta. Al mismo tiempo la doble de Giorgia salió de su escondite. En verdad eran muy parecidas, e incluso llevaban el mismo maquillaje y ropa. A través del vidrio negro del auto no había forma de diferenciarlas.

El Defender salió del estacionamiento y toda imagen de la parte trasera del auto se perdió en el negro de los vidrios. La ausencia del cuarto pasajero, Maximus, pasaba desapercibida.

Giorgia le hizo una seña a Maximus de mantenerse agachado en el asiento trasero y en silencio. Abrió el pequeño bolso y sacó dos Glock 34, cuatro cargadores, dos silenciadores, un teléfono satelital y dos dispositivos de audioescucha para colocar detrás de la oreja. Maximus alcanzó a notar un pequeño aparato como un detector biométrico que Giorgia guardó en su chaqueta. Ahora solamente había que esperar a que Ian apareciera. Mientras tanto, fueron colocando los silenciadores y el dispositivo de escucha. La doble se había llevado el celular de Giorgia, por si los hombres de Ian rastreaban el teléfono.

—¿Qué fue lo que sucedió con ese auto en la puerta? —preguntó Maximus.

—Una distracción. Pero no te preocupes que no están lejos y podrán comunicarse con nosotros o irrumpir en la casa si hace falta.

—¿Y qué estamos haciendo aquí?

—Esperando. Los hombres que pueda tener Ian acá le deben estar enviando un mensaje diciéndole que ya está el camino libre. Cuando mi contacto nos venga a buscar nos encargamos del teniente y le tendemos una emboscada a Ian.

—Me pudiste haber contado un poco más acerca de esta parte del plan.

—Mejor deja de hacer tantas preguntas. Trata de que no te maten y estarás bien.

El contacto de Giorgia regresó al cabo de unos cuarenta minutos. Tocó en el vidrio del Escalade. Giorgia abrió la puerta con la pistola en alto por si se tratase de otra persona.

—Ah, eres tú —dijo la joven—. ¿Ya estamos listos?

—Sí, señora. Ya eliminé a los dos guardias de adentro. Revisé sus celulares y uno de ellos envió un mensaje, pero estaba encriptado y no lo pude abrir. Pero con ese nivel de sofisticación sólo puede tratarse de un mensaje a Ian. Quedan los guardias de afuera. ¿Qué hago con ellos?

—Esos dejémoslos allí. Luego mis hombres se encargarán. No quiero hacer nada que pudiese alertar a Ian. Respecto a los guardias que eliminaste, ¿limpiaste todo y los dejaste escondidos?

—Sí, señora. No dejé rastro que los hombres de Ian pudiesen ver al entrar. Por otro lado, el teniente se fue a bañar, está en el segundo piso. Podemos movernos con sigilo.

—Llévanos con él.

Giorgia y Maximus siguieron a su contacto rumbo al segundo piso. Una escalera en el medio de la sala era la ruta principal, pero, por precaución, tomaron una ruta alternativa que era la escalera de servicio al lado de la cocina. Por fortuna ese día no había nadie encargado de la cocina y les tocaba a los mismos guardias ocuparse de la tarea. A diferencia de la escalera principal hecha en mármol, ancha y con curvas discretas, la escalera de servicio era estrecha, como una escalera de emergencia de un edificio pequeño. Siguieron la escalera hasta el segundo piso, todos con sus pistolas en alto. Abrieron la puerta y llegaron a un pasillo. A la derecha había tres habitaciones contiguas y, al fondo del pasillo, quedaba la habitación del teniente.

—Tenemos que movernos rápido —dijo el contacto—. Aunque se haya ido a bañar esta gente siempre está armada. Así que mucho cuidado. Si toco va a sospechar algo. Así que hay que entrar y disparar a todo lo que se mueva.

—Ese es mi lema —susurró Giorgia.

El contacto iba primero, detrás Giorgia, y Maximus se quedó cubriendo la retaguardia. La puerta de la habitación estaba abierta. Dentro había una especie de recibidor con dos butacas, un televisor, un escritorio pequeño y algunos closets. Pasaron el recibidor y entraron en el dormitorio, muy bien iluminado gracias a unos ventanales que iban de suelo a cielo y que dejaban pasar la luz de los reflectores de la entrada. Las cortinas estaban abiertas así que tuvieron que agacharse para que ningún guardia de afuera pudiese verlos. Había una cama grande tamaño «King», custodiada a cada lado por un velador con su lámpara. En la pared opuesta a la ventana, pasando la cama, estaba la puerta del baño. El contacto acercó el oído a la puerta y escuchó el sonido del agua de la ducha. Intentó abrir silenciosamente la puerta, pero estaba cerrada por dentro. Giorgia insinuó disparar al cierre de la puerta, pero su contacto la detuvo. Le aclaró que el teniente estaría, con mucha certeza, armado allí adentro. Él podría comenzar a disparar alertando a los guardias que estaban afuera y lo que es peor, a Ian.

Mientras esperaban, Giorgia recibió una llamada por el auricular. Uno de sus hombres le indicaba que había pasado una caravana de dos autos en dirección a la casa. Presumiblemente era Ian. Con Ian llegando y el teniente en el baño, se estaban quedando sin tiempo. Maximus también estaba escuchando con su auricular. Pero este tipo de situaciones le eran ajenas. No alcanzaba a procesar todo lo que estaba sucediendo. ¿Qué iban a hacer? No podían quedarse más tiempo en el dormitorio. Y por muy rápido que pudiesen llegar los hombres de Giorgia, necesitaban estar parapetados en alguna posición que pudiesen defender. No en el medio del dormitorio.

De repente, Giorgia encontró un plan. Un mal plan es mejor que ninguno. Giorgia sabía esto y siempre se adelantaba al resto. Prefería un mal plan de ella que un mal plan pensado por otro. Al menos con el primero mantenía el liderazgo. Giorgia le hizo una seña a su contacto y a Maximus. Ella se quedaría a esperar al teniente mientras ellos bajarían a tenderle una emboscada a Ian. Maximus y el contacto se retiraron en silencio. Giorgia se sentó en el piso, con la espalda recostada a la cama para no ser vista desde afuera, apuntando a la puerta que tenía a dos metros de distancia. Tendría una única oportunidad. Si fallaba, el teniente podría volver por su arma y todo el factor sorpresa se echaría a perder. Sin embargo, si Ian entraba con sus hombres y comenzaban los disparos, el teniente seguramente saldría con su arma en la mano y ese era un escenario que no quería ver. Se mantenía concentrada, con la vista y la pistola al frente, apuntando a la puerta que de un momento a otro se abriría.

Maximus bajó las escaleras, conducido por el contacto, y entraron en la cocina. Era la típica cocina grande con una isla en el centro y muchas sartenes colgadas del techo justo encima. Tenía tres puertas, la de las escaleras, la que usaron para entrar la primera vez, que conectaba con la sala, y otra puerta que llevaba a una bodega. Maximus vio como el contacto de Giorgia abría esta última y enseguida apareció un rastro enorme de sangre en el suelo. Al entrar vio a los otros dos guardias en el suelo. Al lado de ellos, recostados a una estantería de quesos, estaban los tres AK-47 que llevaban cuando les dieron la bienvenida. El contacto tomó el suyo y se lo puso en la espalda. Sacó el silenciador a su pistola y la guardó en la funda que llevaba en la cintura. Tomó uno de los dos fusiles que quedaban y revisó que estuviese cargado y sin seguro. Luego se lo entregó a Maximus. Registró los bolsillos de los guardias y sacó dos cargadores que le entregó a Maximus. Agarró dos de los quesos que había al final del estante y desenterró dos granadas, una de fragmentación y otra aturdidora.

—¿Cómo lo vamos a hacer? —preguntó Maximus.

—Una vez que entren a la casa van a disparar a la mínima sospecha. Así que debemos ser rápidos. Como tú entraste por el garaje te voy a describir un poco el lugar y lo que vamos a hacer. Pasada la puerta principal hay un recibidor bien grande, con algunos sofás, closets, libreros, etc. Ese lugar no tiene conexión con el segundo piso. No podremos disparar desde arriba. Junto al librero hay una puerta que lleva directamente al garaje. Esa será tu posición de tiro. A continuación del recibidor está la sala. Las dos habitaciones están conectadas por una apertura grande con forma de arco. Esa será mi posición. Desde allí dirigiré el fuego hacia el frente y al lado izquierdo de la puerta. Tú dirigirás el fuego por un lateral y al lado derecho de la puerta. Le pediré a uno de los guardias de afuera que espere junto a la puerta principal. El otro guardia permanecerá en la reja de la entrada. El primero los hará pasar y cerrará la puerta inmediatamente. Yo los recibiré desde la sala. Cuando vea que Ian entre al recibidor voy a arrojar la granada aturdidora porque explota más rápido. Cuando escuches la explosión sal y comienza a disparar a todo lo que veas. Toma la granada de fragmentación y después de varios disparos arrójala cerca de la puerta. Recuerda que Ian va a dejar algunos hombres afuera para cubrir la salida. Esos hombres luego van a entrar. Tu granada debe estar sincronizada con eso. También la explosión te permitirá correr hacia mi posición para subir al segundo piso con la señorita Segré y desde ahí defendernos hasta que lleguen nuestros refuerzos. ¿Todo claro?

—Creo, es difícil decir. Nunca he estado en esta situación.

—Yo nunca he estado en un trio, pero si me llegase a tocar seguro lo haría excelente. Vas a estar bien. La señorita me dijo que tenías experiencia con las armas.

—Sí.

—Entonces sólo abre bien los ojos cuando dispares. No tenemos mucho tiempo. Y no te olvides de lanzar la granada antes de que entren los guardias de afuera. Espera a que explote y corres hacia mí.

—¿Hay algún plan de respaldo por si algo sale mal?

—Elimina a Ian e intenta salir vivo.

—Un plan estándar, pero tiene sentido.

Ambos hombres se colocaron en sus posiciones. El contacto llamó a los guardias para dar las indicaciones en nombre del teniente. Debían llamarlo a él en cuanto llegasen los dos autos. No podía arriesgarse a que en la entrada llamaran al teniente y este ya estuviese en el otro barrio.

Los dos autos llegaron a la reja de la entrada. El guardia de la reja llamó al contacto para dar aviso de la llegada. Luego los autos entraron a la propiedad y se estacionaron alrededor de la fuente de la entrada. Maximus escuchó los autos desde el garaje y se apuró en compartir la información por el auricular. Esperaba que el teléfono satelital de Giorgia estuviese aun brindando cobertura para que los hombres de Giorgia que aguardaban en las afueras de la propiedad estuviesen preparados.

—Atentos, soy Maximus. La caravana de Ian ya está adentro de la propiedad. Prepárense para entrar en cuanto escuchen los disparos. ¿Giorgia, me escuchas? ¿Giorgia?

Giorgia estaba escuchando, pero no podía perder la concentración. Seguía apuntando a la puerta. Había escuchado un teléfono sonar dentro del baño y sabía que el teniente podía salir en cualquier momento.

Maximus se paralizó un poco al no escuchar la voz de Giorgia. Esperaba que estuviese todo bien pero no lo sabía a ciencia cierta. El sonido de la puerta principal al abrirse lo hizo enfocarse en la tarea que tenía por delante. Escuchó a lo lejos una voz saludando a Ian, ese era el contacto de Giorgia. Agarró con fuerza su arma. Sintió la tentación de revisar nuevamente si estaba cargada, lo mismo con su pistola. Pero recapacitó. Ya lo había revisado antes. Este era el momento de estar concentrado. Escuchó el estruendo de la granada aturdidora. Había llegado el momento. De aquí en adelante todo ocurriría en fracciones de segundos.

Maximus abrió la puerta y vio a los guardias desorientados, pero no tenía un tiro claro hacia Ian. Comenzó a disparar a los guardias que tenía más cerca hasta que encontró un tiro limpio contra Ian. Disparó y lo vio caer al suelo. Continuó disparando por inercia contra todo lo que veía en pie. Cuando vio al resto del equipo de Ian asomarse por la puerta, y aprovechando la cobertura que le ofrecía el contacto, lanzó la granada de fragmentación. La explosión le dio algunos segundos para moverse a toda prisa hacia la posición del contacto. Siguieron disparando algunas rondas y luego subieron al segundo piso.

Giorgia escuchó la primera explosión, seguida por los disparos, e inmediatamente el sonido de los pasos del teniente acercándose a la puerta. Así no era como lo había planeado. Sabía que debía ser certera en los disparos. La puerta se abrió hacia dentro y lo primero que vio fue el brazo derecho del teniente sosteniendo una pistola. Desde el suelo descargó dos disparos que impactaron al teniente en la zona superior derecha del pecho y en el hombro. El teniente se lanzó hacia atrás y comenzó a disparar a través de la puerta aun medio cerrada. Giorgia giró en el suelo sobre su lado izquierdo, se levantó y disparó dos veces hacia el baño sin asomarse a la entrada. El teniente continuó respondiendo con disparos que atravesaron la madera. Giorgia sabía que era necesario terminar el trabajo pronto para ir a ayudar a los otros. Así que disparó a los anclajes de la puerta hasta que la vio tambalearse. Agarró entonces la lámpara que estaba encima del velador y la lanzó contra la puerta. Esta se desplomó sobre el teniente que estaba acostado disparando desde el suelo. Giorgia aprovechó ese momento para asomarse y lanzar una larga ráfaga que impactó sobre la puerta levantando una lluvia de astillas. Escuchó un quejido y el fuego de respuesta del teniente cesó. La muchacha se acercó con cuidado y efectuó dos disparos más de precaución antes de patear la puerta para cerciorarse de que el teniente yacía muerto debajo de ella. El trabajo estaba terminado.

Dejó caer el cargador al suelo, lo remplazó por uno nuevo y salió corriendo hacia la entrada con el arma en alto. Se detuvo al sentir unos pasos que se acercaban por el pasillo. Cuando sintió los pasos justo al lado se asomó con su pistola que terminó tropezando con la frente de Maximus.

—¿Qué haces? —preguntó Giorgia, nerviosa—. Estuve a punto de dispararte.

—Vine a buscarte. Te estaba llamando, pero no me contestabas. No sabía si estabas bien.

—No te podía contestar. Las cosas adentro se complicaron un poco. Pero está todo bien.

Giorgia comenzó a hablar por su auricular.

—Atentos todos, entren ya y barran con todo lo que se encuentren en el camino. Estamos en el segundo piso. Muévanse rápido.

Luego se dirigió a Maximus.

—¿Dónde está nuestro contacto?

—En la escalera, evitando que los guardias del teniente y los guardaespaldas de Ian suban por nosotros.

—Vamos entonces a ayudarlo. Tenemos que aguantar hasta que lleguen mis hombres. En ese momento los atacaremos desde ambos flancos.

La escalera principal estaba justo a la mitad del pasillo. Ambos corrieron hasta allí para unirse a la pelea. Tenían que sostener la posición el tiempo que fuese necesario hasta que llegasen los refuerzos. De repente, escucharon una explosión por la entrada, seguida por una lluvia de disparos. Los hombres de Giorgia estaban haciendo su entrada triunfal. Probablemente habían volado la caseta del guardia y los autos de Ian.

—Van a intentar subir cuando se vean acorralados —aclaró el contacto de Giorgia—. Harán un movimiento a la desesperada. Me voy a cubrir la escalera de la cocina que está al fondo del pasillo. Tengo que contenerlos desde allí. Ustedes dos traten de buscar alguna cobertura.

Maximus vio un sofá de madera que estaba al lado de la escalera. Lo empujó con fuerza para voltearlo y usarlo como parapeto. Pero inmediatamente vio volar hacia él una granada que explotó en el aire. Era una granada aturdidora. Maximus cayó al suelo desorientado. Sintió los disparos un poco más cerca. Los hombres de Ian estaban subiendo. Miró hacia arriba y vio a Giorgia también aturdida. Parada donde estaba era un blanco fácil. Maximus reunió todas las fuerzas que le quedaban y se abalanzó sobre Giorgia tirándola al suelo con él encima como escudo. El impacto de tres balas en su espalda lo dejaron desmayado sobre Giorgia, que no podía moverse con Maximus encima. Volviendo en sí, Giorgia tomó la pistola de la cintura de Maximus y comenzó a disparar con las dos armas en la dirección de la escalera. Las descargas desesperadas de las dos armas impactaron en los dos primeros guardias y lograron detener al resto el tiempo suficiente para que sus hombres los alcanzaran desde abajo.

La pesadilla parecía haber terminado.

Los hombres de Giorgia apartaron el cuerpo exánime de Maximus y la ayudaron a incorporarse. Entre todos le quitaron la camisa al físico y descubrieron que llevaba un chaleco antibalas. No obstante, el joven seguía sin conocimiento y varios hilos de sangre dejaban un rastro carmesí en su espalda. Le sacaron el chaleco y le dieron vuelta para examinar las heridas. Sólo una bala había logrado penetrar en el omóplato derecho. Había que sacarla cuanto antes. Giorgia comenzó a zarandear a Maximus y a hablarle. El contacto de Giorgia trajo un paño con alcohol. El estímulo del alcohol en la nariz logró que Maximus empezara a reaccionar. Giorgia gritó: ¡Maximus!, ¡Maximus!

Maximus abrió los ojos y su mirada, todavía un poco perdida, encontró los ojos azules más hermosos del mundo. Giorgia tomó su mano con fuerza.

—¿Por qué hiciste esa estupidez? —preguntó entre lágrimas.

—Te dije que mi intención era quedarme —contestó Maximus con voz quejumbrosa—. Si me lo permites.

Giorgia había imaginado todos los escenarios posibles para su reencuentro con Maximus. Tenía estudiadas las acciones a tomar para que Maximus se arrepintiese de haberla dejado. Ella le había entregado su amor. Era el único hombre con quien había intimado. Pero él escogió marcharse. Ahora lo tenía enfrente, y era la única situación que no había premeditado. Lo odiaba, pero lo amaba. Y así debía sentirse el amor para algunos. Debía matarte un poco para sentir que estaba vivo. Se trataba de Giorgia Segré. Una mujer hermosa que vivía bajo sus reglas y que no tenía que darle explicaciones a nadie. Se abalanzó sobre Maximus hasta que sus labios chocaron con la fuerza de dos partículas nucleares que siempre debieron estar juntas.

Después de ese beso Giorgia secó sus lágrimas y pidió a sus hombres que ayudasen a parar a Maximus.

—Estas dos pistolas nos salvaron la vida —comenzó diciendo Giorgia—. Conserva la tuya en señal de esta unión.

—Mucho más práctico que los anillos —contestó Maximus intentando esbozar una sonrisa en medio del dolor.

Bajaron las escaleras y encontraron a Ian agonizando en el suelo.

—¡Tienes que salvarme! —dijo Ian—. Te doy lo que quieras. Puedo hacerte la mujer más poderosa de Sicilia y quizás del país. Tengo toda la información y el dinero que puedas necesitar. Pero apúrate y ayúdame.

Giorgia comenzó a sacar cuentas. Su mente estaba calculando como podría usar este nuevo recurso. Sus pensamientos fueron borrados de un tirón por el sonido de un disparo. Maximus había disparado a Ian.

—¿Qué haces? ¿Estás loco? Acabas de tirar por la borda el mejor recurso que hemos tenido.

—No. Acabo de salvar la unión entre las familias. Estabas a punto de caer en su juego. Eso es lo que él hace: dividir. Aun cuando te entregase todo el poder y muriese después, eso sólo llevaría a otras luchas internas entre las familias. ¿No lo entiendes? Llegamos pobres a esta guerra y debemos terminar sólo con pérdidas. Si terminas teniendo más recursos que cuando comenzaste entonces no ganaste, solo pospusiste la guerra. La guerra es devastadora incluso para el bando ganador. Pero la posibilidad de mirar al futuro y construirlo juntos es lo que nos hará crecer más fuertes.

Giorgia sacó del bolsillo de su chaqueta el lector biométrico.

—¿Y ahora qué piensas hacer? —preguntó Maximus.

—Ya que destruiste un número infinito de buenas posibilidades déjame al menos quedarme con sus huellas. No sabemos si a futuro necesitaremos colarnos en el Silo.

—Buena idea.

Junio 13, 2125. 17:50 horas.

Richard y Steinitz continuaban con su partida.

—Tenía entendido que Maxime estaba sobre ustedes —comentó Steinitz—. ¿Qué sucedió con él?

—La muerte de Ian fue algo beneficioso para Sicilia, pero en Londres nos trajo muchas complicaciones —respondió Richard.

—Lo dices por el cierre del Silo 3.

—Sí.

Capítulo 12

Jaque Mate

Junio 13, 2125. Londres, Inglaterra.

Eran las 8:00 horas cuando K. recibió una llamada mientras desayunaban. Habían preparado entre todos un desayuno londinense. Igual podría ser el último. Tenían las infaltables salchichas, huevos fritos —en lugar del típico desayuno americano de huevos revueltos con tocino—, tostadas, un poco de jamón y unos tomates Cherry que habían asado con las salchichas. Faltaron las papas y los frijoles, pero no se notó mucho su ausencia. La cara de K. al colgar denotaba preocupación.

—¿Qué ocurre? —preguntó Andrea.

—Algo sucedió en Sicilia. Parece que eliminaron a alguien importante para QuTE, quizás Ian.

—¿Y eso en qué nos afecta? —preguntó Richard.

—En que todos los Silos de la región estarán cerrados por seguridad. Eso incluye Francia, Italia y, por supuesto, Londres. Todo el que no sea personal imprescindible lo enviaron a la casa. Entre ellos está Dirac, el personaje que ibas a reemplazar, y también mi contacto allá adentro, que lo acaban de sacar del edificio.

—¿Qué vamos a hacer entonces, abortar?

—Si abortamos toda la atención se concentrará en Sicilia y nuestros aliados estarán en graves problemas. Además, nunca encontraremos una distracción como esta. Continúen con el desayuno. Necesito pensar un poco.

Fue difícil disfrutar del desayuno tras semejante noticia. Salvo Berg, que parecía que la noticia le había despertado aún más el apetito, ninguno pudo seguir comiendo. Transcurrieron quizás veinte minutos y K. volvió al comedor.

—Sé que lo que voy a decir cambia completamente los planes, pero es la única solución que veo. Y va a funcionar. Resulta que Maximus decidió dar un golpe por su cuenta para asegurar que la operación en Sicilia resultara exitosa. Eliminaron a Ian. Una jugada inteligente pero que desató las alarmas. Maximus está herido pero estable. Se pondrá bien. Sin Ian dirigiendo la respuesta de QuTE, Sicilia tiene grandes oportunidades de ganar. Todo comenzará en dos o tres horas. Ahora hablé con mi contacto en el Silo y él ya había dejado todo listo, incluido el código que le llevamos el otro día. Por lo tanto, hacer la teleportación será relativamente más sencillo. La haremos nosotros mismo. La única forma en que podemos entrar es con el pase de Maxime. Eso nos llevará por caminos menos transitados dentro del Silo y pasaremos desapercibidos. Al menos por un rato. Ahora mismo soltaremos la carnada y lo guiaremos hacia la casa segura a las afueras de Londres, la hacienda. Ese era nuestro punto de encuentro. Llegarán caravanas de autos que tendremos que eliminar. Pero de Maxime necesitamos sus huellas biométricas y cualquier llave o tarjeta de acceso. Entonces, Wesley dejará el señuelo para Maxime y se asegurará de que lo lleve a la hacienda. Berg, Naka y Andrea prepararán la emboscada allá. Pasen primero por la casa segura que está en Chelsea, ahí encontrarán explosivos y otros recursos. No tenemos tiempo de ir de compras, así que tendrán que arreglárselas con lo que hallen en las dos casas, más lo que tengamos acá. Richard y yo nos encargaremos de revisar el proceso de la teleportación. Nunca he hecho uno y necesito entender cómo funciona para que no haya errores. Mi contacto estará conectado con nosotros dándonos algunos detalles. Una vez que tengamos las huellas de Maxime y cualquier llave que lleve consigo, Andrea, Richard y yo entraremos al Silo. Berg, Naka y Wesley se encargarán de limpiar el desastre y esperarán en otra localización segura.

—Pero señor, el viaje al Silo sigue siendo sólo de ida —exclamó Berg—. Cuando se enteren de la teleportación tendrán a todo el servicio secreto encima.

—Improvisaremos. Pero es lo mejor que se me ocurre con tan poco tiempo. ¿Hay alguien que tenga una mejor idea?

Todos se miraron deseando que alguien tuviese alguna idea menos arriesgada. Andrea rompió el silencio.

—Estamos contigo en esto. Es una buena idea.

Se separaron en ese momento. K. y Richard se quedaron un rato más en la casa, mientras los demás se fueron a cumplir sus tareas. Cuando K. y Richard llegaron a la hacienda era cerca de las 10:00. Wesley aún no llegaba y el resto estaba preparando trampas y acomodándolo todo para lo que se venía. El tiempo era su principal enemigo.

Wesley llegó unos quince minutos después.

—Ya está todo listo —informó—. Nuestros invitados deberían llegar en una o dos horas.

—Excelente —dijo K. —. Eso nos da tiempo de tomar nuestras posiciones. Pasemos a la mesa. ¿Andrea, quieres explicarnos el plan?

—Por supuesto.

La mesa grande de madera tenía un plano de la propiedad. Era una casa antigua de dos pisos, estilo victoriano, hecha de madera y en medio de la nada. Encima de la mesa también había granadas, cuatro rifles AR-15 con munición .223 Remington, y pistolas Smith&Wesson M&P9 para cada uno. Berg llevaba en su espalda su preciada y siempre fiable escopeta Benelli M4 semiautomática.

—La casa tiene un túnel de escape que lleva a un camino secundario —comenzó explicando Andrea—. Al final del túnel, escondido entre árboles, hemos dejado el auto que usaremos para llegar al Silo. K. y Richard me esperarán en el túnel. En cuanto tenga las llaves y las huellas iré a su encuentro. Los autos de Maxime seguramente realizarán un bojeo de la casa, recorriendo sus alrededores antes de bajarse. Luego entrarán por distintos puntos. Hemos dejado explosivos en algunas posiciones claves. También hay explosivos en los alrededores de la casa. Quizás no sean capaces de penetrar el blindaje de los autos, pero sí los dejará un poco aturdidos. Encontré un dron que aún tiene algunas municiones. ¿Crees que podrás usarlo, Richard?

—Sí. He manejado alguno un par de veces.

—Este será distinto por el retroceso de los disparos. Si no lo puedes maniobrar o le disparan, no te preocupes. Es sólo un extra para que entren a la casa de prisa. Una vez dentro de la casa, Wesley, Naka, Berg y yo nos encargaremos. Ya tenemos nuestras posiciones asignadas y hemos preparado algunas trampas.

—Me parece excelente, Andrea —comentó K.—. Confío en que todo saldrá bien.

K. recibió una llamada desde Sicilia.

—Maximus, me alegra escucharte —contestó K..

—A mí también me da mucho gusto poder hablar con ustedes. Mi tío me contó que les causé un gran problema. Espero que puedas entender...

—Hiciste lo que tenías que hacer —lo interrumpió K. —. A veces las cosas no resultan como las planeamos, pero los cambios pueden ser para mejor.

—Gracias K.. Lamento no estar allí para ayudaros.

—Lo sé, pero ahora mismo tengo una misión para ti. Estás en el lugar indicado.

—Dime, lo que sea estaré feliz de ayudar.

—Enseguida te voy a contar, pero primero dime si ya está todo listo.

—Está todo listo aquí en Sicilia. La verdadera batalla está por comenzar. Por eso te llamaba. Quisiera que dijeras algunas palabras. Si hay alguien que puede dirigir un ejército ese eres tú. Todos en Sicilia e incluso en otros lugares del país estamos esperando.

K. tomó un respiro hondo. Se volteó hacia su equipo.

—Wesley, conéctame con nuestra gente en Suecia, en Sicilia, en Roma, y en todo el mundo. Que nos escuche incluso Maxime de camino acá. Eso lo desesperará un poco.

—Dame unos minutos —contestó Wesley.

Al cabo de tres minutos.

—Ya estamos listos, jefe —informó Wesley—. Puedes hablar por el celular. La señal no está codificada por lo que cualquiera te puede escuchar.

—Hermanos, hoy me dirijo a ustedes con humildad, pero con valentía. La vida me ha llevado lejos en un camino difícil que hoy me tiene ante ustedes. Años atrás nos prometieron prosperidad, seguridad, que todas las opiniones serían escuchadas y que la cordura y el sentido común primarían sobre los arrebatos y fanatismos. Pero todo eso ha sido desplazado, dejando en su lugar una dictadura. La más peligrosa de todas. Una dictadura mundial, orquestada por los no electos. Tenemos nuestros países invadidos por supuestos refugiados. El militarismo se apropia de nuestras calles. Ciertos personajes apelan a todas las formas de lucha en contra de sus propios vecinos. Los colegios siguen órdenes estrictas de adoctrinamiento y debilitamiento de nuestros hijos. Manifestaciones pugnaces se amontonan para amedrentar a las personas de bien. Los católicos, los cristianos y judíos vuelven a ser perseguidos. Las iglesias son quemadas usando viles mentiras como pretextos —K. hizo una pausa y deslizó la mirada sobre su equipo. Luego continuó—. En medio de todo esto cumpliré con esta tarea que me ha sido encomendada de coordinar nuestra lucha en una última batalla. No tengo más que ofrecerles que mi sangre, mi esfuerzo, mis lágrimas y mi sudor[4]. Tenemos ante nosotros una dura prueba de extrema gravedad. A partir de este día llevaremos nuestra lucha a todos los sitios que nos necesiten, por aire, por mar o por tierra. Lucharemos con toda la fuerza que Dios nos pueda dar en contra de esta monstruosa tiranía. No permitiremos que se pierda en la oscuridad un interminable catálogo de crímenes contra la humanidad. Nuestra meta es la victoria, la victoria cueste lo que cueste, la victoria a pesar de todo el terror, victoria, sin importar que tan largo y duro sea el camino. Porque sin la victoria, no sobreviviremos. Enfrento esta tarea con optimismo y con fe. Confío en que nuestra causa prevalecerá, pero eso sólo sucederá si podemos movernos juntos hacia adelante. Nuestra verdadera fuerza viene de Dios y de nuestra unión. Por eso, todos debemos salir y pelear. Y si la gran historia de los hombres y mujeres, de la virtud y del bien, está llamada a un final, entonces que termine con cada uno de nosotros sobre el suelo sin vida. Porque escogeremos morir luchando a ser esclavizados. Vayan con Dios, hermanos.

---

[4] Esta parte está inspirada en el famoso discurso del primer ministro británico, Winston Churchill, a la cámara de los comunes.

Cuando K. terminó de hablar, lo imposible parecía posible. La victoria estaba al alcance de la mano, solo había que tomarla. En Sicilia, sus palabras trajeron confianza, equilibrio y convicción. Maximus anticipaba esto. Había escuchado dos días a tras a su tío y pudo ver en primera fila el efecto de escoger las palabras correctas. El discurso había estado a la altura de los más grandes. Era como haber escuchado al mismísimo Winston Churchill. Un genio de la oratoria. Un hombre grande que entendía que las palabras eran su mejor arma. Sus palabras hacían más eco en los corazones de las personas que el estruendo de los cañones en los oídos.

—K., ya están por llegar —urgió Wesley.

—Todos a sus puestos —gritó K.—. Richard, agarra tu pistola y ven conmigo.

Cuando todos abandonaron la mesa Richard se acercó K.

—¿Señor, puedo decir algo?

—Más vale que sea breve.

—No puedo quedarme escondido como un cobarde. Yo sé que soy una parte importante del plan y que debo estar a salvo. Pero no puedo dejarlos solos. Son tres autos cargados de mercenarios los que se acercan.

—¿Me estás llamando cobarde, Richard?

—No señor, nada más lejos.

—Escúchame bien entonces. Estás subestimando a mis hombres. Cada uno por separado es el mejor en su terreno. Pero juntos, son una fuerza que nunca has visto. Se mueven como delfines en el agua, son fieros como leones, y como una jauría de lobos nunca abandonan a su compañero. Tú ves muchos mercenarios bien armados. Yo veo que enviaron demasiado pocos. Mis hombres han entrenado día y noche para momentos como estos. Y ese trabajo duro se verá reflejado hoy. Tú o yo aquí adentro sólo seríamos un estorbo. Así que te voy a preguntar algo soldado. ¿Me darás problemas con mi decisión o seguirás las órdenes?

—Ningún problema, señor.

—Así está mejor. Acompáñame que ya comenzamos a estorbar aquí.

Cuando llegaron los autos, Richard y K. ya estaban en el túnel. No podían ver lo que sucedía, pero mantenían contacto por radio con el resto del equipo. La instrucción era simple: una vez que Naka detonara una de las bombas, debería estar listo para volar el dron. A través de la cámara del dron podría ver lo que estaba sucediendo afuera. Pero sólo comenzaría a volarlo cuando los hombres hubieran descendido de los autos. El objetivo principal no era eliminarlos afuera, eso hubiese sido genial, pero difícil. Lo que buscaba Andrea era apurarlos para entrar. Que no se sintiesen seguros afuera. Los autos comenzaron a dar círculos alrededor de la propiedad cuando escucharon la primera explosión. Richard activó el control para encender las hélices del dron que se encontraba escondido en el techo.

—Richard, adelante con el dron —confirmó Naka por la radio.

Richard echó a volar el dron. Era como cualquier otro, salvo que contaba con una ametralladora pequeña calibre .22. Comenzó a disparar a los hombres que bajaban del auto un poco contusionados por la explosión. Para su sorpresa logró alcanzar a uno de los hombres de Maxime antes de que, los hombres que estaban en los otros autos, destruyeran el dron. No obstante, el objetivo principal se había cumplido. Todos se dirigieron deprisa hacia la casa.

Se escucharon disparos y algunas explosiones pequeñas de granadas. Todo el equipo mantenía una comunicación constante por radio. Estaban cronometrados como reloj suizo. Empezaron a barrer a los enemigos uno a uno. En algún momento de la contienda Naka gritó: ¡Granada! Acto seguido se escuchó la explosión.

—Andrea cayó, necesito apoyo en el punto eco —gritó Naka.

—Wesley, cúbreme. Voy en camino —dijo Berg.

—Toma la radio y trae a Andrea —ordenó K. a Richard—. No entrarás en combate. La irás a buscar al punto eco y la traes. No dispararás a menos que sea necesario. Berg ya debe estar allá.

Richard revisó el arma, tomó la radio y caminó por el túnel de vuelta a la casa. La entrada al túnel era una escotilla que quedaba debajo de una silla de escritorio. Estaba tapada por una de esas gomas rectangulares grandes que se usan para que las ruedas de la silla no rayen el piso. En caso de necesitar salir, el robusto escritorio frente a la silla brindaba cobertura. Salió del túnel rumbo a eco y siguió escuchando disparos. Pero ya eran menos. No quedaban muchos. También lo podía decir por la cantidad de cuerpos en el suelo. Llegó al punto eco y encontró a Berg peleando con Maxime. Estaban forcejando por el control del arma de Maxime. Al parecer Berg había atravesado la vieja pared de madera para sorprender a Maxime justo antes de que le disparara a Andrea. Levantó el arma para intentar buscar un tiro, pero todo iba muy rápido y Berg estaba en el medio.

—¡Llévate a Andrea de aquí! —gritó Berg, mientras lograba tirar al suelo el arma de Maxime.

Andrea estaba recuperando el conocimiento. Richard la cargó en brazos y salió hacia el túnel. Ayudó a Andrea a bajar. Ya podía apoyarse en el suelo.

—Espérame aquí, voy a ayudar a Berg.

—¡No! —dijo Andrea enérgicamente—. Sólo vas a estorbar. Déjaselo a Berg.

—No subestimes a Maxime, es una máquina. Berg necesita toda la ayuda que pueda tener.

—He visto pelear a Maxime. ¿Recuerdas el Palacio Real? He visto todo lo que necesito de Maxime y te aseguro de que no sabe cómo pelear contra Berg. Maxime está acostumbrado a ser el macho alfa. Es todo fuerza y empujar hacia adelante.

—Eso es lo mismo que sabe hacer Berg.

—Sí, pero nadie lo hace mejor. Por eso estoy tranquila. Baja antes de que alguno te vuele la cabeza. Esperemos un poco. Esto debe estar por terminar.

Maxime comenzó lanzando puñetazos a Berg. Era como una locomotora en movimiento. Berg retrocedió esquivando los golpes, pero lentamente, como estudiándolo. Cuando sintió que ya había cedido suficiente terreno empujó a Maxime contra la pared. Deslizó su pierna derecha hacia adelante hasta chocar con la de Maxime, y allí, cara a cara, a menos de un brazo de distancia, comenzó la verdadera pelea. Ambos hombres se golpeaban con furia. Maxime no podía retroceder, y Berg no lo tenía en sus planes. Fue él mismo quien quiso llegar a esa posición. Los golpes de Maxime sacudían el polvo del cuerpo de Berg. Pero los golpes de Berg podían espantar hasta el espíritu de Maxime.

Maxime fue el primero en ceder. Al ver a su rival perder por un instante la velocidad y el control, Berg concatenó varios golpes que hubiesen sido suficientes para desmayar a cualquiera. Pero Maxime era un poco más difícil que el resto. Al sentirse en desventaja, llevó su brazo derecho hacia atrás para sacar un cuchillo. Berg vio venir el movimiento y detuvo el ataque sujetándole el antebrazo con su mano izquierda. Luego lo golpeó en la nariz con su frente mientras deslizaba su brazo derecho hacia atrás para buscar su cuchillo. Aún sin soltar su antebrazo, y con Maxime un poco aturdido por el cabezazo, Berg encontró los puntos vulnerables que dejaba el chaleco de Maxime, y le asestó el golpe final con el cuchillo.

Ya no se escuchaban disparos. Andrea y Richard escucharon unos pasos que se acercaban a la entrada del túnel. Al ver que alguien levantaba la entrada apuntaron instintivamente, pero era Berg.

—Eh, tranquilos que soy yo.

—Sabía que lo lograrías —comentó Andrea.

Richard aun no lo podía creer. ¿Cómo podía Berg estar de una pieza después de una pelea con Maxime?

—Parece que al final te tomaste la revancha por lo del Palacio Real —fue lo único que alcanzó a decir.

—Sí, es bueno cuando se hace justicia.

Pronto se asomaron Wesley y Naka. Ambos con heridas de bala en brazos, hombros, en los chalecos, eran un desastre, pero estaban vivos.

—Chicos, tienen que moverse rápido —apuró Wesley—. Esto sólo les dará una ventana de tiempo muy discreta.

—Tomen —dijo Berg entregándoles un juego de llaves, una tarjeta de entrada y un dispositivo electrónico con las huellas biométricas de Maxime—. Esto es todo lo que tenía Maxime encima.

—Mejor vayan en los autos de ellos —sugirió Naka—. Logramos explotar sólo uno, así que hay dos operativos. Estas llaves se las saqué a uno de esos tipos —dijo mientras se metía la mano al bolsillo y sacaba las llaves de uno de los SUV—. Avisemos a K. para que salga por acá.

—Ya estoy aquí —dijo K. apareciendo por el túnel—. Buen trabajo, soldados. Estoy muy orgulloso de ustedes. ¿Andrea, puedes continuar?

—Sí. No es nada. El chaleco absorbió la mayor parte. Necesito sacármelo y descansaré de camino al Silo.

—Nos movemos entonces. Limpien un poco esto y no vayan a la casa de Chelsea. Puede ser que el enemigo ya sepa de su existencia. Mientras estaban peleando hice algunos arreglos. Irán a un hangar privado y de ahí volarán a Estocolmo.

—De ninguna manera —increpó Berg—. No los vamos a dejar solos.

—Berg, es una orden. Estaremos bien. Las coordenadas del hangar se las enviarán a Wesley. Estén atentos que esto aún no termina. Cuídense mucho. Si algo llegara a suceder, Fisher estará a cargo de todo. Nos vamos.

Los tres iban muy callados en el auto. K. manejaba, Andrea estaba sentado a su lado y Richard en la parte de atrás. Richard estaba impactado por los acontecimientos recientes. Sentía una mezcla de adrenalina y alivio de estar vivo. Habían sido muchas cosas que no sabía cómo describir. Pero Andrea y K. estaban tranquilos. Demasiado tranquilos. Entre ellos estaban jugando a algo donde cualquier palabra extra podía delatarte. Era muy extraño. Para aliviar el silencio incómodo, Richard prefirió entablar conversación.

—¿Podrías contarme algo acerca de tu contacto en Massachusetts? Quisiera saber quién me estará esperando.

—Ya lo conoces. Se llama Krzysztof. No sé si a estas alturas lo recuerdes.

—No me suena.

—Lo conociste antes de tu salto a Francia. No te preocupes, intentaremos salvar tu memoria. Esa es la razón por la que haremos esta segunda parte.

—Gracias, K.

—No tienes que agradecerme. Tú también has hecho mucho por nosotros. Ahora eres parte de la manada, y nunca dejamos a un lobo detrás.

—¿Cómo lo conociste?

—Krzysztof es un gran ingeniero polaco. Muy inteligente. Estaba trabajando para las fuerzas navales de los EE.UU. en un rol que desaprovechaba sus capacidades. Una vez necesité un trabajo suyo y sus habilidades eran brillantes. Yo pude verlo desplegar todo su conocimiento y hacer él solo el trabajo de todo un equipo. Pero hoy en día en la mayoría de los trabajos tecnológicos contratan a las personas por sus contactos, no por lo que realmente pueden hacer.

—¿Y por qué se quedó en ese trabajo si allí no lo valoraban? Se pudo haber ido a la industria.

—Exacto. Eso fue, precisamente, lo que me ayudó a convencerme y que me inspiró confianza acerca de él. La industria desde hace tiempo está coludida. Tienen sub-empresas de reclutamiento donde sólo llegas si perteneces al «credo». De allí entonces sacan a sus empleados. El hecho de que Krzysztof no haya salido de esos lugares y no fuese contratado hablaba muy bien de él. Tenía las capacidades, pero no los contactos. Tampoco las ganas de pertenecer a ese grupo. Así que lo recluté para que trabajase para nosotros. Cuando QuTE apareció en mi radar y se presentó la oportunidad, lo ayudé para que se infiltrase. Al principio no estuvo muy activo para no levantar sospechas, pero fue él quien nos llevó hasta ti.

—¿Entonces es de confianza?

—Sí lo es. Pero salvo recibirte allá en el Silo 7, no será de mucha más ayuda. Recuerda que estarás por tu cuenta. Además, quiero pedirte que lo protejas.

—Entendido.

—Ya estamos llegando —puntualizó Andrea—. No pares en la entrada principal. Sigue recto y luego gira a la derecha. Entraremos por la entrada secundaria. Toma la tarjeta magnética que le quitamos a Maxime. Puede ser que la necesitemos.

El guardia que estaba en la garita vio el SUV y abrió la puerta sin que tuviesen necesidad de mostrar nada. Entraron al recinto y luego bajaron por una rampa hacia el estacionamiento subterráneo. K. estacionó el auto cerca de una puerta de entrada al edificio principal.

—¿Cómo te sientes, Andrea? —preguntó K.

—Estoy bien. Estoy lista.

—¿Y tú, Richard?

—Un poco nervioso. No sé qué me espera del otro lado. No sé siquiera si llegaré bien. Tampoco sé cómo van a salir ustedes de aquí. Eso me tiene preocupado. Pero todo lo demás está bien.

—Deja que Andrea y yo nos preocupemos por eso. Cada uno tiene su misión y sus responsabilidades. Confiemos los unos en los otros. Estoy viendo una cámara sobre la puerta. En cuanto nos bajemos sabrán que estamos aquí. Así que debemos movernos rápido.

—Los Silos, sobre todo este y el de Sicilia, tienen caminos preferenciales para temas de seguridad o personas importantes —dijo Andrea—. Con todo lo que le quitamos a Maxime podremos tomar esa vía para llegar a la sala del salto.

—Andando —apuró K.

Bajaron del auto y caminaron hacia la puerta. Ninguna alarma sonó, pero el reloj ya estaba contando. Si no habían notado ya su presencia, faltaría poco tiempo para que lo hicieran. La puerta requería la llave magnética, pero, además, tenía un lector de huellas digitales y de retina. Berg había recopilado toda esa información con un dispositivo que luego le había entregado a Andrea. Así que lograron entrar sin problemas. Enfilaron por un pasillo privado que más adelante se bifurcaba hacia las oficinas principales y a la zona de salto. Tomaron la segunda salida. Todos llevaban las armas apuntando hacia el frente. Andrea de vez en cuando se volteaba para chequear la retaguardia. El pasillo se curvaba y, al final, terminaron frente a dos guardias bien armados que custodiaban el laboratorio; lo que llamaban la zona de salto. Dispararon rápidamente y abatieron a ambos guardias. Había un lector de tarjetas en la puerta. Andrea probó con la tarjeta de Maxime, pero no funcionó. Al parecer Maxime no tenía acceso al laboratorio.

—Richard, revisa a los guardias —ordenó K.—. Necesitamos otra tarjeta.

Mientras el jumper revisaba a los guardias, K. cubría el lado oeste, que era el pasillo por donde habían llegado. Por su parte, Andrea cubría el lado este. En esa dirección había tres o cuatro puertas y un ascensor al fondo. Las puertas correspondían a oficinas de servidores, IT, sala de planificación, energía, etc. Todo lo imprescindible para guiar y monitorear el salto. Pero ningún empleado salió al pasillo después de escuchar los disparos.

Mientras registraba al segundo guardia, Richard escuchó un sonido que realmente no quería escuchar en ese momento. Era el pitido del ascensor cuando acaba de llegar a tu piso. K. abandonó rápidamente su posición y se colocó frente a Richard para cubrirlo. Andrea se colocó detrás de una columna y, al ver la puerta abrirse, comenzó a disparar. K. hizo lo mismo.

—Más vale que encuentres rápido esa tarjeta, Richard —gritó K. sin dejar de disparar—. No los vamos a poder detener mucho tiempo. Si vienen por detrás estamos jodidos.

—¡La tengo! —exclamó Richard al encontrar una tarjeta en el bolsillo de la camisa del guardia.

Richard deslizó la llave por el lector y se abrió la puerta. Entró en la habitación, seguido por Andrea y K., en ese orden. Una vez adentro, K. le disparó al control de la puerta.

—¿Qué hiciste? —le gritó Richard—. Acabas de encerrarte aquí con Andrea.

Andrea se quedó pensando un momento. Luego se dio cuenta de lo que sucedía.

—Este fue tu plan todo el tiempo —le dijo a K..

—Sí. Es lo único que funcionará.

—Siempre he confiado en ti —respondió Andrea—. Si dices que es la única opción, entonces dime cómo puedo ayudar.

—Primero me vas a ayudar a enviar a Richard a Massachusetts. Luego, te enviaré a Sicilia.

—¿Qué? —gritaron Andrea y Richard al unísono.

—Resulta que Maximus tiene todos los accesos de Ian. Ya se infiltraron en el Silo 5 y te están esperando.

—No te voy a dejar solo. Ni lo sueñes.

—Escúchame bien. Es una orden. Si te quedas aquí conmigo te usarán para hacerme hablar. Si te vas, soy invencible.

—¿Cuándo planeaste todo esto? —preguntó Richard.

—Desde que cambiaron las cosas con la muerte de Ian.

—O sea, pensaste todo esto desde el principio. ¿Por qué no dijiste nada?

—Porque Andrea estaría desconcentrada pensando en un plan alternativo, cuando este es el mejor plan. Estamos perdiendo un tiempo preciado.

Los guardias ya estaban amontonados en la puerta intentando entrar. Faltaba poco para que la echaran abajo.

—Richard, ayúdame a prepararlo todo. Se supone que el circuito de Maximus ya fue cargado, así que lo que sigue es el procedimiento estándar.

Richard ayudó a K. a preparar las cosas que faltaban.

—Ya que estamos aquí quisiera preguntarte algo —dijo Richard.

—Adelante —alentó K..

—¿Qué significa WPS? Llevo mucho tiempo preguntándome eso.

—Es sencillo. Representa lo que estamos haciendo ahora, defendiéndonos y poniéndonos de pie en contra de la tiranía. Por sus siglas en inglés: «We the People Stand».

—Pensaba que sería algo más complicado.

—La belleza está en lo simple. Recuerda que debe ser algo que entendamos todos.

—Toda la razón.

Richard subió a la cama cuando terminaron. Era más bien como una cámara futurista. Eso pensaba antes. Ahora le parecía un ataúd con luces. K. ya estaba al otro lado de la habitación a cargo de los controles de salto. Andrea estaba a su lado conectando las mangueras que usaba la máquina. Una con nitrógeno y otra con helio líquido. El primero era más barato y se usaba para alcanzar bajas temperaturas, alrededor de -322 ºF (unos -196 ºC). Luego, el helio permitía llegar a ultra bajas temperaturas, alrededor de -453 ºF (unos -269 ºC). A esta temperatura se conseguía disminuir considerablemente los ruidos cuánticos, especialmente aquellos de origen dinámico, ya que las moléculas quedaban con muy baja energía cinética.

—¿Estás listo? —preguntó Andrea a punto de cerrar la tapa de la cámara.

Sus rostros estaban tan cerca que Richard se lanzó y la besó. No resultó como esperaba; Andrea lo golpeó en el pecho.

—¿Qué haces? —gritó.

—Interpretando a James Bond.

—Pero ni siquiera has hecho la teleportación.

—Me estoy metiendo en el papel. Método Stanislavski. A ver si vamos más al teatro.

—Tienes suerte de que no te puedo golpear más fuerte.

—Me preguntaste si estaba listo, ahora lo estoy.

Se recostó y cerró los ojos.

Jaque Mate

Junio 13, 2125. 16:00 horas.

Richard despertó en su casa de Santiago de Chile. Todo era oscuro. La ventana del cuarto dejaba entrar muy poca luz, pero dejaba entrever la hermosa cordillera nevada, bañada en un tono azulado arriba y naranja abajo. Tenía que hacer algo. No recordaba qué era, pero se había despertado por algún motivo. Se quedó un minuto más mirando la cordillera y se concentró en sólo una cosa: respirar. Un aire de paz inundó sus pensamientos. La agitación que tenía al despertar se había desvanecido.

Un zumbido lo sacó de su tranquilidad. Instintivamente alzó el brazo como buscando algún interruptor, algo que hiciera parar ese sonido. Se sentó en la cama. Restregó las manos por los ojos y, al abrirlos, pudo ver mejor su antiguo dormitorio. El piso de madera clara a juego con el closet. El techo inclinado y bajo que le provocaba dolores de cabeza. Recordó una vez en que se golpeó muy fuerte después de levantarse rápidamente y no reparar en la altura. Volvió a escuchar el zumbido, pero parecía proceder desde afuera de la habitación. El segundo piso de la casa tenía tres habitaciones y un baño. Al abrir la puerta la escalera quedaba al frente, a la izquierda el baño y a la derecha las puertas de los otros dos dormitorios. Entró al primero. También estaba oscuro. Esta vez las cortinas de la ventana estaban cerradas. Vio una pequeña mesa en el centro de la habitación con un tablero de ajedrez encima. El tablero se iluminaba con luz propia en medio de la oscuridad. Las piezas no estaban organizadas. Era como si alguien hubiese estado jugando. Miró más detenidamente y entendió la posición. Era la defensa francesa, variante Winawer. El zumbido en su oído se detuvo y el tablero pareció reaccionar a sus pensamientos. Pero en vez de mover las piezas, las casillas comenzaron a moverse en una danza formando imágenes en tono sepia. Reconoció la torre Eiffel, estaba en París. Luego vio una plaza y varias mesas de ajedrez. Todas estaban vacías excepto una. Había un caballero esperando un compañero para jugar. Quizás lo esperaba a él. También vio a alguien en un bar. Tenía barba, era fuerte, y llevaba una camisa hawaiana. El zumbido volvió, pero mucho más fuerte. Debía revisar el último dormitorio. Salió corriendo hacia el otro dormitorio, un poco más chico que el anterior. Estaba igual oscuro, con las cortinas cerradas. Al lado de la ventana había un pequeño escritorio con varias fotos. Una de una hermosa chica en una discoteca. Otra del mismo caballero sentado en la plaza frente a la mesa de ajedrez. También había fotos del tipo de la camisa hawaiana, junto a otros que parecían científicos, pero ninguno de ellos le daba buenas vibraciones. El zumbido se hizo aún más fuerte y las paredes comenzaron a crujir. Era un terremoto. Bajó lo más rápido que pudo las escaleras hasta el primer piso. Sabía que tenía poco tiempo antes de que llegaran las ondas fuertes. Ahí ni siquiera podría sostenerse en pie. Los techos comenzaron a oscilar a distinta frecuencia con respecto a las paredes. Daba la sensación de que estas se despegarían en cualquier momento y el techo colapsaría. La puerta principal estaba atravesando el comedor, la podía ver desde la escalera, solo tenía que correr rápido. Intentó correr lo más rápido que pudo, pero, además de tambalearse, no avanzaba todo lo deprisa que hubiese querido. Cuando logró alcanzar la puerta giró la manilla, pero la puerta no abrió. Se había quedado atascada. El piso comenzó a remecerse con una fuerza descomunal. Se agachó porque no podía sostenerse en pie. Miró hacia el comedor y vio la mesa destruida. Las patas habían cedido y el vidrio estaba por todo el piso. Los estantes de la cocina estaban todos abiertos. Los platos y vasos saltaban al suelo como si de un concurso de clavados se tratase. De pronto, todo acabó igual de brusco que como comenzó.

Finalmente pudo destrabar la puerta a tirones. Cuando salió solo encontró arena bajo sus pies. Era una arena oscura, casi negra. Agarró un puñado en sus manos y vio que estaba mezclada con cenizas. Alzó la vista y vio frente a él un volcán. Estaba cubierto de nieve y en la cima se podía ver el aliento rojo de su actividad. Estaba descansando, pero estaba vivo. Los separaba un enorme lago de aguas negras. Reconoció el lugar. Ya había estado allí otras veces. Se encontraba en Pucón, Chile, y tenía al frente al volcán Villarica. Volvió a escuchar el zumbido. Lo veía. Viaja sobre el agua como una onda. Las ondas emanaban de una roca en el centro del lago. Tenía que llegar allí. Se adentró en el agua, hasta las rodillas, y comenzó a sentir que el calor escapaba de su cuerpo. Era sin duda el agua más fría que había sentido.

Debía nadar hacia el centro del lago, y debía hacerlo a toda prisa. No lo pensó dos veces y se sumergió. Súbitamente, sintió todos los músculos de su cuerpo contraerse. Debía llegar rápido pero también ahorrar energía. Comenzó con la primera brazada, luego la segunda y vinieron a su mente las clases de natación. «Siempre en la segunda brazada intenta deslizarte por el agua», decía su maestro. «Aprovecha las ventajas del agua. Aquí puedes avanzar sin hacer tanto esfuerzo», decía él. «Y siempre recuerda respirar».

Llegó a la roca. Fundido en la cima había un tablero de ajedrez. El tablero parecía hecho con lava que brotaba por la piedra. Las casillas, en vez de tener los típicos colores madera, eran blancas y verdes. Las piezas estaban organizadas en sus casillas de origen, como dos ejércitos a punto de enfrentarse. Después de mirarlo por un minuto las piezas comenzaron a moverse. Al cabo de unas pocas jugadas se había llegado a una de las posiciones típicas de la defensa siciliana, la variante Najdorf. El tablero, como en una especie de conexión telepática con él, comenzó a mover las casillas y a proyectar imágenes. Había un palacio, armas y dos grupos que peleaban entre sí. Luego una hacienda, un bote, un tren rápido. Había una mujer hermosa. Era la misma de la discoteca. Después vio a un profesor y una pizarra con ecuaciones y circuitos cuánticos. Todo le comenzaba a resultar familiar. De repente, sintió un estruendo. El agua del lago comenzó a recogerse lentamente. En poco tiempo ya le llegaba por debajo de las rodillas. Esto no podía ser bueno. Comenzó a correr hacia la orilla. Sabía que en algún momento el agua regresaría con fuerza. Y ese momento no se hizo esperar. Sintió el suelo vibrar bajo sus pies y el agua comenzó a agitarse. Se volteó hacia lo profundo del lago y vio una enorme masa de agua galopando en su dirección. Intentó correr aún más rápido, pero lo alcanzó. Luchaba por salir del torbellino, pero no podía parar de dar vueltas. Se sentía desfallecido, a punto de rendirse, cuando una mano firme lo sujetó del brazo. Era la chica. También estaba el hombre solitario en la mesa de ajedrez, y otras caras familiares. Ya sin fuerzas cerró los ojos y se durmió.

Despertó en un lugar lleno de rocas. Todo el suelo estaba cubierto por tierra y pequeñas rocas, sin vegetación. Intentó levantarse, pero no se sentía con fuerzas. Al menos logró sentarse. Revisó a su alrededor y sólo vio montañas. Estaba en el fin del mundo. Una montaña en particular llamó su atención. Parecían los cuernos de una bestia gigante. Sólo podía tratarse de un lugar, las Torres del Paine. Entonces sí estaba en el fin del mundo. Tenía frío, hambre, y algo le decía que debía buscar otro tablero de ajedrez. ¿Pero dónde? Había estado anteriormente aquí, muchos años atrás. Siempre quiso regresar y quizás por eso estaba de nuevo acá. Sin mucho en la mente intentó unir los puntos, sobre todo de los dos últimos sucesos que acababa de vivir. Estaba seguro de que había algo. Pasaron horas en aquel desolado lugar hasta que sintió el zumbido nuevamente; se acercaba a él. Miró hacia un costado y ahí estaba Coco, su perro de raza San Bernando. Coco era su perro favorito. Había muerto hacía algunos años. ¿Acaso estaba muerto él también? Si así fuese, no podía pensar en un mejor guía. El cariño de un perro es increíble. Es para siempre, en las buenas y en malas. Coco podía rastrearlo desde cualquier lugar. No podía creer que estuviese allí con él. El perro llegó a su lado y Richard lo abrazó con fuerza. Enseguida sintió calor. Sintió una inyección de esperanza que le decía que su futuro no era quedarse sentado en ese lugar. Coco se alejó un poco de él y comenzó a ladrar en dirección este. Era la señal que el jumper necesitaba. Reunió las ganas y el deseo de seguir luchando y logró incorporarse. Siguió a Coco unos metros y luego comenzaron a descender por una colina. Llegaron a la base y escuchó el zumbido más claro. Ya estaba cerca. Coco salió corriendo detrás de unas rocas y comenzó a ladrar. Allí estaba el tablero. Caminó despacio, guardando algo de energía para lo que fuese que le esperaba allí detrás.

Detrás de las rocas, en el suelo, estaba el tablero. Las casillas lucían los colores azul y blanco con un leve tono rojo. La partida se encontraba recién en la apertura y estaba planteado el sistema Londres sobre el tablero. De repente, el caballo negro se movió a la casilla f6, para reforzar su peón en d5. Parecía que era su turno de jugar, así que movió el peón de rey a e3, reforzando el centro. Las piezas negras contestaron golpeando el centro con su peón lateral a c5. Continuó haciendo los movimientos típicos del Londres y, a medida que avanzaba la partida, fue recordando que ya la había jugado antes. Cada movimiento comenzó a surgir instintivamente, sin tener que pensar. Hasta que, de repente, sus piezas comenzaron a moverse solas. No sabía lo que estaba sucediendo, pero cerró un momento los ojos y respiró. Cuando los volvió a abrir el juego se había detenido. El tablero comenzó a proyectar imágenes. Primero estaba él en la calle Downing, luego en una mesa de comedor rodeado de caras conocidas. Después estaba en una casa en medio de la nada, un túnel, y finalmente se vio en una cámara con luces y mangueras de enfriamiento; a su lado estaba Andrea y más lejos estaba K. Ella era la hermosa chica de la discoteca y él el hombre solitario frente a la mesa de ajedrez. Ya recordaba todo. ¿Pero qué hacía aquí? ¿Por qué estaba solo en las Torres del Paine? Debiese estar en Massachusetts. Escuchó su nombre una vez y luego otra. Las Torres comenzaron a desmoronarse. Caían como el desprendimiento de un *iceberg*. La luz del sol comenzó a pasar por ese espacio. Lo iluminaba a él y a todo el parque.

Coco ya no estaba a su lado. Apareció ante él una imagen suya de cuando estaba en el colegio. Su profesor de matemática conversaba con él.

—Esta es fácil. Piensa en un teatro pequeño donde los asientos están distribuidos como un arreglo de nueve filas y siete columnas, haciendo un total de sesenta y tres asientos. ¿Sería posible que todos los individuos allí sentados puedan pararse y ocupar un asiento vecino distinto? Puede ser el de la izquierda, el de la derecha, el de al frente o el de atrás. Piensa que todos los asientos están ocupados. Tómate un momento para pensar.

—Yo creo que no —respondió el pequeño Richard—. Va a haber alguno que no se pueda mover a otro asiento porque ya fue ocupado por otra persona.

—¿Y cómo llegaste a esa conclusión?

—Porque sesenta y tres es un número impar. No creo que lo puedan lograr con un número impar de asientos.

—¿Pero más allá de tu presentimiento, podrías demostrarlo con alguna ecuación o con alguna especie de representación?

—No se me ocurre ninguna.

—Y qué tal si dibujas los asientos como en un tablero de ajedrez. Cada casilla de un color tendrá como vecinos a las casillas del otro color. Pero, en vez de tener sesenta y cuatro casillas, divididas en treinta y dos casillas blancas y treinta y dos casillas negras; tendrás una casilla negra menos, o sea treinta y uno. Eso significa que una de las personas sentada en una casilla blanca no podrá cambiarse a alguno de sus puestos vecinos, las casillas negras.

—¡Qué buen recurso! Lo voy a tener en mente.

—El ajedrez sirve para muchas cosas.

—Me tengo que ir. Alguien me está llamando.

La imagen se desvaneció. Tenía que volver de alguna manera. Alguien lo estaba llamando: «¡Richard, Richard! Tienes que despertar. ¡Ya vienen!» La voz le resultaba familiar. Todo el piso comenzó a temblar, a fraccionarse. Las piedras y la tierra comenzaron a caer por las fisuras originadas por el temblor y finalmente se vio parado sobre un gran tablero de ajedrez. Miró a su alrededor y estaban todos cerca: Andrea, K., Maximus, Berg, Naka, Wesley, Krzysztof, el señor Caruana, y otros que no pudo reconocer. Bajó la vista y vio su casilla de origen. Era un peón. Junto a sus pies apareció una pistola, una Walther PPK. La pistola de James Bond. Por su mente pasó una simple pregunta: ¿podría dar marcha atrás? No sabía si tendría esa oportunidad. Si tomaba la pistola ya no habría otra salida. Pero, ¿quién puede decidir no hacer nada? ¿Quién puede desear no haber sabido, después de saber? ¿Quién tomaría una píldora azul para olvidar sus problemas, cuando sabes que siempre estarán allí a menos que los enfrentes? Tomaría la otra píldora, la roja, la difícil, una y otra vez. Se agachó, agarró el arma y, con toda su determinación, salió disparando hacia adelante.

Junio 13, 2125. 16:10 horas. Massachusetts.

—¡Richard, Richard!

Richard abrió los ojos y vio a Krzysztof.

—Tienes que espabilarte que ya vienen —continuó diciendo.

Krzysztof lo ayudó a sentarse. Todavía se sentía un poco mareado.

—Ya saben lo de Londres. No falta mucho para que vengan al laboratorio.

—¿Y K.?

—Presumiblemente bajo custodia de QuTE. Pero Andrea llegó bien a Sicilia, está con Maximus. Tienes que apurarte y llegar a la oficina de Lasker. Está en este mismo piso. Una vez allí tendrás que encontrar un botón de emergencia que bloquea la entrada al edificio. Es una medida de seguridad diseñada por Lasker y Steinitz. Eso los mantendría seguros y aislados por un tiempo en caso de ataque. No te va a conseguir todo el día, pero sí debiese darte una o dos horas. Sólo te pude traer este bisturí.

—Está bien, Krzysztof. Ya has hecho demasiado.

Escucharon un ruido en la puerta del laboratorio. Miraron y vieron a tres guardias bien armados intentando entrar.

—Ayúdame a ponerme de pie, Krzysztof.

—Demasiado tarde. No hay nada que puedas hacer. Rápido, metete de vuelta a la cámara. Toma esta ropa. Te ayudará a mezclarte con los demás científicos. Espera cinco minutos antes de salir de la cámara.

—¿Qué vas a hacer?

—Confía en mí. Sólo te pediré una cosa.

—Lo que sea.

—Dales duro.

Krzysztof cerró la cámara. Richard aún no lograba moverse con soltura. Desde el vidrio de la compuerta podía ver lo que estaba sucediendo. Krzysztof tomó un extintor y se dirigió a los tanques de enfriamiento que alimentaban la cámara. Cuando los guardias lograron abrir la puerta fueron directo a detener a Krzysztof. En ese preciso momento Krzysztof golpeó con fuerza el conector de la manguera del tanque de helio líquido. El helio salió disparado en forma de gas, entrando a los pulmones de los tres guardias, y de Krzysztof también, congelando todo a su paso. Los cuatro hombres yacían en el suelo. El mecanismo de seguridad interno del tanque cortó el suministro luego de unos segundos.

Richard esperó un poco más de tiempo y luego salió de la cámara. Tomó a Krzysztof en brazos y lo depositó en la cámara. Le debía la vida y no lo dejaría tirado en el suelo. Después volvería por él. Tomó la pistola de uno de los guardias junto con dos cargadores. Guardó la pistola en la cintura y el bisturí debajo de la manga.

La alarma se había activado por el escape de helio. En el pasillo los trabajadores corrían por todos lados. Como vestían igual, Richard logró moverse con facilidad sin hacerse notar. Interceptó a una mujer que andaba por el pasillo. La sujetó del brazo para detenerla.

—¿Dónde está la oficina del doctor Lasker? —gritó para que lo pudiese escuchar por encima del ruido de la alarma.

Al principio la mujer se asustó un poco, pero luego reaccionó.

—Al final del pasillo gira a la derecha. Luego verás a un guardia que cuida la puerta de acceso hacia el área restringida. El guardia es el encargado de llamar a Lasker para dejarte pasar.

—Gracias.

Siguió el camino indicado. Al doblar a la derecha el guardia lo vio y lo encañonó con su arma.

—¿Qué quieres?

—Vengo del laboratorio. Krzysztof tuvo un accidente. El helio escapó. Necesito hablar con el Dr. Lasker urgente.

—Imposible. Él está reunido ahora.

—Puedes revisar por la radio. Seguro que me pide que lo acompañe a la reunión.

El guardia bajó el arma para buscar su radio. En ese instante, Richard deslizó el bisturí hasta su mano y lo clavó en el brazo del guardia, haciendo que dejase caer el arma. Luego lo golpeó repetidas veces hasta dejarlo noqueado en el suelo. Al abrir la puerta, se encontró con otro pasillo. Por suerte no había nadie. Aquí estaba todo tranquilo. La primera puerta a la izquierda daba a un baño. Arrastró al guardia y lo dejó allí. Ahora debía encontrar la oficina de Lasker antes de que encontraran al guardia.

Avanzó unos metros por el pasillo y notó que la tercera puerta estaba muy separada del resto. Debía corresponder a una oficina grande. No había dudas de que se debía tratar de la oficina de Lasker. Acercó el oído a la puerta, pero no escuchó nada. Giró la manilla y resultó que estaba abierta. «Un tipo tan paranoide como Lasker jamás dejaría la puerta abierta. Debe haber salido de prisa y espera volver pronto». Richard entró. En el recinto que se habría a la derecha de la puerta había un escritorio, una mesa de trabajo y pizarras. Al otro lado era una especie de salón de reuniones. Tenía una pequeña sala de estar, después una mesa de reuniones con seis sillas. Más al fondo había una puerta. Debía ser su baño privado. Sacó el arma y caminó hacia la puerta. La abrió despacio y entró. No había nadie adentro. Ahora debía buscar ese botón de emergencia.

«El botón debe estar cerca del escritorio», pensó. Comenzó a buscar por todas las gavetas, por debajo del mueble, por los lados, pero nada. Intentó golpear en varias partes por si había algún fondo falso, pero tampoco funcionó. «¿Dónde este personaje escondería ese botón? ¿Cómo se enteraría él, en el piso -10, de un ataque? Tendría que avisarle Steinitz. No creo que Lasker siguiese instrucciones de los guardias. Pero si Steinitz no estuviese, él mismo debería controlar la situación. Tiene que haber una pantalla en algún lugar que proyecte las imágenes de las cámaras exteriores. Una especie de centro de mando».

Buscó por detrás de todos los cuadros de las paredes, pero no encontró ningún indicio. Sólo quedaba la pizarra por revisar. La pizarra era de dos hojas. Al acercarse tiró de ellas y se abrieron, mostrando una pizarra más grande, de cuatro hojas. Por dentro estaba todo escrito con números, ecuaciones, diagramas, recordatorios, etc. Tocó la pizarra por todos lados hasta notar que las dos hojas del centro se sentían un poco sueltas. Deslizó cada una hacia afuera y apareció ante sus ojos el centro de mando. Había un televisor grande que mostraba las imágenes de afuera del edificio, del lobby y del ascensor principal que bajaba al piso -10. Al lado del televisor había una palanca y una pantalla pequeña. La palanca debía ser el botón de emergencia que mencionó Krzysztof. La pantalla pequeña seguramente era para el reconocimiento facial de Lasker. Necesitaría a Lasker para esta empresa.

Le llegaron unas voces desde el pasillo. Debía ser él. Cerró rápido la pizarra y se ocultó tras el escritorio. Lasker entró acompañado de dos guardias.

—Sé que está aquí. Algo me dice que teleportaron a ese idiota de Richard hasta acá. No sé qué habrá hecho para sobrevivir tanto tiempo, pero hoy se acaba su suerte. Búsquenlo y tráiganlo. Da lo mismo vivo que muerto. Díganle al guardia de afuera que no deje entrar a nadie. Que dispare y después pregunte.

—Sí, señor.

Los guardias se marcharon. Lasker caminó por la habitación sin notar la presencia de Richard hasta que este le puso la pistola sobre su cabeza. Le hizo una seña para que se quedase callado. No obstante, su mirada de odio lo decía todo. Tenía que andar rápido antes de que volvieran los guardias después de encontrar a su colega tirado en el baño. Abrió la pizarra nuevamente y tiró de la palanca. La pantalla se iluminó solicitando un escáner facial. Tomó a Lasker de la bata y lo puso contra el lector mientras le apuntaba con la pistola en la nuca.

—No vas a salir de aquí —susurró Lasker.

Terminó el escáner y la pantalla se tornó verde. Desde las cámaras, Richard pudo ver como bajaban cortinas metálicas por puertas y ventanas, y unos cilindros de hierro ascendían desde el camino principal para evitar que los camiones impactaran contra las puertas. Se escucharon las fuertes pisadas de los guardias por el pasillo. Richard lanzó a Lasker hacía el sofá de la pequeña sala de estar y corrió hacia la puerta. Ya uno de los guardias estaba casi adentro, así que se abalanzó contra la puerta para impactar al guardia.

El golpe hizo que este soltara el arma y Richard aprovechó para disparar dos veces. Después se agachó, aun sosteniendo la puerta contra el primer guardia, y disparó al segundo a través de una estrecha abertura.

Con los dos guardias abatidos, se asomó al pasillo para verificar que no había otros. Ahora sólo debía llegar a Steinitz. Era posible que el ascensor se hubiese bloqueado al activar la alarma, así que decidió llevarse consigo a Lasker, que estaba aún acostado en el sofá tapándose los oídos para no escuchar los disparos. Lo tomó nuevamente de la bata y lo colocó al frente a modo de escudo.

—Vamos a tomar el ascensor para llegar a la oficina de Steinitz —le dijo.

—El ascensor se bloqueó al activar el cierre del edificio —contestó Lasker.

—Sabía que ibas a decir eso. Entonces ya no me eres de utilidad —dijo acercándole la pistola a la cabeza.

—¡Espera, espera! Yo tengo la llave para hacerlo funcionar.

—Eso pensé. Entonces date prisa y llévanos allá.

Llegaron al ascensor sin toparse con más guardias. Parecía que Lasker lo había conducido por el mejor camino. No quería exponerse a un tiroteo siendo usado como escudo. El ascensor estaba abierto y tenía encendida una luz roja. Estaban entrando cuando aparecieron varios guardias al fondo del pasillo.

—Más vale que te apures —le indicó a Lasker mientras realizaba algunos disparos para retrasarlos.

Los guardias comenzaron a dispararles. Ambos se refugiaron detrás del panel. Lasker gritaba que cesaran el fuego. Rápidamente entendió que

Steinitz había dado la orden de detener a Richard a toda costa. Incluso sacrificando al propio Lasker.

Lasker sacó una llave de su bolsillo y la insertó en la ranura del ascensor. La llave activó nuevamente el sistema del ascensor y Lasker presionó el número cuatro. Las puertas se cerraron en medio de una lluvia de balas que cada vez impactaban más cerca.

—Los guardias ya deben haber avisado que vamos subiendo —comentó Lasker.

—¿Hay alguna otra forma de subir?

—No sin esta llave. Steinitz tiene la otra.

—¿Y las escaleras?

—Tienen que volar las puertas para poder entrar.

—Entonces sólo estaremos nosotros y los que estén en el cuarto piso.

—Sí. Por un rato.

—Eso es todo lo que necesito.

El sonido del ascensor alertó de nuestra llegada. Las puertas no habían terminado de abrirse cuando Richard empujó a Lasker fuera del elevador. Inmediatamente varios disparos cayeron sobre él. Mientras, Richard, posicionado desde el suelo, abatió a los atacantes.

Cuando cesaron los disparos se hizo un enorme silencio en el recibidor del cuarto piso. Lasker yacía en el suelo, a unos metros de los guardias. El jumper cambió el cargador de la pistola, puso una bala en la recámara y desactivó el ascensor retirando la llave. Caminó hacia la puerta de lo que debiese ser la oficina de Steinitz. Abrió la puerta con cuidado desde la cobertura de la pared. La puerta se abrió lentamente con un ligero chirrido. Sin abandonar su posición revisó un ala de la habitación, siempre apuntando con el arma. Luego, lentamente, fue cubriendo el centro. Steinitz estaba sentado en su escritorio, justo en el centro de la oficina. Había algo extraño en él. Todavía le faltaba revisar el ala derecha, que no podía ver bien debido a la puerta. Podía haber alguien allí.

—Richard, que gusto verte de nuevo —habló primero Steinitz—. Menudo lío que has armado. Pasa y siéntate. Yo creo que podemos arreglar esto como caballeros.

«También Steinitz pudiese estar armado», pensó Richard. Disparó dos veces en su dirección, fallando intencionalmente. Steinitz se agachó con rapidez para ponerse a salvo. Enseguida, dos disparos desde el ala derecha atravesaron la puerta en dirección al jumper. Ahí estaba el otro guardia escondido. Afortunadamente las balas sólo pasaron cerca. Richard disparó una vez a ciegas a través de la puerta y luego se deslizó por el suelo hacia el centro de la habitación. Desde allí abrió fuego sobre el guardia.

Steinitz aún se encontraba detrás del escritorio. A estas alturas, Richard no creía que estuviese armado. Se levantó del suelo y revisó el resto de la habitación. Estaban solos. Cerró la puerta y se dirigió a Steinitz, que seguía agachado detrás del escritorio.

—Perdón por la demora. Ya puedes salir del escondite.

Steinitz se levantó y caminó hacia Richard mostrando las palmas de las manos en señal de rendición.

—¿Qué piensas hacer ahora? —preguntó Steinitz.

—Va a depender de tus respuestas. ¿Quiero saber más de Caribdis?

—Veo que vienes informado. Caridbis es un conglomerado de empresas que funciona como un único organismo conquistando todos los terrenos posibles.

—¿Cómo la puedo desenmascarar?

—Se esconde a plena vista. No vas a poder probar nada en contra de ella.

—No me estás ayudando mucho.

—Es todo lo que sé.

—Tenemos mucho tiempo y cuento con un nuevo set de habilidades para hacerte hablar —aclaró Richard haciendo más grave el tono de su voz—. Hagámoslo por las buenas.

—¿Te parece si nos sentamos? —sugirió Steinitz.

Richard le hizo una seña con el arma para que caminara hacia el ala derecha de la oficina, donde había un sofá, una mesa de centro y dos butacas. A continuación, había una hermosa mesa que sostenía un tablero de ajedrez, con una silla a cada lado.

Steinitz fue directo a sentarse en el sofá, pero Richard lo detuvo. No quería arriesgarse a que Steinitz tuviese algún as bajo la manga enterrado en ese sofá. Así que sin dejar de apuntarle con el arma le indicó que usara una de las sillas de la mesa de ajedrez.

—Pon las manos sobre el tablero, donde las pueda ver —comenzó diciendo Richard sin dejar de apuntarle.

—No sé cómo crees que vas a salir de aquí, pero durante más de una hora estaremos encerrados en este sitio.

—Deja que sea yo quien se preocupe por eso. Comienza a hablar.

Steinitz, un poco nervioso, comenzó a acomodar de manera obsesiva las piezas de ajedrez.

—Mi paciencia tiene límites, Steinitz —continuó Richard—. Más te vale que comiences a hablar.

—Tengo toda la intención de colaborar. Te parece si jugamos mientras te voy contando. He escuchado que eres muy bueno en esto, y quién sabe, a lo mejor si gano decides perdonarme. De todos modos, tenemos mucho tiempo. Te dejo comenzar con blancas.

«Hay peleas de las que a veces conviene huir, pero esta no es una de ellas», pensó Richard. Dejó el arma a un costado de la mesa, apuntando en la dirección de Steinitz.

—Espero que no estés planeando nada. Porque no voy a dudar en disparar.

—Lo tengo claro— respondió Steinitz.

Se hizo un silencio mientras Steinitz preparaba el reloj. Una vez que fijó el tiempo, continuó.

—¿Estás listo?

—Presiona el reloj.

La partida siguió los derroteros de la apertura española, variante cerrada. Luego llegó la sorpresa del gambito Marshall. Hasta que, finalmente, llegaron a una posición crítica. Richard con las piezas blancas conservaba la pareja de alfiles por una torre de las negras. Tenía dos peones doblados, el rey expuesto, pero también tenía un peón pasado. Las negras jugaron a continuación su torre a e3 (Te3), atacando a la dama blanca.

La partida había concluido, sólo que las negras aun no lo sabían. Richard capturó el peón de f7 con el alfil y dio jaque (Axe7+). Después de este movimiento las negras se rindieron. A cualquier movimiento que hicieran, el jaque mate era inevitable. Ya sea que capturaran el alfil con la torre o huyeran con su rey.

—Buena partida, Richard. Muy buena en verdad.

—¿Dónde está tu resguardo?

—¿A qué te refieres?

—No te hagas el tonto. Sé que tienes información importante guardada para poder negociar llegado el momento.

—Sigo sin saber de qué hablas.

Richard disparó a la rodilla de Steinitz, que comenzó a retorcerse de dolor por el suelo.

—Lo voy a preguntar nuevamente. ¿Dónde está?

—Hay un fondo falso en la primera gaveta del escritorio. Levántalo y allí la encontrarás.

Richard caminó hacia el escritorio sin dejar de apuntar a Steinitz. Sacó la primera gaveta y dio unos golpes en la base. Se escuchaba hueca. Levantó la tabla y allí encontró una pequeña memoria. La guardó en el bolsillo y volvió donde Steinitz.

—Siéntate —ordenó Richard—. Quiero preguntarte algo. ¿Valió la pena todo esto?

—¿Qué? ¿Jugar a ser Dios? ¿Decidir sobre las personas comunes, amasar una fortuna increíble? ¿Que los demás hagan lo que quieres aun sin pedírselos? Oh sí. Deberías probarlo, Richard. Estás jugando para el equipo equivocado. Te diré algo. Si aprietas ese gatillo todos irán sobre ti y tus amigos. No habrá escapatoria. Hasta ahora has sido un muchacho que ha ocasionado algunos problemas. Pero si me matas, representarás un riesgo enorme. Y vendrán por ti. Además, no sé qué habilidades te habrán concedido en la teleportación, pero este no eres tú. Recuerdo la primera vez que conversamos. Eras solo una persona corriente que quería progresar en la vida. Ahora estás más cerca que nunca de ese objetivo. La llave hacia tu felicidad soy yo. Sólo tienes que marcharte por donde mismo viniste. Desaparecer y tendrás todo lo que has deseado. ¿Qué decides?

Richard lo miró con expresión de asco.

—Jaque mate, Steinitz.

El eco del disparo atravesó el silencio de la habitación.